Fröhliche Weihnachten
wünscht herzlichst
OPIE – UM 24. DEZ 2017

SUTTON
VERLAG

Michael Mehrgardt
Vera Anders

gar. aus.

Ein ausgekochter Lübeck-Krimi

SUTTON KRIMI

ÜBER DIE AUTOREN

Dr. phil. Michael Mehrgardt, Jahrgang 1953, lebt mit Ehefrau und zwei seiner vier Kinder in Lübeck. Dort arbeitet er als Psychotherapeut in eigener Praxis.

Neben wissenschaftlichen Veröffentlichungen zu philosophischen Fragen der Psychotherapie schreibt er Gedichte, Krimis, Theaterstücke und Kurzgeschichten. Die kleinen Ungereimtheiten des Alltags hat er unter seinem Pseudonym Achim Wiese in den Lübecker Nachrichten in der Rubrik *Echt wahr* beschrieben.

In Anthologien hat er bisher drei Kurzgeschichten und zwei Gedichte veröffentlicht. Sein erster Kriminalroman erschien unter dem Titel *Zwei auf einem Stuhl* im Frühjahr 2007 im Herkules-Verlag.
Vera Anders ist die Autorin der Briefe, sie beschreibt darin und mit weiteren Erlebnissen Christiane Breitenbachs ihre eigene Geschichte.

Sutton Verlag GmbH
Hochheimer Straße 59
99094 Erfurt
http//:www.suttonverlag.de

ISBN: 978-3-86680-609-2

Gestaltung: Markus Drapatz
Titelbild: Konzeption © Markus Drapatz, Foto © Katrin Micklitz

Dieses Werk wurde vermittelt durch Dorothée Engel, Hamburger Buchkontor.
Druck: Antony Rowe, CPI Group, Chippenham | Wiltshire, UK

Donnerstag, 27. März, 22 Uhr

Die Zigarette steckte in der Kerbe des Aschers. Sie schickte einen Rauchfaden empor, der kerzengerade den Lichtkegel der Schreibtischlampe durchschnitt. Mit leisem Zischen fraß sich die Glut in das Zigarettenpapier. Die Asche krümmte sich zu einem leblosen Wurm und fiel schließlich auf den Boden des Aschenbechers. Die Kippe neigte sich zur anderen Seite hinab und sank aufs Wachstuch. Wie nebenbei senkte sich ein vernarbter Daumen auf die heruntergebrannte Zigarette und löschte sie aus. Zeige- und Mittelfinger waren braun verfärbt, der Unterarm war von weißlichen Narben entstellt. Die Hand kehrte zur Maus zurück und bewegte sie über die Tischplatte.

Die Person gab noch eine letzte Anweisung an ihren Chat-Partner in den Rechner ein. Einige Sekunden lang verhärteten sich ihre Gesichtszüge. Widerwillen mischte sich mit Entschlossenheit. Schließlich reckte sich die Person zum Telefon, das auf dem Küchenbüfett neben der Spüle stand, zog es zu sich heran und wählte eine Nummer. Jemand nahm ab. Die Person sprach ruhig und sachlich. Etwas Drohendes lag in ihrer Stimme. Sie gab klare Anweisungen, denen sich der Angerufene nicht entziehen konnte.

Mit dem Anflug eines Lächelns ließ sie den Hörer auf die Gabel sinken und den Blick noch ein letztes Mal über die spärlich eingerichtete Küche gleiten. Dann erhob sie sich mit einem Ruck, warf sich einen Mantel um, sammelte einige Utensilien für ihre Verabredung ein und verließ die Wohnung. Es war genau 22 Uhr.

Freitag, 28. März, Nachmittag

Hi, Ike!

Ich habe dich gesehen. Du wirkst richtig cool. Du mit deinen rotblonden, struppigen Haaren. Du bist schlank, wahrscheinlich ziemlich sportlich, stark. Dir kann nichts etwas anhaben, stimmt's? Du stehst über allen Dingen, oder?

Ich kenne dich. Ich weiß auch, dass du Kommissarin bist. Wie man so hört, machst du deinen Job ganz gut. Kannst dich in dieser Männerwelt gut durchsetzen; musst du ja auch. Wie gesagt, ich kenne dich, ich habe dich beobachtet. Du fragst dich jetzt wo? Bei dem Vortrag, in der Frauenberatungsstelle im Steinrader Weg.

Du weißt schon, welchen ich meine. Du schautest dich ängstlich um, als du hereinkamst. Dich sollte wohl keiner erkennen, was? Irgendwie hat dich das Thema angezogen. Du bist dir noch nicht sicher, ob es bei dir auch so war, habe ich Recht? Vielleicht hast du schon diese Träume und weißt nicht, was das soll? Oder ahnst du schon, was mit dir los ist?

Ich saß schräg hinter dir, du hast mich nicht beachtet. Spieltest nervös mit deinem Kugelschreiber. Du hast so getan, als würdest du gar nicht dazugehören. Als wärst du nur aus beruflichen Gründen da. Doch ich weiß, was in dir vorging. Ich sehe mich in dir, mich vor einigen Jahren. Du bist eine von uns: eine Überlebende.

Wir müssen uns gegenseitig helfen. Ich helfe dir und vielleicht wirst du eines Tages auch mir helfen. Das entscheidest du ganz allein.

Christiane

PS.: Ich werde dir noch öfter schreiben.

Irritiert stand die Kriminalkommissarin inmitten von Umzugskartons. Die neue Wohnung wirkte auf sie fremd und abweisend. Ratlos drehte sie den Brief in ihren Händen. Nur der Vorname, kein Absender, auch nicht auf dem Umschlag. Mit einer ungeduldigen

Handbewegung wischte sie sich ein paar Strähnen ihres fransigen Ponys aus der Stirn.

Seufzend überflog Ike Jensen den Inhalt des Schreibens ein weiteres Mal. Ein drückendes Gefühl machte sich in ihrem Magen breit, vermischt mit einem Geruch und einer Erinnerung. Etwas Altes, Verdrängtes.

Ruckartig straffte die Frau ihren drahtigen Körper und atmete tief durch. Schon bekam eine andere Stimme in ihr die Oberhand: Blödsinn! Ein Streich. Eine Verwechslung!

Unwirsch warf sie den Brief auf einen der zahlreichen Kartons. Schon wieder ein Umzug! Wie alle anderen Wohnungen, die sie in den letzten Jahren bezogen und wieder verlassen hatte, würde auch diese seelenlos bleiben und immer nur das eine widerspiegeln: Heimatlosigkeit. Ikes Augen suchten das Fenster. Sie sah den ZOB gleich gegenüber, dahinter den Bahnhof und die Ausfallstraße zur Autobahn. Unterwegs sein, ankommen und – bevor die Zweifel begannen – wieder abreisen. Ihre letzte Wohnung in einem Hochhaus im Hudekamp hatte sie nach nicht einmal einem Jahr wegen ständiger Konflikte mit zukunftslosen Jugendlichen, die Wegezölle erhoben hatten, verlassen.

Wenig später trat die Kommissarin aus dem Fünfzigerjahre-Ziegelbau und überquerte die Hansestraße. Auf Anhieb fand sie den richtigen Bussteig und stieg in die Linie 7 ein. Den Vormittag hatte sie sich wegen ihres Umzugs frei genommen. Jetzt, am Nachmittag, fuhr sie noch für eine Stunde ins Behördenhochhaus an der Possehlstraße, das die Lübecker Polizeidirektion beherbergte. Noch ein Umzug …

Sven verhielt sich etwas zu überschwänglich, fand Ilka Gross. Dass er die hübsche dänische Kriminalkommissarin, die Neue in ihrer Bürogemeinschaft, freundlich begrüßte, war ja in Ordnung. Aber musste er sie gleich an sich drücken und ihr einen Kuss auf die Backe schmatzen?

»Hi, Ike!«, nahm nun auch Ilka ihre Kollegin freundschaftlich, aber ein wenig spitz in Empfang. »Auf gute Zusammenarbeit!«

»Danke«, gab Ike zurück, »mein altes Büro bei den Kollegen am Geniner Ufer war doch zu weit weg.« Kriminalkommissarin Ike

Jensen war vor etwas über einem Jahr von der Mordkommission Flensburg nach Lübeck versetzt worden. Aus Platzgründen war sie damals zu den Kollegen vom Betrugsdezernat ausgelagert worden, war aber bereits dem Kommissariat 1 für Todesermittlungen zugeordnet gewesen und hatte mit Sven und Ilka gemeinsam zwei Mordfälle bearbeitet. »Und das mit der Zusammenarbeit werden wir auch gut hinkriegen, denke ich.« So ganz hatte Ike Jensen, wenngleich in der Fördestadt aufgewachsen, ihren dänischen Akzent noch nicht ablegen können. Insbesondere die s-Laute verrieten ihre Herkunft.

»Hier, das ist dein Platz, Ike.« Ein wenig zu selbstsicher, als dass diese Attitüde seine Unbeholfenheit hätte verbergen können, führte Sven Hustedt Ike am Arm zum hinteren Fenster. »So hast du mich stets in Reichweite – wenn du also mal etwas brauchst …« Der Kriminaloberkommissar grinste Ike einladend an und vollführte dabei eine etwas zu großartig geratene Verbeugung. Die senfblonde Strähne, die ihm nun im Gesicht hing, ignorierte er. Ilka Gross verdrehte ihren Blick zur Decke. Das Zischen, das die Oberkommissarin dazu ausstieß, verhieß nichts Gutes.

»Wie wär's mit einem Schlückchen Kaffee?«, testete Ike mit gespielter Förmlichkeit die Hilfsbereitschaft von Sven Hustedt.

»Ich hab' mir gedacht«, erwiderte Sven bedeutungsschwer, »wir sollten unsere Zusammenarbeit etwas prickelnder beginnen.« Über die Schulter gab er, ohne die Augen von Ike zu lassen, die Anweisung: »Ilka, hol uns doch mal den Moët & Chandon Brut Impérial. Und vergiss die Champagnerflöten nicht!«

Die Angesprochene reagierte nicht.

»Ilka?«

»Ich«, Ilka machte sich etwas steif und gab ihrer Stimme einen sarkastischen Unterton, »bin nicht dein Serviermädchen! Wenn du hier so überaus prickelnd sein willst, hol dir deine Utensilien selbst! – Und außerdem läuft Flummy gerade durch die Flure.«

Der Polizeichef, den viele Flummy nannten, weil er beängstigend auf- und abwippte, wenn er sich in Rage redete, hatte sich nach seinem letzten Seminar über Personalführung angewöhnt, urplötzlich in den Büros zu erscheinen und seine Leute in kleine Schwätzchen zu verwickeln.

»So, wie unser lieber Chef sich in letzter Zeit gebärdet, trinkt er bestimmt gerne ein Gläschen mit«, erläuterte Sven. Und weil er Ilkas Unterton durchaus bemerkt hatte, fügte er besänftigend hinzu: »Er freut sich doch so, wenn er zum Wochenausklang bei dir seine neuen Personalführungsmethoden anwenden darf – du bist doch sein Liebling!« In typisch männlicher Manier war es Sven allerdings gelungen, den eigentlichen Kritikpunkt zu ignorieren.

»Und welche Art von Personalführung gedenkst du bei deiner neuen Kollegin anzuwenden?« Ilka wirkte nicht besänftigt.

»Engmaschige Einführungsveranstaltungen zwecks Erzielung von Teamfähigkeit, denke ich.« Der Oberkommissar zwinkerte zu Ike hinüber. Sie bedachte Sven mit einem Augenaufschlag, den sie dann in Ilkas Richtung abgleiten ließ und in ein solidarisches Augenverdrehen verwandelte. Ilka ärgerte sich über Svens doppeldeutige Äußerung, die ihr reichlich Raum für Hintergedanken ließ. Noch mehr ärgerte sie sich darüber, dass ihre spitze Nase deswegen fühlbar errötete und jetzt vermutlich mit ihrem ansonsten blassen Gesicht auffallend kontrastierte. Am meisten ärgerte es sie aber, dass ihr keine passende Erwiderung einfiel, die als Ventil für die aufgestaute Wut und Verlegenheit hätte dienen können. Ike rettete sie: »Also, ich hole mir nun einen Kaffee. Möchte noch jemand?«

Bevor jetzt aber so etwas wie Kollegialität aufkommen konnte, wurden die drei von Ikes Handy unterbrochen.

»Ja?« Die Kommissarin wandte sich ab. »Hi, Lars … nein, jetzt nicht. Ich habe noch keine Zeit – ich bin noch im BH.«

Das laute Auflachen der Kollegen ließ Ike irritiert herumfahren. Auch aus dem Telefon kicherte es.

»Äh – ich bin im Behördenhaus«, korrigierte sie sich, »wir sagen immer BH dazu …«

Während seine neue Kollegin offenbar eine telefonische Verabredung traf, grinste Sven Hustedt anzüglich.

»Meine Damen«, griff er die Getränkefrage wieder auf, »ich hol uns jetzt endlich was zu trinken! – Also, du willst keinen Sekt, Ike?«

»Lieber Kaffee.«

Nachdem Sven den Raum verlassen hatte, räusperte sich Ike: »Liegt vor dem Wochenende noch was an, Ilka?«

»Nein, es ist ziemlich ruhig. Ist ja kaum was los im Moment.« Und nach einer kleinen Pause fügte sie leise hinzu: »Übrigens – Sven ist verheiratet und hat drei süße Kinder.«

Gerade wollte Ike etwas Versöhnliches erwidern, als der Erste Kriminalhauptkommissar in der offenen Tür erschien. Hans Sloboda strich sich eine schlaffe blonde Strähne aus dem Gesicht. Sein Kinn wirkte irgendwie unentschlossen, wie auch die gesamte Kontur des Körpers eigentümlich unscharf erschien. Dieser Eindruck durfte aber nicht dazu führen – das hatte Ike mehr als einmal erfahren –, dass man den Leiter des Kommissariats 1 für Todesermittlungsverfahren unterschätzte. In sichtbarer Vorfreude auf ein ruhiges Wochenende, das er mit seinem Freund zu verbringen gedachte, strahlten seine eisblauen Augen in die Runde.

»Ilka, Kollegin Jensen! Ich denke«, er rieb sein Ohrläppchen, »wir sollten mal ausnahmsweise pünktlich ins Wochenende gehen. Mir scheint –«

»Voilà!« Sven Hustedt polterte an ihm vorbei ins Büro. Der bittere Geruch warm gehaltenen Kaffees stieg Sloboda in die Nase.

»Wochenende, Sven! Macht Schluss!«

Doch Sven kredenzte Ike schon mit übertriebener Nonchalance ihren Kaffee.

»Wir wollen nur noch kurz Ikes Einzug feiern.« Sven und Ilka waren die einzigen Mitarbeiter, die sich mit Sloboda duzten. Ansonsten hielt dieser professionelle Distanz.

»Komm, Hans«, forderte Sven seinen Vorgesetzten auf, »gönn dir doch noch einen Kaffee mit uns!«

Sloboda zögerte.

»Nein, ich gehe. Wer weiß, wann wir mal wieder so pünktlich nach Hause kommen!«

Als Ike fünfzehn Minuten später das Polizeihochhaus verließ, wurde jede ihrer Bewegungen vom gegenüberliegenden Spielplatz aus aufmerksam verfolgt.

Freitag, 28. März, Abend

Friedlich brach die Dämmerung über den Freitagabend herein. Die Gespräche und Rufe der letzten Arbeiter und Angestellten, die soeben den Betrieb des Lebensmittelherstellers Hilgado Richtung Wochenende verlassen hatten, waren verklungen. Beschaulich ruhte der Walmdachbungalow, dessen weitläufiges Grundstück von einem hohen Zaun umgeben war, neben dem Werksgelände.

Die Geräusche, die aus dem Haus drangen, klangen jedoch überhaupt nicht friedlich.

»Puta! Du miese, kleine spanische Schlampe! Wer ist es?«

Heiner Nehlsens Gesicht war wutrot angelaufen. Der Mann hatte sich breitbeinig vor seiner zierlichen Frau aufgebaut.

»Ich bin keine puta! Das nimmst du sofort zurück! Vete a tomar por el culo! Leck mich!«, schrie Susana Pascua-Nehlsen zurück. Ihr langer, dunkler Pferdeschwanz wippte zornig auf und ab. Drohend hielt sie ihm die Faust entgegen, wobei sie Zeige- und kleinen Finger ausstreckte. Sie wich keinen Deut vor ihm zurück.

»Du wirst doch wohl nicht abstreiten, dass du –«

»Du mit deiner Eifersucht! Das bildest du dir alles ein! Am liebsten würdest du mich hier im Haus einsperren, verdad?! Und wer weiß, was du so alles treibst? Ihr deutschen Männer, ihr seid so, so – wie Kinder, wie große Kinder!« Ihre Stimme hallte wie eine Maschinengewehrsalve scharfer s- und k-Laute durch das postmodern entmöbelte Wohnzimmer. Blitzschnell schoss ihre Zunge zwischen den Schneidezähnen hervor.

Der große Mann stampfte schnaubend mit dem Fuß auf, was die verschiedensten Fettpolster, -ringe und -säcke seines massigen Körpers in Schwingungen versetzte. Nehlsen schrie seine Frau an: »Ich hab' die Nase voll davon, dass du hinter jedem Schwanz herguckst!«

»Na klar mach ich das! Da bleibt mir ja auch nichts anderes übrig, wenn ich an dein armes Würstchen denke!« Die Augen der Frau blitzten kampfeslustig auf. »Kein Wunder, dass du dich von jedem Mann, der was in der Hose hat, bedroht fühlst. Schlappschwanz! Pajero!«

Die Ader an Nehlsens Schläfe pochte beängstigend. Der Geschäftsführer der Hilgado GmbH & Co.KG brüllte: »Ich hab' es nicht nötig, mich von dir beschimpfen zu lassen! Was bist du denn ohne mich? Ohne mich würdest du noch immer putzen! Ich lass mich von dir schei –«

»Für Elise« in einer schrillen elektronischen Version schnitt ihm das Wort ab. Nehlsen schnaubte und nahm sein Handy vom Tisch.

»Nehlsen … Ja, Heiner Nehlsen … Wer ist denn …?« Eine elektronisch verzerrte Stimme war zu hören, die weder Geschlecht noch Alter geschweige denn die Identität des Anrufers verriet.

»Ich höre … Wie …? Also wollen Sie mir …?« Er schnaufte. »Woher wissen Sie, dass ich …? Ach ….« Nehlsen drehte sich weg, schirmte das Telefon mit einer Hand ab und schlich ins Arbeitszimmer.

»Was soll denn sein mit den Konserven?« Er räusperte sich. »Heidelbeeren?« Fast hätte er das Wort geschrien. Er zögerte. »Wo? Wohin soll ich kommen? … Wann?«

Hastig schmierte er einige Notizen auf einen Zettel. Seine Hand zitterte. »Was wollen Sie denn? Geld?« Schweiß perlte von seiner Stirn. »In einer Stunde. Klar. Ich werde –«

Der Anrufer hatte aufgelegt. Nehlsen klappte das Handy zu, schaute auf das Blatt, dann wieder auf das Handy. In sechzig Minuten. Unter der Moislinger Eisenbahnbrücke am Elbe-Lübeck-Kanal. Er überlegte, zögerte. Dann klappte er das Mobiltelefon wieder auf und tippte eine Nummer ein. *Die* Nummer. Am anderen Ende meldete sich eine belegte Stimme: »Ja.« Sachlich, keine Frage, keine Aufforderung zu sprechen. Eher eine Feststellung.

»Nehlsen hier, Heiner. Es gibt ein Problem.«

Keine Antwort.

»Mich hat gerade jemand – er will, ich soll …« Nehlsen berichtete stockend von dem vorangegangenen Telefonat.

»Ich erwarte, dass du die Angelegenheit aus der Welt schaffst«, gab die Stimme zurück, leise, immer noch sachlich. Kein Befehl, keine Ungewissheit. Einfach die Mitteilung einer unumstößlichen Notwendigkeit.

Während Nehlsen sich mit der Hand über die feuchtkalte Stirn wischte und nervös seine Luger aus dem Versteck fingerte, legte in der Kieler Parteizentrale ein feister Mann mit luchsartig zusammengekniffenen Augen das Telefon aus der Hand. Benedikt Mader, ob seiner unheimlichen Fähigkeit, sich in nahezu alles, was Früchte abzuwerfen versprach, hineinzufressen und sich den Ertrag schmatzend einzuverleiben, nur die Made genannt, war nicht beunruhigt. Wer war schon Heiner Nehlsen?

Rudolf Andresen war bereits in Stimmung. Freitagabends war Erika, seine brave, viel zu brave Frau, wie immer beim Bridge. Meist wurde es dann zwei Uhr, eher später, offenbar gab es immer viel mit den Freundinnen zu bereden. Umso besser! So konnte der Rabbi, wie er sich in den Chatrooms zu nennen pflegte, ganz in Ruhe seinen Obsessionen nachgehen. Rabbi von rabbit. Rudi Rammler. Was für ein schönes Wortspiel, dachte er selbstzufrieden.

Der Chat mit der geheimnisvollen Fremden hatte ihn mit Adrenalin vollgepumpt, die Anordnungen der Frau seine Fantasien beflügelt: Maske, Fesseln, der ungewöhnliche Treffpunkt … Fiebrige Bilder möglicher Variationen des immer gleichen Grundthemas überschwemmten ihn, ließen sein Blut pulsieren und seine Eingeweide vibrieren. Sein Atem ging keuchend, sein Körper forderte baldige Entladung.

Aber noch war es zu früh. Unruhig lief der Mann auf und ab. Das Licht der Stehlampe warf einen ausgefransten Schatten auf den Berberteppich. Andresen schaute auf die Uhr: kurz nach neun, Zeit für die Tablette. Fahrig drückte er sie aus der Packung und würgte sie mit einem großen Schluck aus der Whiskeyflasche hinunter. Sein Mund war ausgedörrt. Jetzt könnte er schon langsam losgehen. Das Warten quälte ihn – und es erregte ihn! Andresen suchte einige Utensilien zusammen. Während er seiner Frau für alle Fälle eine Notiz hinterlegte, dass es später werden könnte und so weiter, verwandelte er sich für einen kurzen Moment in den gesitteten Bürger, treuen Ehemann und Familienvater zurück. Als er jedoch das Haus verließ, war er ausschließlich auf sein Ziel orientiert.

Da er früh dran war, zwang er sich, langsam zu gehen. Er überquerte die Moltkebrücke, unter der die Wakenitz schwarz dahinfloss. Dann bog er scharf links in die Augustenstraße ein. Als könnte er seine Absichten auf diese Weise verbergen, zog es ihn in die engen und wenig beleuchteten Straßen. Die Hüxtertorallee, die er bald darauf kreuzte, war allerdings wieder rege befahren. Unwillkürlich zog er die Schultern hoch. Schließlich gelangte er durch die Grünanlagen neben der Rehderbrücke zum Uferweg der Kanal-Trave. In der Dunkelheit mieden die Lübecker diesen Weg meistens – zu viele unangenehme Typen mit feindseligen Absichten oder aggressiven Hunden liefen hier herum, zu viele Drogensüchtige lungerten in den Wallanlagen und Wiesen, die sich bis zum Kanal erstreckten, und drückten sich mit schmutzigen Bestecken den Stoff in die Venen. Heute war Rudolf Andresen eine von diesen düsteren Gestalten, einer, der nicht gesehen werden wollte.

Nach etwa einer halben Stunde führte ihn sein Weg vom Kanal weg. Er überquerte die Geniner Straße und gelangte in die Malmöstraße. Das Betriebsgelände der Hilgado GmbH & Co.KG und das angrenzende Grundstück waren ihm vertraut. Angespannt wartete er, bis eine Gruppe von Leuten in zwei Autos gestiegen war und sich entfernt hatte. Dann war es ruhig auf dem Gelände. Einige Laternen pflanzten verschwommene Lichtflecken auf den Asphalt des Vorplatzes. Als der Mann dann entschlossenen Schrittes auf das Fabrikgebäude zuging, war er ganz ruhig. Ein angeketteter Rottweiler lag platt auf dem Boden. Der Hund schnarchte.

Die Frau hatte wirklich an alles gedacht!

V

Freitag, 28. März, 21.45 Uhr

Mit wehem Gefühl betrachtete Lars Müller-Hänisch die Frau, die dort so nah und doch so fern auf ihm hockte, so verhalten, so in sich versunken, so als wäre sie gerade eben von einer unbekannten Naturgewalt ergriffen und ihm entrissen worden. Er liebte Ike, der er nur nahe sein konnte, wenn er ihrer Seele fernblieb.

Ihr ebenmäßiges Antlitz wirkte entrückt. Ein kaum für möglich gehaltener Frieden hatte sich auf ihre Gesichtszüge gelegt. Auch Lars bewegte sich nur wenig, abwartend, ängstlich, dass er ihre Konzentration stören könnte. Ikes Kontemplation griff auf ihn über, zu flüchtig allerdings, als dass diese ihn wirklich hätte berühren und erfüllen können. Zu sehr nagten Zweifel und Sorge an ihm.

Überraschend hatte sich Ike wieder bei ihm gemeldet. Als sie ihn damals mit einer kurzen, auf einen Zettel gekritzelten Nachricht von sich gestoßen hatte, war ihm sofort klar gewesen, dass sie seine intensiven Gefühle und das Ausmaß an Nähe nicht hatte ertragen können. Dennoch war die brutale Trennung für ihn äußerst schmerzhaft gewesen und hatte für einen Einbruch seines Selbstwertgefühls gesorgt.

Und jetzt, ein halbes Jahr später? Würde sie ihn nach kurzem Begehren wieder fortjagen? Musste er bei jeder Bewegung, bei jedem Wort fürchten, dass er ihr zu nahe kam? Konnte er überhaupt noch unbefangen sein?

Ike begann rhythmisch mit dem Becken zu kreisen. Lars spürte ihre pulsierende Hitze, das Zittern ihres feuchten Leibes, ihren Atem in seinem Gesicht. Ein Schweißtropfen löste sich von ihrer Stirn und tropfte auf seine Brust. Lars fühlte Ikes Unnahbarkeit, aber auch ihre Sehnsucht, die sie jedoch in die nüchterne Sachlichkeit körperlicher Liebe verwandelte. Ihre Begierde wirkte namenlos, gesichtslos und, in dem Maße, in dem sie selbst ihre Einsamkeit zu empfinden schien, verzweifelt.

Halt suchend krallten sich ihre Finger in sein Fleisch. Sie keuchte. Sie senkte ihren Blick in seinen, versuchte, sich darin zu verankern. Versuchte vergeblich, ihn, den anderen, dort zu finden. Und auch sich selbst. Erschöpft sank sie von ihm herab.

»Lars!« Sie warf einen Rettungsring in das Meer ihrer Einsamkeit.

Doch Lars antwortete nicht. Er spürte, wie sie mit sich rang. Als sie schwer einatmete, um zu sprechen, wurde sie aus ihrer Not gerettet – das Klingelzeichen ihres Handys ertönte.

Sie ließ es lange klingeln. Schließlich erhob sie sich, wühlte in den Kleidungsstücken, die sie vorhin achtlos auf den Boden geworfen hatte, fischte das Mobiltelefon aus der Hosentasche und drückte auf die Annahmetaste. Und damit begann der Albtraum.

Von seinem Haus in der Malmöstraße bis zur Moislinger Eisenbahnbrücke war es nicht sehr weit. Heiner Nehlsen hatte beschlossen zu Fuß zu gehen, um nicht aufzufallen. Dieser Vorsatz scheiterte allerdings gleich zu Beginn: Die zwei Sekunden, die der Bewegungsmelder benötigte, um das Licht vor der Haustür einzuschalten, genügten, um ihn über einen Stapel Blechkanister stolpern zu lassen, die scheppernd zu Boden fielen. Susana hatte vermutlich die Garage aufgeräumt und ihre Arbeit wieder einmal nur halb zu Ende geführt. Ständig entstanden irgendwo im Haus oder im Garten irgendwelche Stapel, die sich dann wochenlang nicht vom Fleck rührten. Nehlsen schluckte den aufkommenden Ärger herunter. Jetzt war etwas anderes wichtiger! Seine Hand schloss sich um das kalte Metall in seiner Manteltasche. In dem Licht, das vom Werksgelände herüberstreute, glänzte sein feistes Gesicht.

Nervös wie er sich fühlte, war er zeitig aufgebrochen. Vielleicht konnte er vor der Person, die ihn angerufen hatte, am Treffpunkt sein; vielleicht konnte er das Terrain sondieren, um sich einen Vorteil zu verschaffen. Nehlsen zog das Revers seines Mantels vor der Brust zusammen. Ihn fröstelte.

Der Kanalweg lag düster vor ihm. Schemenhaft trat die Eisenbahnbrücke aus der Dunkelheit hervor. Nehlsen hielt den Atem an und lauschte. Es war still. Kein Zug war zu hören, kein Auto in der Ferne. Das Wasser des Kanals war schwarz und glatt. Das einzige, was Nehlsen hörte, war sein Herzschlag.

Der Einsatz war nicht ganz legal gewesen. Kriminalhauptkommissar Jörg Wächter, der neue Leiter des Kommissariats 3 für Wirtschafts- und Umweltkriminalität, wusste das. Er nuckelte unschlüssig an seiner Pfeife. Wortkarg hatte der Hüne seine Leute wieder eingesammelt und sie hatten das Werksgelände von Hilgado unverrichteter Dinge verlassen.

Hoffentlich wird es keinen Ärger geben, dachte Wächter. Er kraulte seinen dunklen, dichten Vollbart. Immerhin hatten sie das Tor gewaltsam geöffnet, waren ohne staatsanwaltliches Okay in das Lager eingedrungen und hatten Lieferungen überprüft. Außer einigen Merkwürdigkeiten – wieso lieferte die Firma Hilgado Heidelbeeren nach Papeete und importierte dann von der australischen Ninetop Corporation ausgerechnet wieder Heidelbeeren? – war ihnen jedoch nichts Belastendes in die Hände gefallen. Seit langem hatten die Fahnder die Firmenleitung und ihre Verbindungen ins Kieler Innenministerium im Visier. Man ahnte, nein, eigentlich wusste man, dass da Einiges im Busch war. Aber es gab keinerlei Beweise, die den leitenden Oberstaatsanwalt dazu gebracht hätten, den Füller zwecks Unterzeichnung eines Durchsuchungsbefehls auch nur in die Hand zu nehmen.

Anschließend hatten Wächter und seine Leute dem Geschäftsführer der Firma noch einen unangekündigten Besuch in seinem Wohnhaus abgestattet. Nicht dass sie gegen Heiner Nehlsen etwas in der Hand gehabt hätten, Beweise, Indizien oder gar einen Durchsuchungsbefehl; sie hatten ihn, den blasierten Manager, nur etwas nervös machen wollen. Sie würden immer wieder bei ihm auftauchen, ihm Fragen stellen, irgendwelche Fragen, deren wahre Antworten sie eigentlich schon kannten. Aber nicht beweisen konnten. Eines Tages würde der große Heiner Nehlsen schon einen Fehler machen. Oder aber der unbekannte Politiker aus dem Kieler Innenministerium würde seine schützende Hand von seinem Handlanger zurückziehen. Wenn er ihn nicht mehr bräuchte.

Ihr Mann sei gerade nicht da, hatte Nehlsens verstört wirkende Frau gesagt. Sie hatte geweint. Wächter hatte förmlich gerochen, dass es Zoff gegeben hatte. Vermutlich war der Typ abgehauen, hatte seine Frau alleine und aufgelöst zurückgelassen. Im Zorn hatte er vielleicht den Stapel Blechkanister vor der Haustür beiseite getreten. Wächter kannte das.

Jetzt, einige Minuten später, fuhren seine Männer ihre Fahrzeuge auf das Polizeigelände zurück. Mit schwerfälligen Bewegungen stiegen sie aus und gingen grußlos auseinander. Während seine Mitarbeiter zu ihren eigenen Autos trotteten, starrte Jörg Wächter unbewegt in die Dunkelheit.

Mit einem unbehaglichen Gefühl schlich Rudolf Andresen an dem großen Kettenhund vorbei. Er rührte sich nicht. Vielleicht Schlafmittel. Unwillkürlich musste der hagere Mann grinsen. Die unheimliche Stille und das Ungewisse der Situation erregten ihn noch mehr. Ein warmes Kribbeln breitete sich in seinem Unterleib aus.

Plötzlich war ein Zischen zu hören. Andresen blieb stehen. Gespannt lauschte er. Da war es wieder! Ein Schatten löste sich langsam von der Wand neben dem Eingang der alten Fabrikhalle. Normalerweise war dieses Gebäude verschlossen, wegen Baufälligkeit. Flüchtig durchzuckte ihn der Gedanke, dass er nicht hineingehen sollte.

»Hierher!«

Andresen gehorchte. Sein ausgeprägter Adamsapfel wanderte auf und ab.

»Halt! Langsam!«

Er blieb kurz stehen, dann bewegte er sich behutsam weiter. Er mochte es, wenn ihm befohlen wurde. Wenn er so etwas wie Angst gespürt hatte, dann war diese nun hinter die Aussicht auf das unmittelbar Bevorstehende zurückgetreten.

Im Vorübergehen sah er aus den Augenwinkeln, dass die Gestalt eine venezianische Maske trug. Merkwürdigerweise irritierte ihn der Gedanke, der ihm angesichts der unheimlichen Person durch den Kopf schoss und auch in den folgenden Stunden immer wieder auftauchen sollte, überhaupt nicht; vielmehr steigerte er seine sexuelle Erregung immens: dass die Person nach Gestalt, Stimme und Bewegungsart zu urteilen ebenso gut ein Mann sein könnte.

Freitag, 28. März, 22.17 Uhr

Unschlüssig hielt sich Ike das Mobiltelefon ans Ohr. Nur eine undeutliche Stimme war im Hintergrund zu hören.

»Hallo?«, rief sie. »Hallo? Hallo!«

Gerade wollte sie das Gerät zuklappen, als eine männliche Stimme zu vernehmen war: »Was soll das?« Dann war es still. Dann wieder: »He, was machst du da?«

Irgendetwas an dem Tonfall alarmierte die Kommissarin.

»Wer ist denn da? Sagen Sie doch etwas!«

»Ja, ach so, du willst …, ja, komm jetzt her! Ja, das ist gut! – Komm!« Die Stimme hallte ein wenig nach, so als spräche der Anrufer nicht direkt ins Mikro.

»Wo soll ich hinkommen?«, fragte Ike verwirrt. Sie begann zu frösteln, und es wurde ihr bewusst, dass sie noch ganz nackt war. Sie zupfte das Plaid vom zerwühlten Bett und warf es sich über die Schultern.

»Hey.« Dann lachte der Mann nervös auf. «Das ist ja völlig …, aber gut, echt scharf … Hey. HEY!«

Jetzt begriff Ike, dass der Mann gar nicht mit ihr sprach. Er schien nicht einmal zu wissen, dass er eine Zuhörerin hatte.

»Hast du alles dabei? – Ja, ist okay, klar, du kannst … mach schon!« Der Mann schien ungeduldig zu sein. »Da rein?«, grunzte er. Ein undefinierbares, helles Geräusch war zu hören. Eine Weile blieb es still, dann ertönte wieder die Stimme: »Okay, jetzt du! – Komm! … Komm jetzt!« Die Stimme klang lustvoll. »Aaah …« Offensichtlich war er sehr erregt.

Die angesprochene Person sagte nichts.

Nehlsen trat von einem Fuß auf den anderen. Es war kalt geworden. Die Sonnenwärme, die für einen überraschend lauen Vorfrühlingstag gesorgt hatte, hatte sich bei einsetzender Dunkelheit der Kälte des zurückweichenden Winters geschlagen geben müssen, die aus dem Kanal aufstieg.

Er wollte nicht hier sein. Er wollte nicht fühlen. Er wollte nicht töten.

Heiner Nehlsen hatte sich in eine Nische des Brückenkopfes zurückgezogen. Von hier aus hatte er einen guten Überblick über das Gelände. Es mochten vielleicht fünfzehn Minuten vergangen sein, ohne dass irgendjemand vorbeigekommen wäre. Möglicherweise hatte derjenige, der ihn hierher bestellt hatte, seinerseits einen Beobachtungsposten bezogen und wartete nun ab, um sicher zu gehen, dass ihm niemand gefolgt war. Vielleicht stand der Typ auf der Brücke und schaute zu ihm herab. Vielleicht wollte er ihn mürbe machen …

Nein! Heiner Nehlsen versuchte diesen Gedanken zu verdrängen, der sich jedoch nicht abschütteln ließ und ihn beunruhigte. Er musste Geduld haben. Er durfte nicht vorzeitig aus seinem Versteck heraustreten, um seinen Vorteil nicht zu verspielen. Der Anrufer würde schon kommen.

Allmählich schlich sich die Kälte in seinen Körper, stieg die Beine hinauf, erfasste den Rumpf und kroch von da aus in Arme und Fingerspitzen. Vorsichtig lockerte Nehlsen seinen Griff. Seine Hände fühlten sich taub an. Erst jetzt spürte er wieder die kalte Schusswaffe in seiner Rechten. Und er spürte noch etwas: Angst. Angst davor, dass die Person kam. Und Angst davor, dass sie nicht kam …

Eiskalt lugte der unheimliche Regisseur der Szene durch die Schlitze der venezianischen Maske. Das anfängliche Schaudern, das Andresens schnarrende Stimme in ihm ausgelöst hatte, war verschwunden. Jetzt fühlte er nichts. Wie ein grotesker, bösartiger Pierrot gab er seine mitleidlosen Regieanweisungen. Er behielt den großen, drahtigen Andresen genau im Auge. Er hatte ein Netz um den Mann gesponnen. Ein tödliches Gespinst, in das er willig hineinkroch und das er eifrig um seinen Körper zusammenzog, enger und enger. Fast schien Andresen begierig zu sein, endlich darin zu ersticken.

Wie er alle meine Anweisungen befolgt!, dachte der Maskierte, der wie unbeteiligt dastand. Gehorsam war sein Opfer in den Bottich geklettert, wie ihm befohlen worden war. Dankbar, eifrig dienen zu dürfen, devot, demütig, sich selbst erniedrigend. Wie ein Tier! Wie verachtenswert das war!

Die maskierte Person zog Handschellen unter dem Gewand hervor, das ihre kräftige Statur umspielte, und ließ sie verführerisch durch die Hände gleiten. Sie hielt Andresen die Fesseln hin, schwenkte sie, zog sie wieder zurück, ließ ihn winselnd seine Hände danach ausstrecken, den lüsternen Mann. Gnädig nahm sie seine Unterwürfigkeit entgegen, überreichte ihm huldvoll und neckisch die Fesseln und erlaubte ihm, sie sich anzulegen, ebenso ein zweites Paar. Während die Person den erregten Andresen, ihn wie einen Hund belohnend, hinter den Ohren kraulte, befestigte sie beide Handfesseln an weit auseinander liegenden Ösen des großen Gefäßes, so dass er mit seinen breit ausgestreckten Armen dastand wie ein geduldiger, alles verzeihender Prediger einer obskuren Bruderschaft, unschuldig wie ein Lamm. Vor diesem armseligen Wurm hatte der Maskierte einst Angst gehabt!

Und während er, dessen Brustwarzen sich obszön durch das Latex drückten, fiebernd dastand, winselte, bettelte, flehte und Worte drechselte, schweinische Worte, penetrante Worte, demütige und keuchende Worte, war der verruchte Regisseur still. Er brauchte keine Worte.

»Was ist denn los?« Lars drehte seinen Kopf zu Ike. Deutlich nahm er ihre Anspannung wahr.

Ike blickte kurz zu ihrem Liebhaber hinüber. Sie antwortete nicht. Ihre Rechte umklammerte das Mobiltelefon, aus dem plötzlich ein metallisches Klicken zu hören war.

Zögernd stemmte Lars seinen langen Körper aus dem Bett und näherte sich Ike, die sich inzwischen von ihm abgewandt hatte.

»Sag doch schon, was ist?«, wiederholte er mit gepresster Stimme. »Kann ich –«

Ikes abwehrend in die Luft schlagende Hand schnitt seine Frage ab. Wieder hörte man das trockene Klickgeräusch. Im dämmrigen Licht sah Lars, dass Ike bleich geworden war. Sie atmete flach. Die Kommissarin konzentrierte sich. Um verstehen zu können, was sich auf der anderen Seite der Leitung abspielte, zwang sie sich, das aufsteigende Entsetzen zurückzudrängen.

Aus dem Hörer war ein Gurgeln zu hören. Ike schaute fragend. Zwischen ihren Augen hatte sich eine senkrechte Falte in die Stirn eingegraben. Ein Mann stöhnte, keuchte. Klang es noch erregt? Die anfangs aufgeilenden, anpeitschenden Wörter wurden weniger. Sie wichen anderen Wörtern. Fragen. Unsicherheit. Die vorher spitze, sich überschlagende Stimme wurde leiser, dann gepresst, schließlich belegt, das lüsterne Stöhnen verwandelte sich in ein Krächzen.

»He, das ist unangenehm.« Die Stimme des Mannes klang feststellend, fast ein wenig resigniert. Wieder war das helle Gluckern zu hören.

Ike schaute wieder Lars an, der sich auf die Bettkante gesetzt hatte und ihren Blick besorgt erwiderte.

»Stell auf Mithören!«, bat er. Gemeinsam lauschten sie.

»Es ist zu warm! Hör auf!« Das Rufen, verwundert zuerst, dann ungläubig, ging in ein bizarres Lachen über, das sich überschlug.

Jetzt rief der Mann: »Es ist zu heiß! LASS DAS!« Angst drang durch das Telefon: »Was soll das? WAS HAST DU VOR?« Man hörte das Entsetzen in seiner Stimme.

Ikes Blick flackerte unruhig hin und her, während Rumpeln und Klirren aus dem Hörer schallten. Es klatschte, als würde jemand mit der flachen Hand auf Wasser oder eine metallische Oberfläche schlagen.

»AUA! Ich halt das nicht aus!« Die Stimme überschlug sich hysterisch. Dann wurde sie flehentlich: »Bitte … Sag mir, was du willst … bitte …«

Das Keuchen des Mannes wurde schneller, lauter.

»Gib mir dein Handy, Lars!« Ike machte eine heftige Bewegung mit dem Kopf.

»Ich hab' es nicht hier.«

»Dann das Telefon!«, fauchte Ike.

»MACH DAS AUS! MACH DAS AUS! ICH KANN NICHT MEHR!« Der Mann schien zu hyperventilieren, dann schrie er, schlug anscheinend um sich. Seine panische, schrille Stimme kroch in jeden Winkel des Schlafzimmers. Die Polizistin legte das Mobiltelefon beiseite und steckte sich die Finger in die Ohren. Es machte keinen Unterschied.

Allmählich wurde das Schreien schwächer und ging in ein gleichförmiges Jammern über: »Bittebittehörauf! Lassmichbitte! Washabichdirgetan?«

Schließlich war nur noch ein Winseln zu hören. Nach einigen Minuten wurde der Mann unvermittelt ruhig. Sachlich, fast nüchtern stellte er fest: »Du willst mich umbringen – du hast das geplant – von Anfang an – warum? – Wer bist du?«

Eine Zeitlang war nichts zu hören. Dann schluchzte er auf wie ein Kind.

Nachdem Lars das Telefon vor ihr abgestellt hatte, wählte Ike eine Nummer. Das Freizeichen wurde vom Weinen des Mannes aus dem Handy überdeckt. Dann war Ike mit einer Stimme verbunden, die ihr etwas Halt gab.

»Sloboda.«

»Ich bin's, Ike. Chef, bitte, hören Sie!« Sie hielt das Handy kurz ans Telefon. »Der Anruf. Jemand hat mich angerufen …«

Der Kriminalkommissar schnaufte.

»Chef!?«

»Ja.«

»Da stirbt einer!« Jetzt überschlug sich Ikes Stimme. »Jemand tötet ihn!« Ihre Augen brannten. Dann schrie sie ins Telefon: »Gerade in diesem Moment tötet ihn jemand!«

Sloboda hatte sich inzwischen aus den Armen seines Freundes gewunden. Schlagartig war er konzentriert.

»Jensen! Sind Sie okay?«

»Ja.« Ike zitterte.

»Kommen Sie sofort ins K 1, in den Besprechungsraum im siebten Stock!«

Ike hielt das Mobiltelefon von sich weg, um ihren Vorgesetzten besser verstehen zu können.

»Ist es möglich, herauszufinden, woher der Anruf kommt?«

»Ich versuch's. Hoffentlich ist es nicht zu spät dafür.«

Als Sloboda aufgelegt hatte, hielt Ike das Mobiltelefon immer noch von sich weg. Sie konnte das gellende Schreien des Mannes, das jetzt wieder aus dem Hörer kam, kaum ertragen.

V

Freitag, 28. März, 22.45 Uhr

Das Zucken des Blaulichts reflektierte in den Scheiben der vorbeirasenden Gebäude. Ike Jensen ließ den Motor aufheulen, als sie aus dem Kreisverkehr des Lindenplatzes in die Moislinger Allee jagte. Ein erschrockener Fahrer vor ihr steuerte seinen Toyota krachend über den Kantstein auf den Bürgersteig. Für einen Moment fühlte sich die Kommissarin in ein Computerspiel versetzt. Sie drückte aufs Gaspedal, der Tacho zeigte knapp Hundert. Abrupt bremste sie ab, um nach links in die Lachswehrallee einzuschwenken. Dann beschleunigte sie erneut.

Auf dem Beifahrersitz lag das eingeschaltete Handy. Einige Sekunden lang übertönte das Brüllen des Motors die stoßartigen Schreie, die aus dem Gerät direkt in ihr Gehirn eindrangen. Plötzlich rissen die verzweifelten Rufe ab. Ike horchte auf. Nichts. War der Mann etwa tot? Diese Stille war noch viel schlimmer. Ike drückte einen Schalter, das Martinshorn jaulte auf. Ein vertrauter Ton, er tat nur den Ohren weh. Hinter der Lachswehrbrücke wurde das Auto von einem Straßenbuckel in die Höhe katapultiert. Gleich danach eine Rechtskurve. Der Wagen krachte auf den Asphalt, brach aus. Ike steuerte gegen, brachte die Steuerung wieder unter Kontrolle. Schweißperlen standen auf ihrer Stirn. Sie musste – sie durfte – sich auf das Fahren konzentrieren. Für einen Moment musste sie nicht an das Handy denken, das da ungeheuerlich, scheinbar friedlich neben ihr lag.

Am Ende der Possehlstraße trat allmählich das Behördenhochhaus aus der Dunkelheit. Ike lenkte ihren Wagen auf den kleinen Parkplatz direkt vor dem Eingangsportal. Einige Kollegenfahrzeuge standen bereits dort, darunter Svens chromblitzender Einser-BMW.

Gerade als Ike die Eingangstür aufstoßen wollte, hörte sie einen Wagen auf den Vorplatz fahren. Der uralte weiße Borgward ihres Chefs gab ein friedliches Summen von sich, als er zum Stehen kam. Ein wenig besorgt musterte Hans Sloboda nach dem Aussteigen die junge Kollegin und legte ihr dann väterlich einen Arm um die Schultern.

»Geben Sie mal her!« Er nahm ihr das Mobiltelefon aus der Hand. »Und holen Sie sich erst noch einen Kaffee – das wird eine lange Nacht!«

Ike seufzte: »Danke, ja, den kann ich gut gebrauchen. – Wo sind wir denn?«

»Oben im Konferenzraum der Mordkommission.«

Die Kommissarin und ihr Chef hasteten über die Treppe in die siebte Etage. Sie wagten nicht, den Fahrstuhl zu nehmen, um die Handyleitung aufrecht zu erhalten. Hans Sloboda bog in Richtung seines Büros ab: »Ich komme gleich nach!«

»Hallo alle zusammen.« Wenige Sekunden später betrat Ike den funktional eingerichteten Konferenzraum. Ulf Bender, der diensthabende Beamten vom Polizeirevier 4, stand an dem großen Stadtplan, der an der Wand hing, seine Kollegin Paula Potthof saß über das Funkgerät gebeugt und konnte dem Gekreische offensichtlich irgendwelche Informationen entnehmen. Kriminaloberkommissar Sven Hustedt schaute kaum auf. Dennoch klang seine Stimme erfreut: »Ah, die große Klare aus dem Norden! Hast du freitagabends nichts Besseres zu tun, als ans Handy zu gehen und uns eine lange Nacht zu bescheren?« Er blinzelte ihr zu.

Ike war dankbar für diese Begrüßung, die sie unter anderen Umständen wenig charmant gefunden hätte, und schnurrte zurück: »Wenn gewisse Polizeibeamte abends schon so früh bei Mutti sein müssen, muss ich ja warten, dass jemand anders mich anruft! Aber wie kommt es, dass du schon hier bist?«

»Ich hatte ganz in der Nähe ein tête-à-tête, das mein Handy abrupt beendete.« Tatsächlich roch Sven nach Wein und einem Hauch Knoblauch. »Wir waren in der ›Forelle‹ an der Lachswehr, deren erlesene Speisen ich hin und wieder sehr genieße.«

»Hast du Boie schon erreicht, Sven?« Sloboda stürmte ins Zimmer. In seiner Linken schwenkte er Ikes Handy, aus dem ein grauenhaftes Keuchen zu hören war.

»Der Herr Staatsanwalt ist zum Golfwochenende auf Usedom, wurde mir gesagt.« Sven verzog seine Miene zu einem gespielten Vorwurf.

»Mist!« Seufzend schickte der leitende Kommissar einen genervten Blick zur Decke. »Also gut, dann ruf eben die Geller an!«

Wieder ertönte ein langgezogener, greller Ton aus dem Mobiltelefon. Alle hielten den Atem an. Hustedt schluckte kurz. Ein Ruck ging durch seinen stattlichen Körper. Um seine Erschütterung zu verbergen, merkte er mit belehrendem Ton an: »Frau Doktor habil. Uta Geller, Hans! So viel Zeit muss sein!«

Die stellvertretende Oberstaatsanwältin legte Wert darauf, korrekt und vollständig angesprochen zu werden. Sie war als äußerst karrierebewusst und prinzipientreu bekannt, um nicht zu sagen: verrufen.

Sloboda ignorierte Hustedts Bemerkung. »Jensen, Sie hören jetzt weiter das Handy ab«, befahl er. »Achten Sie auf jeden Hinweis, der uns verraten könnte, wo sich das Ganze abspielt. Wenn Ilka und Deutschmann kommen, sollen sie sich erst mal einklinken. Bender und Potthof halten Kontakt zu den Streifenwagen.«

»Chef, Sie konnten den Anrufer also noch nicht lokalisieren?«, schaltete sich Ike wieder ein.

»Ich versuch' das schon die ganze Zeit. Aber es ist schwierig. – Sven, hast du schon Verbindung zur Geller?«

Statt einer Antwort drang ein einzelner durchdringender Schrei aus dem Handy, das Ike vor sich auf den Tisch gestellt hatte. Dann waren ein bummerndes Rumpeln zu hören und ein Geräusch, das so klang, als würde jemand mit der flachen Hand auf eine metallische Fläche schlagen. Unwillkürlich zog Ike die Schultern hoch. Hustedt wandte sich ab.

»Ja, guten Abend«, krächzte er, den Hörer mit der Hand abschirmend, ins Telefon. »Frau Doktor Geller, es tut mir leid, dass ich stören muss. Wir haben –« Er brach ab und machte ein verkniffenes Gesicht. Erneut hallte ein schauderhafter Schrei durch den Raum.

»Ja, es tut mir – ja, Sie haben Recht, ich gebe Ihnen –« Stumm hielt er Sloboda den Hörer hin.

Dann ging er zu Ike, die bereits an dem Tisch Platz genommen hatte, auf dem das Handy lag. Gemeinsam konzentrierten sie sich auf die Geräusche.

»Sloboda hier. Frau Geller, wir brauchen eine Anschlussinhaber-Ermittlung.« Nach kurzer Pause fuhr er fort: »Nein, sofort, jetzt gleich. Jemand wird gerade bei eingeschaltetem Mobiltelefon getötet! Jetzt, in diesem Moment! – Ja, er ist nicht da. Golfspielen auf Usedom. – Ja, ich weiß, dass Sie den Amtsrichter einschalten müssen. – Ja, ich weiß das, Frau Geller! – Ja, Frau Doktor Geller!« Der Polizeibeamte holte tief Luft und verbiss sich mühsam eine spitze Bemerkung. Er insistierte: »Es ist Gefahr im Verzug! – Gut, also Folgendes: Heute Abend gegen – « Fragend guckte der Hauptkommissar zu Ike hinüber.

»So ungefähr Viertel nach zehn«, soufflierte sie.

Mit knappen, präzisen Worten setzte Sloboda die Oberstaatsanwältin nun von den Ereignissen in Kenntnis. Nachdem er aufgelegt hatte, machte er seinem Ärger Luft: »Sehr wohl, Frau Oberstaatsanwältin Doktor habil Beller!«, warf er in die Runde und die Kollegen lachten über die Anspielung auf die geifernde Sprechweise der Staatsanwältin.

Den Moment der einsetzenden Ohnmacht spürte Rudolf Andresen genau. Um ihn herum verschwammen die Gegenstände und Geräusche, Erinnerungsfetzen drängten hervor. Dann, ein letztes Mal, wurden seine Sinne ganz klar.

»Wer bist du?« Seine Stimme war nun ganz fest. »Zeige dich! – Ich weiß, wer du bist, jetzt weiß ich es …«

Die Person trat näher an ihr Opfer heran. Mit langsamen Bewegungen ließ sie den Umhang von den Schultern gleiten und zog sich, während sie ihn unverwandt ansah, die venezianische Maske vom Kopf.

»Du bist –«

Bevor Rudolf Andresen den Satz beenden konnte, drückte die Person auf einen Knopf. Die Verbindung war unterbrochen.

»Ich bin nicht befugt, Ihnen die Verbindungen und den Anschlussinhaber preiszugeben, auch wenn noch so sehr Gefahr im Verzug ist.« Sloboda malte sich aus, wie sich sein Gesprächspartner am anderen Ende der Leitung selbstzufrieden in seinem Sessel aalte. Natürlich war auch er über die Rechtssituation im Bilde. »Oder haben Sie einen Gerichtsbeschluss?«

»Hören Sie«, reagierte der Hauptkommissar vielleicht ein wenig zu freundlich, »wie war doch gleich Ihr Name?«

»Wosien, Bastian Wosien.«

»Also, Herr Wosien, natürlich haben Sie Recht, ich bräuchte eigentlich einen Gerichtsbeschluss. Aber …«, das letzte Wort zog der Sloboda emphatisch in die Länge, »eines schwöre ich Ihnen: Wenn Sie nicht sofort überprüfen, wer der Inhaber dieses Handys ist und wo es sich befindet, werde ich in fünf Minuten mit meinen Jungs bei mobileworld auftauchen und mich persönlich mit Ihnen unterhalten. Und Sie können ganz sicher sein, dass wir etwas finden, was uns überhaupt nicht gefallen wird. Und Ihnen auch nicht. Also!« Sloboda schrie nicht, er sprach nicht einmal besonders laut.

»Ich werde mich über Sie beschweren!« Wosiens Stimme klang auf einmal belegt.

»Sie dürfen sich beschweren, so viel Sie wollen. Aber jetzt machen Sie, was ich gesagt habe! Sobald Sie etwas haben, melden Sie sich, klar?«

Hans Sloboda legte auf und schaute in die Runde, die inzwischen Verstärkung durch Ilka Gross und Kriminalhauptkommissar Manfred Deutschmann bekommen hatte, der sauertöpfisch dreinblickte. In den letzten Monaten war der 52-Jährige noch hagerer geworden. Ein Vollbart umwucherte sein graues Gesicht.

»Ich hasse es, wenn ich unhöflich werden muss!«, seufzte der Leiter des K 1.

Im nächsten Moment waren aus dem Mobiltelefon, auf das die Polizisten während Slobodas Gespräch nicht geachtet hatten, einige kurze, überraschend sachliche Sätze zu vernehmen: »Ich weiß, wer du bist, jetzt weiß ich es … du bist –«

Dann gab es ein leises Klicken. Die Leitung war tot. Die Menschen in der Einsatzzentrale sahen sich betroffen an.

»Scheiße!« Ike sprach aus, was alle dachten.

Es musste schon weit nach Mitternacht sein, als Susana Pascua-Nehlsen aufwachte. Nach dem Streit mit ihrem Mann hatte sie ein heißes Bad genommen, dabei einen Piccolo geleert und die Abwesenheit ihres Gatten genossen. Beim Eincremen hatte sie einen Entschluss gefasst. Sie würde sich trennen. Sie hatte keine Existenzangst mehr, die sie an ihn kettete. Sie würde mit ihrem Liebhaber über eine gemeinsame Zukunft reden. Ihr Freund war zwar nicht so gut situiert wie Heiner, aber er war attraktiv, liebevoll und unternehmungslustig. Er würde für sie sorgen können. Nächste Woche würde sie die bekannte Lübecker Scheidungsanwältin aufsuchen, die ihr eine Freundin empfohlen hatte: Evelyne Strait. Ein vielversprechender Name! Sie würde diesem selbstverliebten viejo verde, diesem geilen Bock nicht mehr zu Diensten sein müssen. Sie würde ihn ausnehmen und ihm von der Anwältin die cojones polieren lassen!

Jetzt hörte sie, wie ihr Mann die Haustür öffnete, eintrat und seine Sachen ablegte. Schritte kamen die Treppe herauf, ein vorsichtiges Rütteln an der Schlafzimmertür, die sie abgeschlossen hatte. Die Schritte entfernten sich wieder, vermutlich machte er es sich jetzt auf dem Sofa im Wohnzimmer bequem. Das kannte er schon.

Heiner Nehlsen zog sich die Wolldecke zurecht. Er war zugleich erleichtert und frustriert, weil niemand zum verabredeten Treffpunkt gekommen war. Ob man ihn mürbe machen und den Preis in die Höhe treiben wollte? Oder war es einfach ein dummer Scherz? Und wenn tatsächlich jemand gekommen wäre: Ob er wohl bereit gewesen wäre, zu töten? Er war sich nicht sicher.

»Was jetzt?« Ilka schaute in die Runde. Aber ihre Kollegen waren ebenso ratlos wie sie selbst. Keiner glaubte daran, das Opfer noch rechtzeitig finden zu können. Als Erster regte sich Hans Sloboda wieder: »Kollegen! Wer kann etwas zu dem Ort sagen? Woher kam der Anruf? Was ist euch aufgefallen? Gab es Geräusche im Hintergrund? Irgendein verräterischer Satz, ein Wort?«

Sven antwortete zuerst: »Das war nicht in einer Wohnung, glaub' ich, da war so ein Hall zu hören, ich weiß nicht, vielleicht ein Saal, eine Fabrikhalle oder so.«

»Ich habe Metall gehört, vielleicht irgendwelche Geräte oder Maschinen«, sagte Ilka. »Irgendwas klirrte und machte klick oder so. Schläge mit der Hand auf glatte Oberflächen, wohl nicht hohl, eher ziemlich massiv.«

»Und dazu tauchte ständig ein Geräusch von platschendem Wasser auf«, ergänzte Ike.

»Wasser?« Nachdenklich zupfte der Chef an seinem fliehenden Kinn. »Wo gibt es Wasser?«

»Stadtwerke, Wasserkunst, Getränkehandel, Abfüllanlage, Wäscherei, Brunnen, Pissoir …«

»Badewanne«, ergänzte Ike Svens Redefluss.

»Oder Schwimmbad oder Sauna oder Sporthalle oder Werft – das könnte überall sein! So kommen wir nicht weiter!« Nach wenigen Sekunden griff Sloboda nach einem weiteren Strohhalm: »Kollegin Jensen, gibt es inhaltliche Hinweise? Wurde etwas gesagt, was uns weiterhelfen könnte?«

»Nein Chef, überhaupt nichts.«

»Was meinen die anderen?« Nicht sehr hoffnungsvoll blickte der Erste Kriminalhauptkommissar um sich. Wie erwartet bekam er nur Kopfschütteln zur Antwort.

Deutschmann guckte finster vor sich hin.

Ilka Gross blickte ärgerlich auf Sven, der nicht von Ikes Seite wich.

Sven schaute Ike hungrig an.

Die Kommissarin errötete.

Ihr Chef legte seine Stirn in Falten.

Das Telefon klingelte.

»Wir können das Gebiet, aus dem der Anruf kam, einkreisen«, meldete sich der Anrufer, »irgendwo im Bereich Lübeck-Moisling, Buntekuh, Genin. Der Anschlussinhaber ist eine gewisse Susana Pascua-Nehlsen.«

Kurz darauf streifte eine Armada von Einsatzwagen durch die genannten Stadtgebiete. Zum zweiten Mal innerhalb weniger Stunden fuhr ein Polizeifahrzeug am Hilgado-Werksgelände vorbei. Da dort aber nichts Verdächtiges zu sehen war, meldete die Besatzung des Streifenwagens, dass sie sich nun auf den Weg in die Kronsforder Landstraße machen würde. Auch die beiden Beamten ahnten nicht, dass fünfzig Meter von ihnen entfernt ein Mann gerade dabei war, qualvoll zugrunde zu gehen.

Das Klingeln der Haustür weckte die junge Frau zum zweiten Mal in dieser Nacht. Ruckartig setzte sie sich im Bett auf, fuhr sich mit den Fingern durch die schwarzen, dichten Haare und atmete erst einmal tief durch. Gerade hatte sie beschlossen, diese unverschämte nächtliche Störung für einen Traum zu halten, als es erneut klingelte. Schimpfend stand sie auf: »Vete a tomar por el culo! Leckt mich!«

Unten wurde die Haustür aufgerissen. Kurz darauf rief ihr Mann hoch: »Polizei! Du sollst mal runterkommen, Susana!«

»Sie sind die Inhaberin des Mobiltelefons mit der Nummer …«

Der Zivilbeamte blickte die verschlafene Frau an, die gerade an die Haustür gekommen war. Dann schaute er in seinen Notizblock und las eine zwölfstellige Nummer ab.

»Kann schon sein. – Wer sind Sie? Was soll das?«, fragte Susana verstockt zurück.

»Kriminalpolizei.« Er zeigte seine Dienstmarke. »Ich bin Hauptkommissar Sloboda. Und das ist«, er wies auf die Frau neben sich, »Kriminalkommissarin Ike Jensen. Wir wollen wissen, wo sich Ihr Mobiltelefon befindet.«

»Mein Handy? – Und dafür kommen Sie mitten in der Nacht und reißen mich aus dem Schlaf?«, schimpfte die Frau. »Mierda!«

»Bitte zeigen Sie uns jetzt Ihr Handy, Frau Pascua-Nehlsen. Und dann möchten wir noch wissen, wo Sie heute Nacht zwischen einundzwanzig Uhr und ein Uhr dreißig waren.« Sloboda schaute auf die Uhr, die jetzt ein Uhr zweiunddreißig zeigte.

Mürrisch drehte sich die Frau um und öffnete eine Schublade der Biedermeier-Kommode, die in der ansonsten nüchternen Umgebung wie ein Erbstück wirkte, das man kurz vor der Ankunft der Schwiegermutter schnell irgendwo aufgebaut hatte.

»Mier-« wollte ihr gerade der nächste Fluch entschlüpfen, als sie sich des Besuchs besann, »-coles! – Ich weiß nicht … Heiner!«, schrie sie ihren Mann unvermittelt an, »hast du vielleicht …?«

»Nein, Schatz, ich hab' dein Handy nicht.« Offensichtlich war ihm der ungehobelte Ton seiner Frau peinlich, und er versuchte, die Spannungen durch übertriebene Freundlichkeit zu übertünchen. Dann fügte er nachdenklich hinzu: »Vielleicht ist es gestohlen worden.« Er wandte sich an die Polizeibeamten. »Vor etwa zwei Wochen ist bei uns eingebrochen worden. Es ist aber nichts gestohlen worden. Dachten wir zumindest, und deshalb haben wir auch nichts unternommen. Wir waren allerdings nicht ganz sicher, denn einige Dinge standen so, dass wir den Eindruck hatten, jemand wäre hier drin gewesen. Aber, wie gesagt, wir waren uns nicht sicher. Und deshalb haben wir es auf sich beruhen lassen.«

»Haben Sie den Apparat immer da«, Ike zeigte auf die Kommode, »aufbewahrt?«

Frau Pascua-Nehlsen nickte. Sie fasste sich mit beiden Händen an die Schläfen und massierte sie leicht.

»Wissen Sie, meine Frau benutzt ihr Handy nicht sehr oft. Weil sie immer ihre Pin vergisst.«

Die schlanke Frau zog ihren Morgenmantel vor der Brust zusammen und bedachte ihren Mann mit einem giftigen Blick.

»Wo waren Sie heute Nacht zwischen neun Uhr und halb zwei, Frau Pascua-Nehlsen?« Sloboda kam auf seine Frage zurück.

»Ich habe ein Bad genommen, das muss so gegen zehn gewesen sein. Danach bin ich zu Bett gegangen. Alleine!« Das letzte Wort schien sie ihrem Mann ins Gesicht zu schleudern.

»Und Sie, Herr Nehlsen?«, übernahm die Kommissarin das Wort.

»Ich«, er wechselte einen schnellen Blick mit seiner Frau, »war auch zu Hause. Ich bin genauso früh ins Bett gegangen, allerdings hier«, er zeigte durch den Flur auf die große Sitzgarnitur im Wohnzimmer. »Auch alleine, leider.«

Nachdem die Haustür hinter ihnen ins Schloss gefallen war, blieben Sloboda und Jensen noch eine Minute im Licht der Außenlampe über der Tür stehen. Wortlos versicherten sie sich gegenseitig, dass sie soeben eine Menge Lügen gehört hatten.

»Kommen Sie, Jensen. Ich bringe Sie nach Hause. Versuchen Sie, noch etwas Schlaf zu kriegen. Wer weiß, wann wir wieder raus müssen.« Hans Sloboda sah selbst ziemlich bettreif aus.

Es war das dritte Mal in dieser Nacht, dass Polizeibeamte dem Tatort äußerst nah gewesen waren.

VII

Samstag, 29. März, 2 Uhr

»Schau mal hier, Helga!« Ike schob den Brief über den Tresen, hinter dem ihre Freundin gerade Gläser auswischte. »Schon der zweite Brief. Ich weiß gar nicht, was das soll.«

Helga, Barfrau in der Kneipe »Drei Jungfrauen«, stellte das Glas ab, beugte sich vor und griff mit ihrer riesenhaften Pranke nach dem Blatt.

»Lass mal sehen, meine Kleine!«

Wie schon bei ihrem ersten Zusammentreffen vor etwas über einem Jahr lief Ike, sobald sie Helgas volle, rauchige Baritonstimme hörte, ein angenehmer Schauer über den Rücken. Helga betrieb mit zwei Freundinnen die kleine Bar im Erdgeschoss eines der riesigen und sozial unverträglichen Wohnsilos im Hudekamp, wo Ike bis vor kurzem noch gewohnt hatte. Der Name der Kneipe, »Drei Jungfrauen«, stand in einem eklatanten Kontrast zum Erscheinungsbild der drei Betreiberinnen. Sie waren allesamt große, kräftige, dunkelhaarige Frauen des gehobenen Mittelalters. Helga war vor kurzem 66 Jahre alt geworden. Über die Frage der Unberührtheit dieser Frauen gingen die Meinungen ihrer Kunden allerdings auseinander: Die einen konnten sich angesichts ihres forschen Auftretens nicht vorstellen, dass die Männer immer rechtzeitig hatten Reißaus nehmen können, andere Stimmen meinten, dass sich ein Mann aus genau denselben Gründen niemals näher als zwanzig Zentimeter an eine der Frauen herangetraut haben könne. Und da nun einmal der kleine Unterschied selten mehr als zwanzig Zentimeter betrage, könne auch nichts und niemand ihrer Unversehrtheit jemals zu Leibe gerückt sein.

Ike war nach dem nächtlichen Einsatz bei den Nehlsens todmüde nach Hause gekommen, hatte die Haustür aufgeschlossen und einen Stapel Post aus dem Briefkasten gefischt, als sie unvermittelt den Brief der unbekannten Christiane in den Händen hielt. Sofort war sie wieder hellwach. Nachdem sie die Zeilen, die ihr ja mit dem ersten Schreiben bereits angekündigt worden waren, gelesen hatte, wusste sie auch, worauf die Absenderin abzielte. Aber damit wollte sich Ike nie wieder beschäftigen. Also versuchte sie, möglichst unbeteiligt und sorglos zu klingen, als sie ihre Freundin ansah und sagte: »Na, was meinst Du dazu?«

Helga beugte sich vertraulich ein Stück über den Tresen.

»Könnte es sein, dass das Ganze etwas mit dir zu tun hat?« Helgas Stimme hatte nun auch noch ein bedeutungsvolles Timbre, das Ike in Verbindung mit dem verschwörerischen Pianissimo nur noch stärker unter die Haut fuhr. »Ich lese ihn dir noch einmal vor:

Hallo Ike!

Nach dem ersten Brief, den ich dir schrieb, hast du wohl viel überlegt, wer ich sein könnte, stimmt's?

Ike, ich fühle mich sicherer, wenn du nicht weißt, wer ich bin. Dann kann ich auch keine Ablehnung erfahren! Ablehnung ist für mich ganz schwer zu ertragen. Das hat wohl mit meinen Wohnverhältnissen als Kind zu tun.

Du musst dir das so vorstellen: Wir zogen von heute auf morgen um. Ich wusste weder wohin noch warum. Als ich von der Schule nach Hause kam, waren alle Sachen schon in einem alten klapprigen Lastwagen verstaut. Außerhalb der Stadt bog der Wagen in eine Sackgasse ein. Links und rechts der Straße befanden sich schöne zweistöckige Wohnblocks, sie waren aus rotem Backstein. Ganz am Ende der Straße konnten die Autos auf einem runden Platz wenden.

Genau dort, Ike, befand sich ein altes, hässliches, grau verputztes Haus. Es hatte zwei Eingänge, in denen angetrunkene und ungepflegte Männer und Frauen schon neugierig auf uns warteten. Heute nehme ich an, dass diese Leute ihr Leben nur mit Alkohol ertragen konnten. Trinkst du nach Feierabend auch manchmal Alkohol, um zu vergessen?

Dieses Haus kann ich jedenfalls bis heute nicht vergessen. Die schmutzigen Eingänge mit den demolierten Briefkästen und kaputten Fensterscheiben, die durch Pappe oder Sperrholz ersetzt waren, dazu die vielen weinenden Kinder.

Es war nicht zu übersehen, dass hier viele Menschen wohnten. Das Innere war genauso bedrückend wie das Äußere des Hauses: Die Wände waren bekritzelt. In jedem der drei Stockwerke gab es einen langen schmalen Flur. Hinter einer eingeschlagenen Tür befanden sich die fünf Toiletten für die Bewohner der Etage, dazu gab es nur ein Waschbecken mit Wasseranschluss.

Daneben sieben Türen, und hinter jeder einzelnen Tür wohnte eine ganze Familie in einem Zimmer. Dieses Zimmer war Elternschlafzimmer, Kinderzimmer, Küche und Wohnstube, alles in einem.

Ich muss zugeben, dass ich jetzt, wo ich dies schreibe, ganz schön neugierig bin, wo du aufgewachsen bist, Ike. Vielleicht erfahre ich es irgendwann einmal?

Bis zum nächsten Mal.

Christiane«

Als Helga geendet hatte und ihrer Zuhörerin wortlos, aber vielsagend das Schreiben zurückgab, vibrierte jede Zelle in Ikes Körper. Ganz kurz dachte sie an Lars. Sie wusste, dass sie nicht länger hierbleiben konnte, Helgas Fragen konnte sie sich nicht stellen. Aber nach außen gab sie sich unbekümmert, umarmte die Freundin und verabschiedete sich. Dann trat sie in das Dunkel einer kühlen Märznacht hinaus und wusste, dass ihr nur ein langer, strammer Spaziergang helfen konnte, nicht mehr zu denken.

VIII

Samstag, 29. März, 2 Uhr

Der Mensch, der in dem dämmerig beleuchteten Zimmer kauerte, fühlte nichts. Keine Genugtuung, kein Bedauern, keine Erleichterung. Vielleicht würde sich wenigstens noch das Gefühl der Befriedigung, es geschafft zu haben, einstellen.

Es war nicht sehr schwer gewesen. Es war keine Überwindung nötig. Man hatte einfach getan, was getan werden musste, wie ein Roboter, der einer inneren Programmierung folgt. Genauso kühl und präzise.

Programmierung!, dachte die Person. Ich muss jetzt das Programm starten! Dies war der Teil des Planes, der lange Zeit die größten Probleme bereitet hatte: Wie konnte man die Kennungen und Spuren eines Chats unbemerkt auf einen anderen Rechner übertragen? So dass man dem anderen diesen Kontakt nachweisen konnte? Jetzt spürte der Täter eine Welle von Aufregung durch den Körper schwappen. Mehr als in den Stunden zuvor.

Die Person drückte sich von der Liege hoch. Unbeholfen machte sie einige Schritte, setzte sich an die Arbeitsplatte und strich mit der Hand über die glatte Fläche. Dann schaltete sie den Rechner ein. Während der PC seine immer gleichen Startrituale durchlief, kramte der Mensch aus einer Schublade ein blaues DIN-A5-Heft. Wenn er sich konzentrierte, rückten die buschigen Augenbrauen noch näher zusammen und verliehen ihm ein finsteres, entschlossenes Aussehen. Während der rechte Zeigefinger Zeile für Zeile der sorgfältigen Notizen entlangfuhr, tippte die linke Hand das Gelesene in die Tastatur. Die dunklen Augen wanderten zwischen dem Heft und dem Monitor hin und her.

Vor etwa zwei Wochen hatte er an dem Gerät eines anderen gewisse Änderungen vorgenommen, die anscheinend, wie die Meldungen auf dem Monitor nun bestätigten, Erfolg gehabt hatten. Der Einbruch in das Haus war problemlos gewesen. In einiger Zeit werden ein paar Polizisten auf dem Rechner eines gewissen Herrn wahrscheinlich Entdeckungen machen, die Fragen an den Besitzer aufwerfen werden. Vermutlich wird man ihn fragen, warum er an einem bestimmten Abend über einen intimen Chatroom Kontakt mit einem Mann aufgenommen hatte, der nur wenige Stunden später grausam ermordet worden war. Und man wird ihn fragen, warum er dies anonym über das Internet getan hat, wo er doch seit vielen Jahren mit diesem Mann bekannt gewesen war. Über die kleine Manipulation an seinem Computer würde man sich, sofern sie überhaupt entdeckt werden sollte, höchstens wundern.

Als die elegant gekleidete, etwas pummelige Erika Andresen Samstagnacht gegen zwei Uhr von ihrem Bridgeabend nach Hause kam, stutzte sie kurz. Rudolfs Schuhe lagen nicht im Flur. Meist pflegte er sie achtlos von den Füßen zu schleudern, ein untrügliches Zeichen für seine Anwesenheit. Diese Angewohnheit war jedoch das einzige Überbleibsel seiner früheren Unarten. Konsequente eheliche Anleitung hatte ihn zu dem werden lassen, was er heute war. Erika Andresen, selbst aus vornehmem Stall, wie sie manchmal scherzhaft anmerkte, war der Überzeugung, mit diesen zarten pädagogischen Eingriffen lediglich dem wahren Wesen ihres Gatten ans Licht der Welt verholfen zu haben: dem eines aufmerksamen, ansatzweise gebildeten Ehemannes, der sich zumindest keiner rohen Redensarten bediente. Niemals vergaß er, seine Frau zu den Feiertagen mit großzügigen Geschenken zu bedenken. Auch den Hochzeitstag vergaß er nie. Dabei spielte es keine Rolle, dass er seine Aufmerksamkeiten vorwiegend von ihrem Geld bestritt. Die Geste zählte. Er war gepflegt, immer gut rasiert und stets auf angemessene Kleidung bedacht. Beim Campingurlaub, zu dem sie sich einmal ihm zuliebe durchgerungen hatte, konnte er durchaus im Trainingsanzug zum Bäcker laufen; andererseits zögerte er nicht, zu besonderen Anlässen seinen Smoking auszuführen.

Auch ihr Eigenheim, ein gutbürgerlicher Walmdachbungalow in der Elsässer Straße, konnte zwar in punkto Exklusivität nicht mit den stattlichen Villen auf der Wakenitzseite mithalten; hinsichtlich Hege und Kultiviertheit stach es jedoch manches der prunkvolleren Domizile aus.

In körperlicher Hinsicht – sie tat sich schwer, sich des Wortes sexuell zu bedienen – war Rudolf wohltuend zurückhaltend. Zu

Beginn ihrer Ehe hatte es auf diesem Gebiet Unstimmigkeiten gegeben, weil er in seinem Verlangen doch recht unmäßig gewesen war. Mit den Jahren hatte er aber gelernt, sich zurückzunehmen, während sie andererseits in angemessenen Abständen ihren ehelichen Pflichten genügte. Es hatte sich eingespielt, dass sie ihm gewisse Signale gab, wenn sie disponiert war, die er mit männlicher Erfahrung in die immer gleichen Rituale und Verhaltenssequenzen umsetzte. Glücklicherweise entfernte er sich danach immer sofort, diskret und wortlos.

Das letzte Mal war allerdings lange her. Dabei hatte Erika ihre diskreten Botschaften durchaus von Zeit zu Zeit ausgesandt. Aber sie fühlte sich nun, da er nicht mehr auf Einlösung der ehelichen Schuld bestand, vollends respektiert und geachtet. Das Glück in einer Beziehung war so einfach zu bewerkstelligen! Dass sie als Frau natürlich über das eine oder das andere hinwegsehen musste oder – besser gesagt – der einen oder anderen Auffälligkeit kein allzu großes Gewicht beimessen durfte, war Teil ihrer stillschweigenden Übereinkunft. Gleichwohl tauchten ab und an Fragen auf: Was trieb ihn um freitagabends und an den vielen langen Nachmittagen, an denen er sich vom gemeinsamen Abendessen abmeldete? Was hatten die merkwürdigen schwarzen Utensilien aus Lack, Latex und Leder zu bedeuten, die sie neulich zufällig in die Hände bekommen hatte? Aber nein, sie würde ihm nicht hinterherschnüffeln, dazu würde sie sich niemals herablassen! Erika Andresen, 41 Jahre alt, glücklich verheiratet, ehrliche und fleißige Realschullehrerin mit Herz und Seele lebte in einer heilen Welt. Und dabei sollte es auch bleiben.

IX

Papeete, Freitag, 28. März, 15 Uhr Ortszeit

Zur selben Zeit lotste ein Mann viele Tausend Kilometer entfernt einen Lkw rückwärts in eine Garage. Ein aus verwitterten Brettern zusammengehauenes Schild mit der Aufschrift »Lorry Service«, das schief über der Einfahrt hing, wies das Gebäude als Lkw-Werkstatt aus.

Der Nachmittag hatte eine schwere, feuchte Luftglocke über den trostlosen Vorort von Papeete gelegt. Sogar die Passatwinde, die an den Küsten Tahitis meist für Erfrischung sorgten, waren der Hitze erlegen. Nur wenige Geräusche waren zu hören, einzelne Rufe, das blecherne Aufheulen einer Vespa, das Rumpeln rostiger Rolltore. Die herrenlosen Hunde hatten sich in die schattigsten Winkel verkrochen und verdösten, von Fliegen umschwärmt, den Tag. An der Mauer des Nachbargebäudes hockten träge einige Kinder und verfolgten lustlos die wenigen Fahrzeuge, die sich mühsam über die holprige Schotterstraße quälten.

»Warte«, raunte der alte Werkstatteigner dem Lkw-Fahrer zu. Er drücke seinen gebeugten, dürren Körper an dem Fahrzeug vorbei und ließ das schwere Rolltor herab.

Der Fahrer, ein bulliger Typ mit vernarbtem Gesicht, grunzte. Sein blindes Auge stierte unbeweglich unter dem hängenden Augenlid hervor. Das andere Auge verfolgte teilnahmslos die Bewegungen des Alten.

»Morgen komm ich das Zeug etwas früher holen. Das Schiff geht schon am Abend. Du musst dich beeilen.«

»Hmh«. Jackie, der Werkstattbesitzer, der wegen seines zahnlosen Oberkiefers nur Toothie genannt wurde, kam wieder um den Lkw herum, öffnete die Schiebetür zum Hinterhof und bedeutete dem Fahrer, den Lkw in den Hof zu fahren. Seine riesigen, kräftigen Hände schienen nicht recht zu dem ausgemergelten Leib zu passen.

»Los, pack mit an!«, forderte der Alte den Fahrer auf, der brummelnd ausstieg. Gemeinsam öffneten die Männer die sorgfältig verschnürte Plane des Fahrzeugs.

»Wohin damit?«

»Da rüber!« Toothie schwenkte seinen knochigen Kopf in Richtung eines der Bretterverschläge, die vom Hof abgingen. Schwitzend wuchteten sie das Ladegut von der Ladefläche. Der Verschlag hatte nur ein kleines Fenster, eher einen Schlitz, dicht unter dem Blechdach. In der Mitte des Raumes stand ein Holztisch mit dunkelrot verfärbter Platte, davor ein Stuhl, ebenfalls von schwarzroten Flecken übersät. Der gestampfte Lehmboden roch modrig. Er war von einer dunklen Flüssigkeit durchtränkt.

Puerto Maldonado, Freitag, 28. März, 20 Uhr Ortszeit

Die zweimotorige de Havilland Canada DHC-5 Buffalo, Baujahr 1965, raste über die gewalzte Piste. Das ohrenbetäubende Knattern ließ eine kreischende Schar Aras aus den Baumkronen auffliegen. Eine riesige rötliche Staubfahne erhob sich, von den wenigen Pistenscheinwerfern beleuchtet, über die Bäume, die zwischen der Startbahn und dem öden Parkplatz vor dem Terminal standen. Steil erhob sich das Militärflugzeug über den peruanischen Dschungel und neigte sich in eine scharfe Rechtskurve. Bald verschwand sie im düsteren Flirren der nächtlichen Hitze.

Dem kleinen drahtigen Mann, der verkrampft auf einem der Klappsitze hockte und aus dem Bullauge nach unten spähte, war unbehaglich zumute. Sein Hemd klebte ihm am Körper. Er atmete angestrengt. Zwischen den zusammengekniffenen Augen hatte sich eine tiefe Falte gebildet. Paco Emmanuel Ferrentes mochte keine Propellermaschinen, weil sie, sobald sie nach dem Start die Motoren drosselten, den bedrohlichen Eindruck erweckten, in der Luft stehen zu bleiben. Er bekreuzigte sich unauffällig. Sein Blick suchte Halt an dem immer kleiner werdenden Schachbrettmuster von Puerto Maldonado.

Er war froh, dieses trostlose Nest für einige Tage verlassen zu können. Drei Tage hatte er auf die Ware warten müssen, die ihm wie eine Ewigkeit vorgekommen waren. Fast seinen gesamten Vorschuss hatte er bei den schlampigen putas gelassen, die ihre Leiber zu Wucherpreisen verkauften und ihn zudem zu verachten schienen. Wut schwoll in ihm an, die aber sogleich einer Resignation wich. Paco wusste nicht, wie er sein Leben ändern könnte.

Und der viele Honig! Er konnte ihn nicht mehr sehen! Der Geruch! Diese zähe Masse! Die Hände waren klebrig, das Gesicht, die Haare, der Kamm, der Bauchnabel, an dem er ständig herumpulte, das Messer, die Zahnbürste! Alles war voll davon! Alles klebte!

Unwillkürlich rieb er seine Hände an seiner verdreckten Leinenhose. Plötzlich wurde die Maschine durchgerüttelt und sackte einige Meter ab. Pacos Magen machte einen kleinen Sprung. Er schluckte, um die Übelkeit zu bekämpfen, während der Uniformierte, der sich gerade an der Ladung in der Mitte des Flugzeuges zu schaffen machte, schadenfroh zu ihm herübergrinste. Der nervöse Passagier schaute hinaus und versuchte angestrengt, an seine Frau und die vier Kinder zu denken. Ob Maria ihn schon am Flughafen von Cuzco erwartete? Immerhin hatte ihn der Vorfall von seinen tristen Gedanken erlöst.

Paco ließ seinen Blick über die anderen Reisenden gleiten. Die beiden Piloten, die durch die halbgeöffnete Cockpittür zu sehen waren, schienen sich gut zu amüsieren. Beunruhigend war allerdings die halbvolle Flasche Schnaps, die der Co-Pilot gerade zwischen den Sitzen hervorfingerte. Außer Paco und den Piloten befanden sich noch drei weitere Militärs sowie einige Rucksacktouristen an Bord, die den regulären Flug nach Lima verpasst hatten und sich für gute Dollars aus der Patsche helfen ließen und dafür den Umweg über Cuzco in Kauf nahmen.

In der Mitte des Laderaumes waren Zement- und Kalksäcke aufgestapelt. Die Soldaten verdienten sich mit diesen Sondertransporten etwas nebenbei. Ein wahrlich fürstliches Honorar hatten sie für die Kartons ausgehandelt, die direkt vor der Ladeluke deponiert waren. Die vereinbarten zweihundert Euro hatte der kleine drahtige Mann dem Co-Piloten vor dem Start zugesteckt, der daraufhin sofort den Schnaps erstanden hatte.

In den Kartons, die in Cuzco von drei unauffälligen, bewaffneten Männern in Empfang genommen werden würden, befand sich Honig. Klebriger, goldener Honig.

Samstag, 29. März, kurz vor 6 Uhr

Nach über acht Jahren Arbeitslosigkeit war Gero Altmann froh, dass er den Job gekriegt hatte. Die letzten Jahre hatte er als Hartz-IV-Empfänger mehr schlecht als recht dahinvegetiert. Seinen Glauben an die große Politik hatte der 67-Jährige längst verloren. Mit 14 hatte er seine Ausbildung angefangen und anschließend gleich Arbeit als Schweißer bekommen. In der Nachkriegszeit wurden Leute wie er gebraucht. Wirtschaftswunder! Man hatte ihm vorgerechnet, wie viel Rente er einmal bekommen würde, ihm die betriebliche Altersvorsorge schmackhaft gemacht, ihm vorgeschwärmt, dass er sogar schon mit sechzig oder dreiundsechzig in Rente gehen könnte und vorher in Altersteilzeit. Er hatte Extraschichten gefahren und seine Frau immer auf später vertröstet: Später können wir Reisen machen, dann fahren wir, wohin du willst, später haben wir sogar ein Häuschen, später leben wir. Er hatte daran geglaubt. Seine Frau hatte eines Tages aufgehört, daran zu glauben, und war ihre eigenen Wege gegangen. »Du machst dir was vor!«, hatte sie ihm zum Abschied gesagt. Und dann war seine Firma plötzlich in Konkurs gegangen. Zuerst Lohnverzicht, dann Entlassung und Sozialplan. Leute wie mich braucht man immer, hatte er sich selbst getröstet, ich finde schnell wieder Arbeit. Aber er war damals schon neunundfünfzig, zu alt. Dann stellte er fest, dass die Sozialdemokraten, die er seit vielen Jahren treu gewählt hatte, seine Arbeitslosenversicherung verramscht hatten. Auf ein Jahr Arbeitslosengeld folgte Hartz IV, wovon man nicht mal sterben konnte, selbst wenn man wollte, weil man nicht einmal für seine eigene Beerdigung aufkommen konnte. Einige Jahre lang war er wütend gewesen auf die Politbonzen mit ihren fetten Diäten. Er war auf Demos gegangen, hatte voller Wut Parolen skandiert, war manchmal auch mit den falschen Leuten in Reih und Glied marschiert. Aber die Wut wurde immer größer. Eines Tages entdeckte er ein Mittel dagegen: Alkohol. Wut ist alkohollöslich, sagte er sich, und Alkohol ist immer noch besser, als sich von seinen Gefühlen zerfressen zu lassen.

Jetzt konnte er jedenfalls als Nachwächter der Firma Hilgado seine karge Rente ein wenig aufbessern. Er musste nur ab und zu seine Runde machen. Und da hier sowieso nie etwas passierte, machte er öfters seine Päuschen und nahm seine Schlückchen. Was sollte schon geschehen? Wer wollte schon Würstchen oder Dosenerbsen oder Suppe klauen!

Am frühen Samstagmorgen, kurz vor sechs Uhr, machte sich Gero Altmann auf seine letzte Runde. Nach einem festen Schema lief er alle Stationen ab, kontrollierte die Gänge, Toiletten und Waschräume, schaute in die blitzsauberen Produktionsräume, durchstreifte die Büros der Verwaltung, warf einen Blick in die Chefetage: das penibel aufgeräumte Arbeitszimmer des Prokuristen, das repräsentative Büro des großen Herrn Direktor Nehlsen, das Vorzimmer der Sekretärinnen und den großen Besprechungsraum. Zum Schluss drehte er die große Runde über das Firmengelände. Bald würde er die Schlüssel seiner Ablösung übergeben, sein altes Fahrrad aus dem Schuppen holen und den Heimweg antreten.

Der frühe Märzmorgen war kühl und dunstig. Nur wenige Laternen warfen ein fahles Licht über den Fabrikhof und ließen den Eingang zum Verwaltungsgebäude, das Tor der neuen Werkshalle und die Zufahrt zum Gelände diffus aus dem Dunkel hervortreten. Etwa zehn Meter von der Einfahrt entfernt lag dösend und schnarchend Dieter Bohlen, ein Rottweiler, der eigentlich Tantalus hieß. Seinen Spitznamen hatten ihm die Arbeiter verpasst, weil er zu jedem freundlich war, pausenlos mit dem Schwanz wedelte und vor allem, weil er herzzerreißend singen konnte. Seine Stimme umfasste nachgewiesenermaßen anderthalb Oktaven, Tantalus konnte jeden beliebigen Ton wie eine Bluesgitarre übergangslos in jeden beliebigen anderen Ton transformieren und reagierte auf frisierte Motoren, schrilles weibliches Lachen und Vollmond gleichermaßen.

Gero Altmann lächelte, als er den Hund so entspannt dort liegen sah. Dann fiel ihm auf, dass er seine Gesänge die ganze Nacht über nicht zu hören bekommen hatte. Und normalerweise spränge Dieter jetzt auf, um ihn zu begrüßen. »Merkwürdig!«, dachte der Nachtwächter, »Dieter Bohlen hat heute einen ganz besonders tiefen Schlaf.« Gero Altmann wandte sich ab, um seine Runde fortzusetzen.

Aus den Augenwinkeln nahm er wahr, dass etwas nicht stimmte. Er drehte sich wieder um, rieb sich die Augen, schaute angestrengt, blinzelte. Hinten, hinter der neuen Fabrikhalle, stand ein Tor eine Handbreit offen. Es sollte nicht offen stehen. Nicht dieses Tor! Das hatte man ihm eingeschärft. Der Eingang zu dem alten Produktionsgebäude musste stets geschlossen bleiben. Die Halle war baufällig, die Apparaturen waren jedoch noch nicht abgebaut und zum Teil noch funktionstüchtig. Die Elektrik war ungesichert.

Zweifellos hatte er zu Beginn seiner Schicht, Freitagabend gegen achtzehn Uhr dreißig, das Tor kontrolliert! Da war er noch klar gewesen. Nicht sicher war er hingegen, wann er es zuletzt in Augenschein genommen hatte. Seine Taschenlampe aus der Hose fischend, ging er mit weichen Knien zur alten Produktion. Der zittrige Lichtschein tastete das Tor, das Schloss und die Zargen ab. Keine Spuren. Langsam drückte er das Tor auf. Es ließ sich leicht bewegen. Unterbewusst registrierte Gero Altmann, dass es nicht quietschte. Vorsichtig schob er seinen Kopf in den Spalt.

»Hallo?«

Seine Stimme klang zaghaft. Er schien weniger eine Antwort zu erwarten, als sich seiner eigenen Gegenwart vergewissern zu wollen.

»Hallo? Ist da wer?«

Angestrengt spähend, stieß er das Tor vollends auf und trat ein. Feuchte Hitze schlug ihm entgegen. Er hatte ein ungutes Gefühl. Der Lichtschein seiner Lampe huschte durch die Halle, sprang nervös von einem Gegenstand zum anderen, zu kurz, um den aufscheinenden Bildern Gelegenheit zu geben, sich im Bewusstsein des Nachtwächters zu verankern.

Auf der linken Seite der Halle, in einer Reihe mit weiteren riesigen Gefäßen, in denen noch wenige Jahre zuvor Kompotte oder Pichelsteiner Eintöpfe eingekocht worden waren, erhellte der Strahl der Taschenlampe einen etwa ein Meter fünfzig hohen Bottich, dessen Deckel fehlte. Eine Schalttafel war etwa zwei Meter davon entfernt auf einem Betonsockel angebracht. Darüber hing ein etwa drei Meter breiter Abzug, dessen Entlüftungsrohr senkrecht zur Decke verlief, sich dort mit anderen Abluftkanälen vereinigte und schließlich gemeinsam mit diesen in einem mächtigen Luftschacht mündete.

Ängstlich tastete sich der Lichtschein an der Außenwand des Bottichs hoch. Oben, über den Rand hängend, tauchte plötzlich eine Hand auf. Der Strahl zuckte zurück. Altmann atmete keuchend. Schweiß tropfte von seiner Stirn, sein Puls raste. Dennoch befahl er seinem widerstrebenden Körper, sich ganz langsam der gespenstischen Szenerie zu nähern. Wieder erfasste der Lichtkegel die Hand. Sie sah rosa aus, die Finger waren ausgestreckt und gespreizt, das Handgelenk steckte in einer Handschelle. Kurz verweilte der Blick des Nachtwächters hier, dann zwang er den Lichtschein weiterzuwandern.

Über dem Rand erstarrte der Spot. Gero Altmann konnte seinen Blick nicht abwenden. Die Taschenlampe hatte inmitten der Dampfschwaden, die aus dem Bottich aufstiegen, den Kopf eines Mannes erfasst. Er war auf beunruhigende Weise verdreht, der Mund stand offen. Zwischen den aufgeplatzten Lippen quoll eine bräunlichviolette Zunge dick hervor. Direkt in den Lichtschein hinein blickte ein rosiges, aufgedunsenes Gesicht. Die blutroten Augen waren kein Traum. Sie hatten die Hölle gesehen.

Und jetzt bohrten sie sich direkt in Gero Altmanns Seele.

Eine Stunde später wimmelte es in der alten Produktion nur so von Menschen. Die meisten waren in weiße Schutzkleidung gehüllt. Der Erste Kriminalhauptkommissar Sloboda stand an einem der Arbeitstische etwas abseits auf der rechten Seite. Gegen seine Übelkeit ankämpfend, hatte er sich aus den hellen Spots der Flutlichter zurückgezogen. So etwas Furchtbares hatte er in seinen vielen Jahren bei der Polizei noch nicht gesehen. Der Anblick des Toten vermischte sich in seinem Kopf mit den Schreien aus dem Handy. Sloboda mochte sich den langwierigen Todeskampf des Opfers lieber nicht vorstellen. Zaghaft hob er den Kopf und ließ den Blick über die gespenstische Szenerie schweifen.

Kommissarin Jensen stand direkt neben dem Bottich. Oberkommissar Sven Hustedt war sofort zu ihr hingestürmt, hatte sich aber, kaum dass sein Blick den blutroten Augen der Leiche begegnet war, abrupt umgedreht und sich auf die Hosenbeine des Rechtsmediziners erbrochen, der hinter ihm stand. Der unbeliebte Arzt wischte sich schimpfend das Erbrochene von der Kleidung und machte einige abfällige Bemerkungen über die mangelnde Belastbarkeit von Kriminalkommissaren.

Ike hingegen hatte Übung darin, ihre Gefühle zu kontrollieren. Gleichzeitig arbeitete ihr Verstand auf Hochtouren. In diesem Zustand war sie wie eine unbeteiligte, aber wache Zuschauerin hinter einem Einwegspiegel. Angesichts der Leiche gingen ihr drei Dinge durch den Kopf: Erstens fiel ihr ein, wie sie selbst im letzten Jahr fast in einer Badewanne ertränkt worden wäre. Zweitens dachte sie an Lars, dessen unerschütterliche Liebe jedoch einen undefinierbaren, bedrohlichen Schmerz heraufbeschwor. Und drittens spürte sie instinktiv, dass dieser Mordfall irgendetwas mit sexueller Gewalt zu tun hatte.

Soeben hatte der Polizeifotograf seine Arbeit beendet. Trude Koch, die stämmige, nicht allzu große Chefin des Kommissariats 6 für Kriminaltechnik, überwachte argwöhnisch die Tätigkeit der anderen Beamten.

»Doktorchen, jetzt bist du dran!«, schnodderte sie den Rechtsmediziner an, der sich gerade anschickte, seine Tasche auszupacken. Ike, die in ihrem übergroßen weißen Overall fast nicht auszumachen war, grinste und schickte einen verschwörerischen Blick zu Sven. Dieser lächelte gequält zurück. Ilka Gross hatte sich mittlerweile zu ihnen gesellt. Auch sie war sichtlich schockiert.

Doktor Albert Soller, Professor für Pathologie an der hiesigen Universität, quittierte die Verbalinjurie mit einem Grummeln.

»Also dann im Ernst, welches Schicksal hat den armen Mann denn nun ereilt? Was kann die medizinische Fakultät dazu sagen?«

Soller knurrte: »Einen Moment bitte! Ich werde erst einmal offiziell seinen Tod feststellen.«

»Ist der Tote denn nun tot?«, triezte Koch ihn weiter.

Soller betastete den Leib des Opfers. »Ja, er ist definitiv tot.«

»Und kannst du schon sagen, woran er gestorben ist?«, setzte Trude Koch nach.

»Hmmmh.«

Die Kriminaltechnikerin wurde ungeduldig. Dass diese Leute von der Rechtsmedizin sich mit Festlegungen immer so schwer taten!

»Ich kann mich natürlich noch nicht festlegen. Genaueres wird die Obduktion zeigen. Zumindest so viel kann ich schon sagen: Er ist nicht ertrunken, weil er an den Handschellen aufgehängt wurde. So konnte sein Kopf nicht unter Wasser geraten. Aber ich denke … rote bis bräunliche Färbung des Gewebes«, sann der Professor, »seine schwammige Konsistenz, Ödeme in der Subkutis, faltige Haut … Temperatur … Einblutungen in die Skleren, inzwischen trüb aussehend … Zunge angeschwollen und bräunlich verfärbt, Lippen aufgesprungen und lila bis grau … das noch warme Wasser … also, ich würde vermuten«, der drahtige, braun gebrannte Mediziner richtete sich auf und drehte sich effektvoll zu den Umstehenden um, »das Opfer wurde gekocht.«

Schlagartig wurde es still in der Halle.

Gekocht!

»Genau genommen wurde es gegart, vermutlich sehr langsam. Fünfzig, maximal sechzig Grad, schätze ich. Wenn der Körper auf annähernd hundert Grad erhitzt worden wäre, müssten Haut, Lippen und Zunge noch bräunlicher aussehen – weniger rot. Die Haut hätte sich stärker abgelöst. Und die Skleren, also das Weiße in den Augen, wären trüber.«

Sloboda fasste sich als Erster und trat vor.

»Wann etwa ist der Tod eingetreten, Herr Professor Soller?«

Der Mediziner wandte sich wieder dem Toten zu, tastete ihn ab, maß nochmals die Temperatur, schaute sich nachdenklich um, blickte auf seine Uhr, die er mit geübter Geste unter dem Overall aus seiner Westentasche zog.

»Von gestern Abend, zweiundzwanzig Uhr dreißig bis heute früh, ein Uhr, würde ich sagen.«

»Sie meinen, der Tod trat irgendwann zwischen halb elf und ein Uhr ein?«, wollte sich der Hauptkommissar vergewissern.

»Nein, das meine ich nicht.« Der Mediziner schaute er vielsagend in die Runde: »Ich meine, dass der Todeskampf etwa von zweiundzwanzig Uhr fünfzehn bis ein Uhr gedauert hat.«

Gegen neun Uhr wurde die Leiche, die mit bizarren Latexutensilien bekleidet auf einer Plane vor dem Bottich lag, für den Abtransport in die Rechtsmedizin fertig gemacht. Die Untersuchung des Tatortes war abgeschlossen. Eine Reihe von kleinen und kleinsten Gegenständen wartete in nummerierten Plastikbeuteln auf die ausführliche

Erforschung in der Kriminaltechnik, kurz KT genannt, die sich im ersten Stock des Polizeihochhauses befand. Einige der Indizien würden zusätzlich in die KTU, die Kriminaltechnische Untersuchungsstelle beim Landeskriminalamt Kiel, geschickt werden.

Trude Koch hielt dem Ermittlungsleiter eine braune Handgelenktasche hin: »Hier, guck mal, Slobbi, das haben wir hinter dem Schaltkasten gefunden.«

Sloboda regte sich über die despektierliche Art der Kriminaltechnikerin nicht mehr auf. Sie war kompetent, zuverlässig und alles andere als obrigkeitshörig. Die Zusammenarbeit mit ihr und ihren Leuten klappte reibungslos. Das gefiel ihm, alles andere war ihm egal.

»Drei verschiedene Packungen Kondome«, erläuterte Koch und fuhr sich durch ihre halblangen graumelierten Haare, »dazu ein gebrauchtes Papiertaschentuch, Mundspray der Marke Stomasan und eine angebrochene Packung Sildenafilcitrat, auch bekannt als Viagra. Es fehlen drei Kapseln. Wenn der die alle gestern Abend genommen hat, dann dürfte der Bestatter Schwierigkeiten mit dem Sargdeckel bekommen. – Und dann haben wir noch das hier gefunden.« Die Leiterin des Kommissariats 6 holte einen zerknüllten Zettel aus der Tasche und reichte ihn dem Kollegen. Darauf las Sloboda: Ich bin ein Schwein.

»Das ist auf einem PC geschrieben. Irgendjemandem gefiel wohl nicht, was der Kerl so trieb«, fügte sie hinzu.

»Gibt es irgendwelche Hinweise auf die Identität des Opfers?« Sloboda dachte an die nächsten Schritte der Mordermittlung.

»Nein, nichts! Vermutlich wollte der Herr bei seinem Treffen anonym bleiben.«

»Vermutlich.« Sloboda drehte sich zu Ike Jensen um, die gerade auf ihren Chef zugesteuert kam. »Und? Was Neues?«

»Der Nachtwächter heißt Gero Altmann und wohnt in der Geniner Dorfstraße. Er sagt, er hat nichts gehört. Allerdings hat er wohl ein bisschen zu tief ins Glas geschaut. Nicht, dass er betrunken ist, aber ich glaube, dass er ein kleines Schläfchen gemacht hat. Jedenfalls redet er immer ein bisschen verlegen drum herum, wenn wir ihn fragen, wieso er nichts gehört hat.«

»Er soll mit ins Präsidium kommen, ich vernehme ihn nachher noch mal. Was ist mit Hustedt und Gross?«

»Die sind zum Direktor der Fabrik gegangen und bringen ihn gleich hierher.«

»Gut. Sagen Sie bitte dem Kollegen Deutschmann, dass er die Vermisstenanzeigen durchgehen soll.« Sloboda wollte sich wieder der Technikerin zuwenden, als er bemerkte, dass seine junge Kommissarin zögerte.

»Könnten Sie nicht …«, druckste Ike etwas verlegen, »ich meine, weil Deutschmann sich nicht gerne etwas von mir sagen lässt?«

»Okay, schicken Sie ihn dann einfach zu mir.«

»Ich hau dann mal ab in die KT.« Bevor sie sich abwandte, grinste Hauptkommissarin Koch ihrem Kollegen noch verschwörerisch zu. »Und breite mal schön deine großen Fittiche über das kleine Vögelchen. Damit es nicht wieder aus dem Nest fällt! Wir wollen ja nicht, dass der böse Gellergeier sie wieder zu packen kriegt, was?«

Ike Jensen, die die Anspielung auf ihre Suspendierung im letzten Jahr durch die Oberstaatsanwältin wohl verstanden hatte, grinste zurück.

»Das ist ja … Scheiße auch! Das ist … Rudi!«, entfuhr es Heiner Nehlsen. Er erbleichte. Er lehnte seinen massigen Körper an die Wand neben dem Bottich und atmete pfeifend ein und aus. Sven Hustedt stützte ihn. Ilka Gross stellte sich schräg vor den Betriebsleiter.

»Rudolf Andresen. Das ist Rudolf Andresen«, stammelte Nehlsen, »ich kenne ihn, er ist … war … ein Freund von mir.«

»Wann haben Sie ihn zuletzt gesehen?«, forschte Hustedt.

»Vor einigen Wochen, ich weiß nicht mehr genau, war er kurz bei uns, das heißt, er war gerade da, als ich heim kam. Meine Frau und er tranken einen Kaffee zusammen. Fragen Sie Susana, wann das genau war.«

Obwohl Heiner Nehlsen offenbar immer noch um Fassung rang, hatte sich ein kleiner Unterton unter die letzten Sätze gemischt, stellte Ike fest.

»Kannte Ihre Frau Rudolf Andresen näher?«, hakte sie deshalb nach einem kurzen Blickwechsel mit Sven und Sloboda ein.

Nehlsen schaute nicht hoch, als er antwortete: »N-nein, wie meinen Sie das?«

»Gab es eine Affäre zwischen dem Opfer und Ihrer Frau?«, erläuterte die Kommissarin.

»Nein!«

Dieses Nein kam etwas zu prompt, dachte nun auch Sven Hustedt. Gerade wollte er die Fährte aufnehmen, als Sloboda dazwischenfuhr: »Können Sie uns bitte Adresse und Namen von Andresens Angehörigen geben?«

»Seine Frau ist Erika Andresen. Sein Haus ist in der Elsässer Straße, die Nummer weiß ich nicht genau, auf jeden Fall auf der linken Seite, nicht am Wasser – also nicht auf der teuren Seite.« Seine Stimme klang ein wenig triumphierend.

»Und wo waren Sie zwischen einundzwanzig Uhr gestern Abend und ein Uhr dreißig heute Morgen?«, mischte Ilka Gross sich ein.

»Er war im Bett!«, antwortete Ike ein wenig zu schroff.

»Kannst du bitte den Zeugen selbst antworten lassen, liebe Kollegin!«, giftete Ilka, nachdem sich Sloboda mit Nehlsen entfernt hatte.

»Der Chef und ich haben Nehlsen schon gestern Abend dazu befragt«, verteidigte sich Ike, schaute dabei hilfesuchend Sven an. »Er hat gesagt, dass er die ganze Nacht zu Hause war, was seine Frau bestätigt hat.«

»Du legst es also darauf an, mich bloßzustellen, gell?« Ilkas Sprachmelodie kippte ins Schwäbische, was sowohl ihre Herkunft, als auch ihre Erregung verriet. Auch ihr Blick suchte Sven. »Sag du doch mal was dazu!«

Auf dieses Stichwort schien der Kommissar nur gewartet zu haben. Er wandte sich Ike zu und legte ihr vertraulich den Arm um die Schultern: »Natürlich hat Ilka Recht: So ganz korrekt war das nicht von dir, Ike!« Dazu bedachte er Ilka jedoch mit einem triumphierenden Blick, der in einem gewissen Kontrast zu dem stand, was er sagte.

X

Samstag, 29. März, Vormittag

Gerade als Hans Sloboda in seinem Borgward Platz genommen hatte, klingelte sein Handy.

»Doktor Reitner hier!«, brüllte eine Stimme so laut, dass Ike Jensen auf dem Beifahrersitz sie hören konnte. »Direktor Wosien von der Lübecker mobileworld hat sich bei mir über Sie beschwert! Er sagt, Sie haben ihn unter Druck gesetzt und nicht genehmigte Auskünfte von ihm erpresst!«

Reitners Stimme klang wütend. Sloboda malte sich aus, wie sein kleingewachsener, rundlicher Chef mit rotem Gesicht auf- und abwippend an seinem Schreibtisch stand. Er hasste Schwierigkeiten mit wichtigen Persönlichkeiten, insbesondere dann, wenn Oberstaatsanwältin Geller darin verwickelt war. Dann wurde aus dem jovialen Mann ein unbeherrschter Eiferer.

»Lieber Herr Kriminaldirektor!« Sloboda wusste seinen Vorgesetzten zu nehmen. »Ich weiß, dass das nicht korrekt war. Aber neben dem Gesetz bin ich immer auch – und das haben Sie mir des Öfteren in vorbildlicher Weise vorgelebt – meinem Gewissen verpflichtet. Und wenn ich hautnah miterlebe, wie jemand zu Tode gefoltert wird, nehme ich mir das Recht heraus, das zu tun, was ich moralisch für richtig halte. Und dabei bin ich froh zu wissen, dass ich auch in solch schwierigen Momenten immer Ihrer Rückendeckung gewiss sein kann.«

Ike verkniff sich ein Lachen, aber die Ansprache zeigte umgehend Wirkung.

»Ja, mein lieber Hauptkommissar«, tönte es versöhnlich aus dem Lautsprecher, »ich weiß natürlich einen engagierten Beamten wie Sie zu schätzen. Aber das nächste Mal«, die Stimme gab sich etwas strenger, »sprechen Sie solche Aktionen bitte vorher mit mir ab! Nun muss ich mich wieder mit der ollen Geller herumschlagen.« Beim letzten Satz war bereits kleinlaute Verlegenheit herauszuhören.

»Wenn wir Sie nicht hätten, Herr Kriminaldirektor!«

Lächelnd schaltete der Kommissar das Handy aus und steckte den Schlüssel ins Zündschloss. Anerkennend nickte Ike ihrem Chef zu und ließ sich in die Rücklehne sinken.

»So, jetzt müssen wir aber sofort die Ehefrau des Opfers aufsuchen.«

Die Fahrt durch St. Jürgen, den südlich an die Altstadt angrenzenden Stadtteil Lübecks, ging an diesem frühen Samstagmorgen schnell. Vor einem schmucken Einfamilienhaus in der Elsässer Straße, dessen akkurat angelegter Vorgarten in schrillem Kontrast zu dem Eindruck stand, den die Polizisten vom toten Hausherrn bekommen hatten, blieben sie einige Sekunden im Wagen sitzen. Dann ergriff Jensen die Initiative: »Kommen Sie, Chef, bringen wir es hinter uns!«

Es dauerte lange, bis jemand auf ihr Klingeln reagierte. Die Frau, die ihnen öffnete, sah verschlafen aus, hatte sich aber anscheinend in aller Eile frisiert und einen seidenen Morgenmantel übergeworfen. Sie schien nicht ungehalten ob der frühen Störung.

»Hauptkommissar Hans Sloboda. Und das ist«, er zeigte auf seine Kollegin, die schräg hinter ihm stand, »Kriminalkommissarin Ike Jensen.« Der Zivilbeamte hielt der Frau seine Dienstmarke hin. »Sind Sie Frau Erika Andresen?«

»Ja. Was gibt es denn?« Eine leichte Anspannung war nun aus ihrer Stimme herauszuhören.

»Dürfen wir eintreten?« Jensen schob sich ein wenig an ihrem Chef vorbei.

»Oh natürlich, Entschuldigung!« Die mollige Frau zog die Haustür auf. Sie führte die Besucher an den Esstisch, der sich zwischen halboffener Küche und dem abgewinkelten Wohnzimmer befand. »Nehmen Sie doch bitte Platz!«

»Wir müssen Ihnen –« Sloboda schluckte. Dann nahm er einen neuen Anlauf: »Leider müssen wir Ihnen mitteilen, dass Ihr Mann, Rudolf Andresen, heute Morgen tot aufgefunden wurde.« Einige Sekunden schaffte es der Hauptkommissar, der Witwe fest und verbindlich in die Augen zu schauen. Zusehends wurde ihr Blick leerer, so als würde ein undurchsichtiger Vorhang zugezogen. Dann stand sie langsam von ihrem Stuhl auf und ging durch das Wohnzimmer zu der großen Terrassentür, durch die sie auf den Garten sah.

»Aber er hat den Garten noch gar nicht gemacht«, murmelte sie leise. Es dauerte eine Weile, bis sie an den Tisch zurückkehrte. Sie hatte ihre Gefühle in bemerkenswerter Weise im Griff.

»Entschuldigen Sie bitte … wurde er …?«

»Ja«, ersparte ihr Sloboda den Rest der Frage, »Ihr Mann wurde offensichtlich ermordet.« Erika Andresen wurde blass und hielt sich an der Tischkante fest.

»Frau Andresen? Ist Ihnen nicht gut?«

»Doch – es geht schon wieder.« Sie atmete tief ein und aus, um ihren Kreislauf wieder auf Touren zu bringen.

»Hatte Ihr Mann Feinde oder war er in der letzten Zeit irgendwie anders?« Sloboda hoffte, sie mit den Routinefragen etwas abzulenken.

»Anders«, sinnierte Erika Andresen leise, »eigentlich war er immer schon anders …«

»Wie meinen Sie das?«, hakte die Polizeibeamtin nach.

»Ach, er ist … er war … so, ich weiß nicht … Nein«, plötzlich klang ihre Stimme entschlossen, »er war immer ein guter Mann. Liebevoll, aufmerksam, fleißig, na ja, er hatte keine Arbeit, aber er hat doch immer mal im Haushalt –« Plötzlich stockte sie. »Ermordet, sagen Sie? – Wie? Und wo?«

»Ihr Mann wurde –«

Sloboda schnitt seiner jungen Kollegin das Wort ab: »Hatte Ihr Mann Feinde, Frau Andresen?«

»Feinde? Nein, Feinde hatte er nicht.«

»Und hat er sich in der letzten Zeit irgendwie auffällig verhalten?«

»Nein. Das heißt, er hat sich vielleicht ein wenig zurückgezogen, seine eigenen Dinge gemacht. Wissen Sie, meine Familie hat ihn nicht so akzeptiert. Nicht, dass meine Eltern ihn das hätten spüren lassen, aber dass er Konkurs gemacht hat damals – so etwas kennen meine Eltern eben nicht. Deshalb waren sie vielleicht etwas, ich will mal sagen, reserviert.«

»Wann war denn der Konkurs? Könnte sich jemand an ihm gerächt haben?«, wollte der Kommissar wissen.

»Das ist nun schon an die zehn oder elf Jahre her. Aber entschuldigen Sie, ich würde mich gern etwas hinlegen, ich fühle mich ein wenig indisponiert.«

»Ja natürlich, Frau Andresen.« Jensen beugte sich zu ihr vor. »Können wir etwas für Sie tun?«

Bevor sie gingen, ließen sich die Kommissare noch das Zimmer des Toten zeigen. Auf den ersten Blick wies nichts auf das frivole Hobby seines Bewohners hin. Sloboda nahm sich vor, Ilka und Sven später auch noch hierher zu schicken. Er hatte fürs Erste genug gesehen.

Zur selben Zeit reagierte eine andere Frau viel heftiger auf die Todesnachricht. Susana Pascua-Nehlsen wurde kreidebleich, als ihr Ilka Gross und Sven Hustedt an der Haustür von Rudolf Andresens Ermordung berichteten. Sie schlug sich die Hände vors Gesicht, schrie und jammerte und hämmerte schließlich mit den Fäusten auf die Flurkommode. Dann wandte sie sich tränenüberströmt den Kommissaren zu und rief: »No lo creo! Ich glaube das nicht! Das ist nicht wahr! Fuera! Geht weg! Lasst mich in Ruhe! Mentirosos! Das ist eine Lüge, maldita mentira! Eine gottverdammte Lüge!«

Sie schlug die Haustür donnernd zu. Hustedt sah seine Kollegin verdattert an: »Was war das denn?«

»Ich würde sagen: eine außereheliche Beziehung!« Ilka Gross funkelte Sven ob seiner Begriffsstutzigkeit böse an, dem die eigentliche Bedeutung der Botschaft aber wieder einmal entging. »Los, noch mal!« Sie drückte den Klingelknopf erneut und ließ ihn erst los, als sich die Tür wieder öffnete.

»Kommen Sie rein!« Mit einem Papiertaschentuch verschmierte sich Susana Pascua-Nehlsen die geschminkten Augen endgültig.

»Wir wollten nur wissen –«

»Ja!«, unterbrach die Spanierin Hustedts vorsichtige Neueröffnung. »Ja, wir hatten Sex miteinander. Und ich wollte mich trennen von meinem Mann. Es war Liebe. Rudolf und ich wollten zusammen sein. Er wollte das auch.« Wieder schluchzte sie auf. »Er wollte es seiner Frau sagen, heute oder morgen. Und ich wollte es meinem Mann auch sagen.«

»Wusste Ihr Mann von Ihrer Beziehung zu Andresen?«

»Nein, ich glaube nicht. Aber er muss es geahnt haben, por que, weil ich ihn nicht mehr, sie wissen schon, ich hab' ihn nicht mehr ins Schlafzimmer gelassen.«

»Und hatten Sie Streit?«, wollte Gross wissen.

»Heiner und Rudolf?«

»Nein, ich meine, hatten Sie mit Ihrem Mann Streit?«

»Ja, er hat puta zu mir gesagt! Hure!«

»Wo waren Sie und Ihr Mann heute Nacht zwischen neun und zwei Uhr?«

»Zu Hause. Ich habe geschlafen. Das hat mich Ihr Kollege schon gefragt.«

»Und Ihr Mann?«

»Der war auch die ganze Zeit zu Hause. Das habe ich auch schon Ihren Kollegen gesagt! – Kann ich ihn sehen?«

»Wie bitte?«

»Ich will Rudolf noch einmal sehen.«

»Das tut uns leid, das geht im Moment nicht. Er ist in der Rechtsmedizin.«

»Ich will ihn aber sehen! Mich von ihm verabschieden!« Die junge Frau war erregt.

»Das ist nicht möglich«, versuchte Ilka Gross die Frau zu besänftigen, »er wird obduziert.«

»Sabelotodos! Klugscheißer!«

XII

Samstag, 29. März, Nachmittag

Karl Kamuschke saß unbewegt im Lotussitz auf seiner Pritsche. Ihm genügte seine karge Kammer, vormals die Waschküche des Hotels, vollends. Der enge Lichtschacht zum Innenhof und das vor Dreck nahezu blinde Fenster gaben ihm das Gefühl der Abgeschiedenheit von der hektischen Welt, in die er nur eintauchte, wenn Aufträge es erforderten.

In dem heruntergekommenen Hotel in der Clemensstraße, das seine goldenen Zeiten als hafennahes Bordell lange hinter sich hatte, arbeitete er als Faktotum: Er putzte, reparierte, servierte. Wenn die Besitzerin verreist oder betrunken war, gab er auch mal den Manager, und sofern sich ein Gast hierher verirrte, tat er alles, was in diesem Fall nötig war. Im Gegenzug erhielt er freie Kost und Logis und hier und da ein Taschengeld, nachdem er an der Wirtin gewisse persönliche Dienste verrichtet hatte.

Karl Kamuschke war in Gedanken versunken. Er dachte nach. Über Schuld. Nach einer Weile stemmte er seinen gedrungenen Körper von der Liege hoch und griff nach seinem Handy. Der Rapport bei seinem Auftraggeber war fällig. Er tippte eine Nummer ein.

»Benedikt?«, versicherte sich Kamuschke.

»Mhm.«

»Ich bin's.«

Der andere brummte nur.

»Weißt du«, fuhr Kamuschke fort, »ich meditiere gerade über das Thema Schuld. Und ich –«

»Camus!«, unterbrach ihn der andere scharf. Benedikt Mader verlor schnell die Geduld, wenn Kamuschke anfing, seine düsteren Philosophien auszubreiten.

»Denkst du nicht auch, dass Schuld und Existenz in einem dialektischen Verhältnis –«

»Schluss jetzt!«, donnerte der Kieler Staatssekretär. »Komm zur Sache, Camus!«

Kamuschke trug seinen Beinamen mit Stolz. Er hatte ihn sich verdient. Er konnte nicht verstehen, weshalb Benedikt ihn nur so verächtlich aussprach. Schuld war für ihn nicht ein zu bekämpfendes Übel, sondern vielmehr Teil des Lebens, untrennbar damit verbunden.

Benedikt Mader lauschte Kamuschkes Bericht schweigend. Allmählich verflog sein anfänglicher Ärger und seine Gesichtzüge hellten sich auf. In Gedanken stippte er mit dem Finger ein paar Tropfen Öl auf, die aus einem Lachsbrötchen auf die Arbeitsplatte geflossen waren, und ließ sie genüsslich auf der Zunge zergehen. Als krönender Abschluss folgte das Brötchen selbst. Einige Male brummte er, während er gleichzeitig kaute, unterbrach den Gesprächspartner aber nicht. Am Ende grinste die Made breit, wobei dieser Ausdruck des Wohlbehagens die Kaubewegung deutlich störte. Den Konflikt löste Mader damit, dass er das Gespräch beendete. Er hatte genug gehört.

Soeben hatte ihn sein Handlanger Karl »Camus« Kamuschke darüber in Kenntnis gesetzt, dass Rudolf Andresen nicht mehr am Leben war. Damit waren auch einige der Probleme, die dieser abtrünnige Komplize bereitet hatte, vom Tisch. Genau so hatte es Benedikt Mader, achtunddreißig Jahre alt, hoffnungsvoller Staatssekretär und Parteigänger, am liebsten: An seinem voluminösen Schreibtisch im Kieler Innenministerium sitzend, dirigierend, manipulierend, organisierend und intrigierend, um sich am Ende die Früchte all dieser Bemühungen in den Schoß fallen zu lassen.

Christiane Breitenbach hatte Spätschicht. Als sie kurz vor zwei bei Hilgado ankam, bemerkte sie einige uniformierte Polizisten, die mit den Arbeitern und Angestellten des Lebensmittelwerkes sprachen. Mehrere unschwer zu erkennende Zivilbeamte schienen die Ermittlungen im Hintergrund zu dirigieren.

»Hier ist wohl einer umgebracht worden«, raunte ihr eine Arbeitskollegin zu, als Christiane ihren Platz am Band einnahm. »Die befragen jetzt jeden hier. «

»Wer ist denn –?«

Die Frau, die ihre stupide Tätigkeit bereits aufgenommen hatte, schien auf diese Frage nur gewartet zu haben. Eifrig schilderte sie jedes Detail. Der Bericht endete mit den Worten: »Er war wohl ein Freund vom Boss und hat was mit seiner Frau gehabt. Er soll gekocht worden sein und wohl auch zerstückelt und in Konservendosen gefüllt.«

Die Kollegin schaute kurz zu Christiane hinüber. Als sie feststellte, dass ihre stämmige Bandnachbarin wenig beeindruckt zu sein schien, schob sie noch hinterher: »Man muss wohl aufpassen, dass man eine Zeitlang lieber keine Konserven von Hilgado aufmacht.«

Etwa anderthalb Stunden später kam Christiane Breitenbach von ihrer Befragung an ihren Arbeitsplatz zurück. Ihre kräftigen Augenbrauen waren nachdenklich zusammengezogen. Einige scharfe Falten verliehen der Mundpartie einen verhärmten Ausdruck. Sie sah älter aus als siebenunddreißig. Christiane Breitenbach fühlte nichts als Leere.

Die dunklen, zerzausten Haare und die schwarzen Bartstoppeln verliehen dem Mann, der sich mit den Unterarmen auf das Geländer der Possehlbrücke gelehnt hatte, ein südländisches Aussehen. Versonnen schaute er auf den Elbe-Lübeck-Kanal hinab. Von den im Silberlicht eines vorzeitigen Frühlingstages tänzelnden Wellen des Gewässers ließ er sich in eine Trance versetzen, in der die Bewegungen des Wassers und das Voranschreiten der Sekunden zu einer Art raumzeitlichem Kontinuum verschmolzen.

Tatsächlich vergingen nur wenige Minuten. Es war zehn nach drei. Erst zehn nach drei. Frühestens zwanzig nach, hatte sie gesagt. Eher etwas später, vielleicht halb oder sogar erst Viertel vor vier.

Heute, am frühen Samstagmorgen, hatte Lars Müller-Hänisch einen Bericht über einen Inhaftierten schreiben müssen. Er war noch einmal in sein Büro in der Justizvollzugsanstalt gefahren, in der er als Psychologe arbeitete. Sein Schreibtisch und sein Stuhl waren für den eins fünfundneunzig großen Mann viel zu niedrig, so dass er seinen Kopf angestrengt vorstrecken musste. Rücken- und Kopfschmerzen waren regelmäßige Folge der Computerarbeit. Unbehagen bereitete ihm heute zudem der Häftling, dessen Einzelunterbringung der Bericht zum Ziel hatte. Der Grieche hatte vor gut einem Jahr in der Walderseestraße seine Exfrau auf offener Straße brutal erschlagen. Der Beilmörder, wie er in der Öffentlichkeit genannt wurde, verhielt sich in der Haft äußerst korrekt, um nicht zu sagen vorbildlich. In den Einzelgesprächen war er sogar so offen, dass er ihn, den Anstaltspsychologen, in die psychischen Abgründe seiner Tat blicken ließ. Das machte Lars misstrauisch und daher befürwortete er fürs Erste die Verlegung in eine Einzelzelle.

Zwölf nach drei. Lars reckte sich. Er hatte das Gefühl, alt zu werden. Überall hatte er es mit Verrückten zu tun, mit Leuten, die anders waren, als sie vorgaben zu sein. So wie dieser Häftling, der ihm mit deutlicher Sympathie entgegentrat, aber ihn in Wirklichkeit – davon war Lars überzeugt – hasste. Bei der Frau, auf die er sehnsüchtig wartete, war das Gegenteil der Fall: Er spürte, dass sie ihn liebte. Er war sich dessen ganz sicher. Aber nach außen hin tat sie alles, um ihn von sich fernzuhalten. Sie wollte nicht von ihm – oder von ihren eigenen Gefühlen – abhängig sein. Diese Gegensätzlichkeiten brachten ihn oft ins Grübeln. Dabei war er häufig von Selbstzweifeln, Schüchternheit sowie einer schwindelerregenden Fähigkeit, sich in Peinlichkeiten zu verfangen, geplagt. Und die Gefahr, einen Menschen oder eine Situation falsch einzuschätzen, nahm dann auf beängstigende Weise zu.

»Hallo, du schöner Mann!«

Lars zuckte zusammen, als Ike ihm auf die Schulter tippte.

»Bin ich zu früh, soll ich wieder gehen?«, scherzte sie.

»Nee, das ist schon ganz okay.« Er versuchte, lässig zu wirken. »Ich hab' nur auf das ganze Wasser zwischen meinen Beinen geguckt.« Ike grinste breit. »Ich meine, ich hab' mir vorgestellt, wie das ganze Wasser zwischen meinen Beinen durchfließt.«

»Bist du etwa inkontinent?«

»Nee, also, äh, das Wasser … die Brücke – ich hab' mir eben vorgestellt, dass das die Zeit ist, die da unter der Brücke durchfließt, und dass die Zeit vergeht, damit das Warten aufhört und du endlich kommst …«

»… und sehe, wie du mit nassen Hosen dastehst?«

Lars sagte lieber nichts mehr.

»Du wirst ja schon wieder so schön rot!«

Ike hatte wirklich ein Gespür dafür, ihn immer genau da zu treffen, wo es schmerzte! Vielleicht sollte er versuchen, dieser Situation eine scherzhafte Note zu geben: »Häute, die leichthin erröten, erzählen von inneren Nöten – von Scham oder Frust – oder leiblicher Lust – von Frauen, die gern sich anböten.«

Ikes Reaktion auf diesen Vers rief allerdings Bestürzung bei Lars hervor. Seine Liebste schluckte trocken und ihre Gesichtszüge versteinerten. Ike konnte nichts erwidern. Dabei wusste sie, dass dieser Limmerick, wie so viele andere auch, ihm einfach zugeflogen war und er nicht über Sinn oder Wirkung nachgedacht hatte. Sie fühlte sich auch nicht von Lars selbst verletzt. Vielmehr wühlte sie diese gereimte Anspielung tief in ihrem Inneren auf. Sie rührte an etwas, das sie nicht recht benennen konnte: In ihr hauste ein Untier, das sich zu regen begann, wenn sie Liebe fühlte. Wenn sie sich hingegen sexuellen Aktivitäten hingab, und zwar besonders, wenn ihr Partner dabei ihrer Seele fernblieb, döste es beruhigt ein.

Eine derart peinliche Situation war für Lars nichts Neues. Wie immer versuchte er, das Beste daraus zu machen. Er ergriff Ikes Hand und zog sie mit sich. Seite an Seite liefen sie am Kanal entlang. Ike ließ dies geschehen, aber ihre Hand fühlte sich leblos an. Es war, als hätte die junge Frau sich aus diesem Teil ihres Körpers zurückgezogen. Dass sie ihm überhaupt ihre Hand überlassen hatte, zeigte Lars, dass sie seine Nähe suchte, ohne sie allerdings tatsächlich ausleben zu können: Ich will, ich kann aber nicht – hilf mir! Lars fühlte sich von seinen eigenen Gedanken ermutigt. Also fasste er sie mit beiden Händen an den Schultern und stellte sich so vor sie, dass sie stehen bleiben musste. Er schaute Ike tief in die traurigen Augen, in denen er keine Zurückweisung lesen konnte. Lars fasste sich ein Herz.

»Ich liebe dich, Ike.« Jetzt war es heraus. Auf einmal war Lars ganz ruhig. Unverwandt senkte er seinen Blick in ihren.

Ike hatte aufgehört zu atmen. Ihre Augen füllten sich mit Tränen. Sie wankte. Dann holte sie Luft und wollte etwas sagen. Sie kämpfte mit sich. Für einen Moment legte sie ihre Hände auf seine Brust. Als Lars danach greifen wollte, stieß Ike ihn weg. Sie drehte sich um und rannte davon.

XIII

Papeete, Samstag, 29. März, 7 Uhr Ortszeit

Die Pinctada Margaritifera wird bis zu dreißig Zentimeter groß und bis zu fünf Kilogramm schwer. Zum Wachstum benötigt sie die südpazifischen Wassertemperaturen von vierundzwanzig bis neunundzwanzig Grad. Manche der riesigen, schwarzlippigen Austern werden an die dreißig Jahre alt. Schwarze Linien auf grauem Fond kennzeichnen das Äußere dieser Muscheln, die Innenseiten erstrahlen in einem irisierenden Schwarzgrün, auf Tahiti Poe Rava genannt. Die Färbung der Perlen – von hellem Anthrazit über leuchtendes Gold und changierendes Schwarzgrün bis zu tiefgründigem Schwarz – ist nicht manipulierbar. Sie scheint weder von der Wassertemperatur noch von der Lage der Lagune abzuhängen, sondern einzig vom genetischen Programm der einzelnen Auster. Im Unterschied zu anderen Perlenarten müssen Tahiti-Perlen farblich nicht nachbehandelt werden, weshalb sie als Königinnen der Perlen besonders begehrt sind.

Genau dreihundertneunundzwanzig dieser Perlen lagen auf dem Holztisch, den der alte Mann aus dem Bretterverschlag auf den Innenhof seiner Werkstatt geschleppt hatte. Bevor Toothie die Ware in zweiunddreißig Zehner- und eine Neunergruppe angeordnet hatte, hatte er sich vergewissert, dass alle Türen, das Werkstatttor sowie die Fenster verschlossen waren. Den Schlitz im Bretterverschlag, in dem sich die Maschinen und die Konserven befanden, hatte er sorgfältig zugestopft.

Der knochige Alte summte durch seinen zahnlosen Oberkiefer ein Liedchen. Jede einzelne Perle hatte Toothie im unbestechlichen Licht des frühen Morgens in seinen groben Fingern gehalten und sorgfältig geprüft. Er war zufrieden. Von den dreihundertvierzig Tahiti-Perlen, die ihm der Kurier gestern Abend übergeben hatte, mussten nur elf Stück ausgesondert werden. Zwei waren zu klein, vier waren tropfen- oder knopfförmig und die restlichen fünf wiesen eine allzu leblose Tiefen- oder Oberflächenreflexion auf. Die schwarzen Exemplare, die nun vor dem Mann auf dem Tisch lagen, erstrahlten allesamt in makellosem Glanz, den ihnen eine geheimnisvolle Lichtbrechung zwischen den Kristallen des Aragonits in der Perlmuttschicht bescherte. Diese faszinierende Tiefenstrahlung, Orient genannt, korrespondierte mit dem Lüster, einer übermütigen Reflexion des Lichts auf der Perlenoberfläche.

Dreihundertneunundzwanzig Perlen! Das bedeutete bei zweiundzwanzig Cent pro Stück einen unversteuerten Gewinn von ungefähr zweiundsiebzig US-Dollar! Und das Risiko war gering; denn niemand ahnte, dass er neben dem schleppenden Geschäft mit Lkw-Reparaturen einer weiteren Beschäftigung nachging. Er durfte nur nicht versuchen, die eine oder andere Preziose verschwinden zu lassen. Seine erste und einzige Unternehmung in diese Richtung hatte ihn die Zähne seines Oberkiefers gekostet!

Hastig räumte er nun die Perlen – ihm war trotz aller Sicherheitsvorkehrungen immer etwas mulmig dabei, sie unter freiem Himmel herumliegen zu haben – in ein Kästchen, das er in den Verschlag auf der rechten Seite des Hofes trug.

Nun kam der aufwendigste Teil seiner Arbeit: Er nahm die kleine Zange zur Hand, die an ihren Enden zwei winzige Plättchen aufwies, und tauchte sie in eine Dose mit transparentem, flüssigem Kunststoff. Dann musste er zügig eine Perle ergreifen, was nicht so einfach war, weil sie leicht abrutschen konnte, und sie ebenfalls in das Tauchbad halten. Etwa zehn Sekunden an der Luft reichten zur Trocknung aus. Anschließend musste er die Perle mit einer anderen Zange greifen und die Stellen, an denen er das erste Werkzeug angesetzt hatte, sorgfältig kontrollieren und gegebenenfalls nachbessern. Sollte ihm dabei eine Nachlässigkeit unterlaufen, würde die Perle später von der schwarzroten und säurehaltigen Transportflüssigkeit beschädigt werden. Am anderen Ende dieser Kette von Geschäftsbeziehungen, in der der alte Werkstattbesitzer aus Papeete nur ein winziges Glied war, würde dann ein anderer Mann diese Kunststoffbeschichtung in einem Ölbad auflösen und rückstandsfrei beseitigen.

Nach etwas über vier Stunden hatte Toothie den Job erledigt. Was nun folgte, war Routine: Er rückte die schwere Maschine zurecht, hievte die erste der einhundert Fünf-Liter-Dosen, die der Fahrer gestern angeliefert hatte, auf den Werktisch, spannte sie in das Gerät ein und öffnete die Büchse, indem er die Handkurbel betätigte. Anschließend zählte er zehn der präparierten Perlen in das klumpige, schwarzrote Kompott hinein. Mittels eines Schwenkhebels ließ er den Kurbelmechanismus der Maschine in das zweite Getriebe einrasten, hob die präparierte Dose auf den rückwärtig angebrachten Teller des Gerätes, legte einen neuen Deckel ein und verschloss mit einer Kurbeldrehung das Gefäß. Jetzt musste er nur noch die Chargen- und die Einzelnummer der Dose unter Zuhilfenahme einer Schablone in ein vorgefertigtes Formular eintragen.

So verfuhr er mit zweiunddreißig weiteren Dosen. Anschließend trug er die Nummern der nicht präparierten Konserven in die frei gebliebenen Stellen des Formulars ein, so dass er am Ende einen Bogen in der Hand hielt, der über und über mit lückenlos aneinandergereihten Ziffern versehen war. Nur der Besitzer der passenden Schablone würde jetzt noch in der Lage sein herauszufinden, in welchen der Gefäße der kostbare Inhalt zu finden war. Äußerlich waren die unscheinbaren Konserven, die nun auf ihren Abtransport warteten, nicht voneinander zu unterscheiden. Die Etiketten trugen die Aufschrift: Heidelbeeren. Ninetop Corporation, Australia.

Cuzco, Samstag, 29. März, 12 Uhr Ortszeit

Paco Emmanuel Ferrentes schoss von seinem Ruhelager hoch. Sein Herz schlug ihm bis zum Hals. Aufmerksam lauschte er. Im Nebenraum war nur das Scheppern von Töpfen zu hören. Vermutlich hatte Maria begonnen, das Essen zu bereiten. Von den vier niños war nichts zu hören; sie tobten wohl draußen mit den Nachbarskindern um die Häuser herum. Der kleine drahtige Mann drehte sich zum Fenster hin. Die Sonne stand im Zenit, es musste gegen zwölf Uhr sein. Wieder hielt er inne und lauschte. Keine verdächtigen Geräusche.

Der Job, den er hatte, ernährte ihn und seine Familie gut. Er hatte sich ein kleines Häuschen am Stadtrand von Cuzco leisten können, nichts Besonderes, nur zwei Zimmer, keine vornehme Wohngegend, die Straßen nicht geteert, keine üppigen Vorgärten, wie es sie im Villenviertel auf der gegenüberliegenden Seite der Stadt gab. Aber er und seine Familie hatten einen Brunnen direkt vor dem Haus und zum nächsten Lebensmittelgeschäft waren es nur zwei Kilometer. Sogar der Müll wurde von der Kommune abtransportiert. Überdies besaßen sie einen Fernseher, vor dem sich spät nachmittags die ganze Familie zusammenfand.

Auch sein Job war gut. Keine schwere körperliche Arbeit. Abgesehen von dem klebrigen Honig, war sie nicht einmal unangenehm. Die Bezahlung war gut, und das Beste daran war, dass er Euros erhielt. Aber der Job machte ihn nervös! Paco war sogar sehr nervös. Dafür gab es verschiedene Gründe. Etwa die drei Männer gestern Abend auf dem Flughafen von Cuzco, die die Ware wortlos von ihm entgegengenommen hatten. Sie hatten ihn ausgezahlt und sogar ohne Widerstreben seine Auslagen erstattet. Vielleicht hätten sie ihm sogar jeden beliebigen Betrag ausgehändigt, den er gefordert hätte. Sie wirkten auch nicht unfreundlich. Der eine hatte sogar gelächelt. Aber Paco glaubte zu bemerken, das sie sich des Öfteren vielsagend angesehen hätten. Als wären sie sich bereits einig, wann und auf welche Weise sie sich ihres Mitwissers entledigen würden.

»Paquito, hombre, levántate! Steh auf!« Marias Stimme zwitscherte wie ein übermütiger Kolibri durch das Zimmer. Sie schien sich zu freuen, dass Paco wieder zu Hause war. »Hace buen tiempo! Verschlaf nicht den ganzen Tag, die Sonne scheint!«

Paco merkte, dass es ihm nicht guttat zu grübeln. Das Zusammensein mit seiner Familie würde ihn ablenken. Seufzend stemmte er sich von seinem Lager hoch, schlüpfte in seine Schuhe und schlurfte zur Tür. Es gelang ihm jedoch nicht, die Gedanken an seinen Job zu verbannen. Es konnte nicht gesund sein zu wissen, dass in den Honiggläsern Gold geschmuggelt wurde. Seine Aufgabe dabei war, nach bestimmten Vorgaben schwarz geschürftes Gold aus dem brasilianischen Amazonasbecken auf die harmlos scheinenden Honiggläser zu verteilen und ihren Transport von Puerto

Maldonado nach Cuzco zu gewährleisten. Ganz deutlich hatte er die Aufschrift auf den Etiketten vor Augen: Miel de las Selvas, Ninetop Corporation, Australia.

Zur selben Zeit, einige Tausend Kilometer entfernt, saßen etwa um achtzehn Uhr Ortszeit zwei Männer in einem abgelegenen Büro der Kieler Parteizentrale zusammen. Ihr Gespräch war sachlich und beschränkte sich auf das Notwendigste. Beide Männer waren angespannt. Es ging um viel Geld und um Politik, genauer um die EU-Erweiterung und die Interessen der Partei, deren Ziel es war, den EU-Beitritt der Türkei zu verhindern.

Einer der beiden war Benedikt Mader. Er war hellwach und ließ sein Gegenüber keine Sekunde aus den Augen. Die Made verdankte ihren Erfolg als Schatzmeister der Partei und Staatssekretär im Kieler Innenministerium weniger ausgeprägten analytischen Fähigkeiten, als vielmehr der Fähigkeit, ein gutes Geschäft auf den ersten Blick zu erkennen. In solchen Momenten neigte Mader seinen Kopf ein wenig zur Seite, fixierte sein Gegenüber mit zusammengekniffenen Augen und vollführte kauende und schmatzende Kieferbewegungen. Im Moment beäugte er den Kurden, mit dem er zusammensaß, und ließ seine Kiefer mahlen.

»Für mein Volk würde ich noch viel mehr tun!«, sagte der Gast aus dem türkisch-irakischen Grenzgebiet.

»Unsere Interessen und die der Kurden liegen nahe beieinander«, gab sein Gesprächspartner zurück. »Ich glaube, dass wir uns einig werden.« Mader beugte sich ein Stück nach vorne. »Bis wann brauchen Sie das Material?«

Der andere musste nicht lange überlegen: »Mai. Spätestens Mitte Juni. Kriegen Sie das hin?«

Die Made dachte kurz nach. Dabei saugte er seine feisten Wangen nach innen. Dann meinte er mit leichtem Kopfnicken: »Möglich. Unsere Lübecker Erträge leiten wir über Australien an die Carlyle Capital Corporation weiter. Wir haben da eine Unternehmensgruppe an der Hand, die all das Spielzeug produziert, das Ihre Jungs von der PKK brauchen, um sich – wir wollen mal sagen – die Türkei vom Leibe zu halten.«

»Gut. Und die finanzielle Transaktion?«

»Über meine Partei. Natürlich inoffizielles Geld, Sie verstehen?« Die Made schmatzte.

»Natürlich!«

»Meine Leute werden die Modalitäten mit Ihnen regeln – morgen früh auf Ihrem Hotelzimmer?«

Der Kurde nickte.

Als Mader wieder alleine in seinem Büro war, umspielte ein Lächeln seine Mundwinkel: Wenn die PKK in die Offensive ginge, würde Ankara nicht lange zögern. Und einen Staat, der seine eigenen Landsleute niedermetzelte, würde niemand in der EU haben wollen. – Zuvor allerdings musste er noch die Sache mit Lübeck klären! Bei diesem letzten Gedanken erstarb sein Lächeln. Er wählte eine Nummer: »Sagen Sie, Nehlsen, haben Sie die Sache mit dem ominösen Anruf bereinigt?«

Mader hörte eine Zeitlang zu.

»Ihr Alibi?«, brummte er in die Muschel. »Was habe ich mit Ihrem Alibi zu schaffen? – Wie bitte? Für die Lieferungen aus Australien stehen ganz alleine Sie gerade! Weder mein Name noch der der Partei tauchen irgendwo in diesem Zusammenhang auf. Also lösen Sie Ihre Probleme in Zukunft selbst und halten Sie mich gefälligst da raus!«

Nachdem er aufgelegt hatte, wählte eine weitere Nummer in Lübeck, wartete, bis sich jemand meldete und gab dann die folgende Anweisung: »Hör zu! Du musst dich um Nehlsen kümmern!«

Es dauerte einige Minuten, bis er seinem Gesprächspartner erklärt hatte, was er von ihm erwartete.

Die Gestalt war schwarz gekleidet. Die zerschlissene Cordhose schützte nur unvollkommen vor dem feuchtkalten Wind, der am Nachmittag aufgekommen war. Unter dem dick wattierten Anorak fühlte sich der Oberkörper ebenfalls kalt an, aber diese Kälte schien eher von innen zu kommen. Die Hände, die gerade das Handy zugeklappt hatten, waren von der Kälte gerötet. Die Person steckte sie in die Jackentaschen und presste sich in die Ecke des Paradieses, eines Domzugangs, der aber meist versperrt blieb. »Zynisch!«, dachte der Ausgeschlossene, »das Paradies ist wegen Bauarbeiten geschlossen!« Ein gequältes Lächeln huschte über das Gesicht.

Einige Minuten später saß die Person in einer der Sitzreihen seitlich des Altarraums. Eine mächtige Säule verdeckte teilweise den Blick auf den Altar. Wenn sie sich zudem ein wenig nach rechts in den Stuhl drückte, verschwand der Pastor gänzlich aus dem Blick. Und die Person aus dem des Pfarrers.

Vielleicht zwanzig oder fünfundzwanzig Menschen waren zu diesem Beichtgottesdienst gekommen, den Kurt Bendixen, zweiter Pastor am Dom, jeden Samstagabend abhielt. Verstohlen schaute der Besucher in die Gesichter der Menschen, die ihre Plätze mit größtmöglichem Abstand zu den Nachbarn ausgewählt hatten. Alle Mienen drückten Einsamkeit aus. Manche Gesichter waren eingefallen, andere maskenhaft, viele versteinert, wie die Vorboten ihrer eigenen Grabmäler.

Pastor Bendixen begann mit der Liturgie. Im Vollzug dieses vertrauten Rituals, das einen sinnstiftenden Rahmen bildete und Halt vermittelte, konnte man die eigenen Sorgen für eine Weile verdrängen, getragen von dem wenig modulierten und deshalb Raum füllenden Klang der Stimme des Mannes in Schwarz. Seine volle, samtweiche Stimme hüllte die Zuhörer ein, wärmte, tröstete.

Zumindest einer der Gottesdienstbesucher nutzte die Liturgie zu einer Zwiesprache mit Gott und berichtete von seiner Tat. Die Szenen des Mordes spielten sich vor seinem geistigen Auge noch einmal ab, reihten sich aneinander, schauerlich, jedes einzelne Detail, die Schreie, die rosa Haut, die blutunterlaufenen Augen, das tiefrote Gesicht des Opfers. Die eigene Verkleidung, das Gewand, die Maskerade. Warum habe ich die venezianische Maske gewählt? Ging es darum, die eigene Lust an dem Grauen zu verbergen? War ich nicht letztlich genauso schlecht wie Andresen selbst? Der Mensch, der da unbewegt in der Bankreihe saß, konnte keine Spur von Reue in sich ausmachen. Kein Entsetzen. Kein Mitleid. Keine Gnade. Das einzige, was die Person in sich wahrnahm, war Kälte. »Ich bin kalt wie ein Profi.«

XIV

Samstag, 29. März, Abend

»Schon wieder ein Wochenende im A … nus!« Sven Hustedt war bemüht, sich gewählt auszudrücken. »Meine Frau hat sich ziemlich aufgeregt, weil ich ihr versprochen hatte, sie heute in die Oper auszuführen.«

»Du weißt doch«, erwiderte Ilka Gross schnippisch, «die ersten achtund –«

»… achtundvierzig Stunden sind die wichtigsten. Natürlich weiß ich das«, unterbrach Sven seufzend.

Ike Jensen sagte nichts und hörte Ilka zu, die weiter stichelte, wobei sie ihre Kollegin mit einem Seitenblick bedachte: »Und deine Frau – könnte sie vielleicht weitere Gründe haben, sauer zu sein, was meinst du?«

»Könnten wir dieses Thema vielleicht beenden, liebe Kollegin?«

Ilka holte Luft, um ihm etwas an den Kopf zu werfen, als Hans Sloboda den Besprechungsraum der Mordkommission betrat.

Manfred Deutschmann, der die ganze Zeit geschwiegen hatte, hockte vor seinem Laptop und kraulte seinen Vollbart. Die Kollegen vom vierten Polizeirevier, Ulf Bender und Paula Potthof, saßen etwas abseits und blätterten in irgendwelchen Unterlagen.

»Wir wissen ja nun, wer das Opfer ist«, begann der Erste Kriminalhauptkommissar die Besprechung, »Rudolf Andresen, Ehefrau Erika Andresen, wohnhaft in der Elsässer Straße.«

»Hätte mir ja mal jemand sagen können!«, maulte Deutschmann. »Ich hab' die ganze Zeit rumtelefoniert nach Vermissten!«

Sloboda stockte irritiert, da der Hauptkommissar aber keine Reaktion zu erwarten schien, fuhr er fort. Er berichtete von der Befragung der Ehefrau des Opfers, von ihrer überaus gefassten Reaktion und der Erwähnung eines Konkurses vor zehn oder elf Jahren. Ike steuerte ergänzend ihren Eindruck bei, dass die Eheleute Andresen sich etwas aus den Augen verloren zu haben schienen. Die Frau habe jedenfalls vom Rückzug ihres Mannes gesprochen und davon, dass er irgendwie anders gewesen sei.

Gross und Hustedt beschrieben die überraschend heftige Reaktion von Susana Pascua-Nehlsen, der Ehefrau des Hilgado-Geschäftsführers, die wohl eine intime Beziehung mit dem Mordopfer gehabt hatte. Da auch Heiner Nehlsen derartige Andeutungen gemacht hatte, könne man davon ausgehen, dass er davon gewusst habe. Das Handy, mit dem der Anruf bei Ike getätigt worden war, sei angeblich vor zwei Wochen gestohlen worden, jedenfalls habe es sich nicht am gewohnten Platz befunden. Beide Eheleute seien während der Tatzeit zu Hause gewesen.

Die Beobachtungen der an der Suche nach dem Tatort beteiligten Streifenwagen fassten Potthof und Bender zusammen. Es hätten sich keinerlei Auffälligkeiten in der Umgebung der Firma ergeben.

»Also«, Sloboda blickte auf seine Uhr, »jetzt ist es schon zwanzig Uhr durch, heute erreichen wir nichts mehr. Morgen früh stattet ihr, Ilka und Sven, Frau Andresen einen weiteren Besuch ab. Ich will Klarheit haben, was sie mit ihren Andeutungen über das merkwürdige Verhalten ihres Mannes gemeint hat. Deutschmann, Sie finden heraus, was es mit Andresens Konkurs auf sich hat. Und vergessen Sie nicht, auch die beteiligten Banken zu befragen! Potthof und Bender, Sie gehen nochmals alle Meldungen der letzten Nacht durch. Ist etwas Auffälliges passiert? Welche Einsätze gab es? Und Sie, Jensen, kommen mit mir! Wir nehmen die Nehlsens ins Visier. Ich möchte wissen, ob Nehlsen etwas von der Affäre seiner Frau wusste. Und wegen der Alibis werden wir ihnen noch mal gründlich auf den Zahn fühlen. Um neun hole ich Sie ab.« Der Chef betrachtete seine Leute, die alle müde und abgespannt wirkten. »Alles klar? Wir treffen uns morgen wieder hier. Sonntag, zwölf Uhr vierundzwanzig.« Der leitende Kommissar glaubte fest daran, dass sich krumme Zeiten besser einprägten. Deutschmann gähnte verhalten. Damit war alles gesagt und das Team war entlassen.

Sven, der dicht an der Tür saß, kramte umständlich in seiner Ledermappe. Offensichtlich zögerte er seinen Abgang hinaus. Ilka ging grußlos, aber nicht ohne ihn vielsagend anzuschauen, an ihm vorüber. Bender und Potthof schienen noch etwas vorzuhaben, sie waren sofort verschwunden. Deutschmann trottete an Hustedt vorbei, während sich Sloboda mit einem »Tschüss Sven, bis morgen!« verabschiedete. Ike war ebenfalls im Begriff, den Raum zu verlassen, als sich Sven wie zufällig umdrehte und mit ihr zusammenstieß.

»Na?« Er wich nicht aus, sondern blickte Ike direkt in die Augen.

»Und? Was soll das nun wieder werden?«

»Weiß nicht. Was meinst du denn?«

Ike nahm die Herausforderung an: »Musst du nicht nach Hause zu Mutti?«

»Mutti hat mit mir geschimpft, weil ich ein böser Junge war!« Sven fuhr sich mit seiner Zunge über die Lippen.

»So wie du hier stehst, sieht es aus, als würdest du ein böser Junge bleiben!« Ike schaute ihn mit gespielter Strenge und leicht zur Seite geneigtem Kopf an. Sie spielte mit, um Sven letztlich ein für allemal seine Grenzen aufzuzeigen.

»Du kannst ja im eigenen Leib erfahren, wie böse ich sein kann …« Der Versprecher war gewollt.

»Dann will ich nur hoffen«, Ike rückte ihm noch etwas näher auf den Pelz und schaffte es trotz geringerer Körpergröße, ihn von oben herab abschätzig anzusehen, »dass du nicht zu klein bist!«

Sven schluckte trocken. Sein freches Grinsen war ihm vergangen. Er hatte das Gefühl, dass ein bisschen Alkohol die Situation zu seinen Gunsten retten könnte: »Was hältst du vom ›Amigos‹ in der Mühlenstraße?«

»Warum nicht! Wenn du dir noch Mut antrinken musst!«

»Du machst dich ja völlig zum Trottel! Hast du denn überhaupt keinen Stolz? Was muss denn noch kommen, damit du es endlich kapierst?«

»Du hast ja Recht! Aber ich kann nicht einfach aufhören. Und ich will auch nicht! Ich kämpfe eben um das, was mir wichtig ist! Und du? Du redest schon wie Vater!«

Aus dem kleinen Haus in der St.-Annen-Straße auf der Lübecker Altstadtinsel war lautes Schimpfen zu hören. Dies als solches war vielleicht noch gar nicht so bemerkenswert; auffällig war hingegen, dass sich die Kontrahenten trotz des hitzigen Disputs nicht gegenseitig ungeduldig unterbrachen.

Wenn man die Tür zu dem handtuchschmalen, vierstöckigen Haus öffnete, befand man sich in einer winzigen Diele von einem, höchstens anderthalb Quadratmetern. Gleich gegenüber dem Eingang führte eine enge Stiege nach oben. Links befand sich der Durchgang zu einer Küche, in der jeder Versuch sich zu bücken sorgfältig geplant sein wollte. Links an der Anrichte stand ein dunkelhaariger, etwa eins fünfundneunzig großer Mann und gestikulierte wild mit seinen Händen: »Mach dich ruhig lächerlich! Das kannst du ja immer ganz besonders gut! Lauf ihr hinterher und hol dir noch 'n Schlag in die Schnauze!«

Nachdem Lars Müller-Hänisch ausgesprochen hatte, atmete er einmal tief durch, fuhr sich mit den Händen durchs Gesicht und hielt für eine Sekunde inne. Dann machte er einen kleinen Schritt nach vorn, drehte sich um und lehnte sich gegen die Tür des notdürftig in die schiefe Nische gezimmerten Einbauschrankes.

»Na klar!«, polterte er zurück. »Du denkst auch immer nur daran, was andere von dir denken könnten! Immer Haltung bewahren! Keine Gefühle zeigen! Bloß keine Schwächen! Wie Vater, genau wie Vater! Nach außen immer korrekt, immer ordentlich, immer hart gegen sich selbst. Und hart gegen mich! Aber ich zieh nicht so einfach den Schwanz ein! Du bist nämlich in Wirklichkeit ein Feigling, ein erbärmlicher Feigling!«

Psychologen redeten manchmal mit sich selbst.

Wieder in die Gegenposition gewechselt, haute das Alter Ego zurück: »Also gut! Dann geh eben zu deiner neurotischen Ike! Leg ihr deine Gefühle vor die Füße! Macht ja nichts, wenn diese Zicke sie in den Dreck tritt! Du wirst sehen, dass sie dich wieder stehen lässt! Aber du brauchst das ja offenbar! Du hältst nicht nur die Linke hin, nein, du hältst ihr alles hin, was du hast, und erst, wenn sie auf alles getreten, gespuckt und geschlagen hat, fängst du vielleicht an zu merken, dass es weh tut!«

»Jetzt mach hier mal nicht auf Psycho! Das zieht bei mir nicht! Und ja! Ich werde jetzt einfach zu ihr gehen. Und dann werden wir sehen, was passiert!«

»Oh, Mann ...« Lars seufzte.

Wenige Minuten später hatte er eine viel zu dünne Jacke übergeworfen. Ihm war von der Auseinandersetzung heiß geworden. Zuerst zögernd, dann zunehmend entschlossen schritt er durch die mitternächtliche Mühlenstraße. Lars bewegte sich mit traumtänzerischer Sicherheit durch die Nachtschwärmer hindurch, vermummte Einzelgänger mit trotzigen Mienen, eng umschlungene Paare und Cliquen von Jugendlichen mit Hormonüberschuss. Sein Ziel war der Lindenteller, dann die Hansestraße und das seelenlose Fünfzigerjahre-Mehrfamilienhaus gegenüber dem ZOB. Nur etwas über zehn Minuten hatte er für den Weg am Kohlmarkt und am ehrwürdig versinkenden Holstentor vorbei gebraucht, bis er Ikes Haus sah.

Und Ike sah. Und den Mann an ihrer Seite. Die beide pressten sich durch die Haustür. Das Licht in Ikes Wohnung wurde gar nicht erst eingeschaltet.

XV

Sonntag, 30. März, Vormittag

Am Sonntagmorgen weckte ein Alptraum Ike um halb neun. Gerade hatte sie sich in einen alten Eisenbahnwaggon geflüchtet. Jemand war ihr gefolgt, und sie hatte voller Angst versucht, sich hinter den Sitzreihen zu verstecken. Aber immer, wenn sie sich in Sicherheit wähnte, hatten sich die Schutzwälle um sie herum in dünne japanische Papierwände verwandelt. Die Silhouette ihres nackten Körpers war genau zu sehen gewesen. Als die dumpfen Schritte in ihrem Kopf unerträglich laut geworden waren, war sie erwacht.

Sie richtete sich im Bett auf. Ihr Schädel dröhnte. Als sie sich an den Kopf griff, fühlten sich ihre Haare wie freiliegende Nervenbahnen an. Dann fielen ihr nacheinander drei Dinge ein, die nicht gerade zur Schmerzlinderung beitrugen: Zunächst hatte sie Sven nach einem schalen, einzig von einer Überdosis Tequila mühselig am Leben erhaltenen Flirt mit zu sich genommen und mit ihm geschlafen. Unsicher tastend griff sie neben sich: Er war schon weg, immerhin. Der zweite Gedanke traf sie wie ein Schlag: In zweiundzwanzig Minuten würde Sloboda bei ihr klingeln! Und das Dritte, woran sie denken musste, brachte sie dazu, zunächst leise, dann mit anschwellender Lautstärke vor sich hin zu fluchen: »Scheiße, Scheiße, Scheiße!« Sie dachte dabei an Lars.

Am liebsten hätte sie sich die Decke über den Kopf gezogen und in Selbstmitleid gesuhlt. Aber das konnte sie nicht, schon gar nicht, wenn gleich der Chef vor der Tür stehen würde. Also biss sie sich auf die Lippen und schluckte ihre Gedanken hinunter. Das half auch.

Susana Pascua-Nehlsen fühlte sich doch nicht so mutig, wie sie gedacht hatte. Jetzt, da Rudolf tot war, wusste sie nicht mehr, wohin. Rudi – der Rabbi, wie sie ihn genannt hatte – hätte gut für sie sorgen können. Sie wusste, dass er etwas beiseite geschafft hatte. Einmal hatte sie ihn am Handy von einem Geld-Transfer sprechen hören. Sie hatte niemals genauer nachgefragt, um wie viel Geld es ging und woher er es hatte. Hauptsache, es war vorhanden und er konnte ihr alle Wünsche erfüllen. Zudem war er groß, schlank, recht sportlich, sah gut aus, hatte eine erotische Stimme und schöne Hände. Ganz im Gegensatz zu ihrem fettleibigen, schwitzigen Ehemann.

Aber vorsichtshalber wollte sie keine Türen zuschlagen, durch die sie später vielleicht noch würde entschlüpfen müssen. Deshalb antwortete sie auf die Frage des milchgesichtigen Kommissars, der in Begleitung seiner rötlichblonden Kollegin vor der Tür stand: »Nein, wir haben zwar getrennte Schlafzimmer, aber ich bin sicher, dass mein Mann die ganze Nacht über zu Hause war.«

»Wie können Sie so sicher sein?«, fragte Ike Jensen nach.

»Ich habe in dieser Nacht schlecht geschlafen. Mein Mann und ich hatten einen Streit, der mich beschäftigt hat.« Die dunkelhaarige Frau warf einen prüfenden Blick auf ihren Mann, der gerade schlurfend neben sie getreten war. »Aber kommen Sie doch erst mal rein!«

Mit einer einladenden Geste bat sie die Polizisten ins Wohnzimmer. Hans Sloboda schaute sich um und hatte eher das Gefühl, sich in einer Wartehalle zu befinden.

»Also«, fuhr Frau Pascua-Nehlsen fort, »ich machte mir Sorgen wegen unserer Ehe und fand keinen Schlaf. Ich hörte meinen Mann unten, also hier im salón und in seinem Arbeitszimmer, hin- und herlaufen. Etwas später musste ich auf die Toilette und holte mir anschließend ein Glas Wasser aus der Küche. Dabei sah ich meinen Mann auf der Couch im salón liegen. Er schnarchte so laut, dass ich ihn auch von meinem dormitorio, meinem Schlafzimmer, aus noch eine ganze Weile gehört habe und nicht wieder einschlafen konnte.«

Während die Frau gesprochen hatte, hatte Ike den Ehemann beobachtet. Er wirkte erleichtert. Mit hochgezogenen Brauen blickte die Kommissarin ihren Boss fragend an. Sloboda senkte kurz die Augenlider und nickte kaum merklich. Dann übernahm er wieder: »Da ist noch eine Sache, Frau Pascua-Nehlsen. Sie hatten eine Af –« Mit einem Seitenblick auf Nehlsen stockte er kurz. »Sie hatten eine intime Beziehung mit dem Ermordeten?«

»J-ja.« Ihr ängstlicher Blick suchte ihren Mann. »Mein Mann weiß jetzt davon. – Wir waren gerade dabei zu reden. Ich hoffe und glaube, er wird mir das verzeihen.« Wieder richtete sie einen fragenden und angemessen demütigen Blick auf ihren Mann. »Was meinst du, Schatz? Cariño?«

»So leicht kommst du mir aber nicht davon!«, schaltete sich dieser ein. Er wollte streng klingen, merkte aber selbst, dass seine Stimme gelöst, fast fröhlich klang.

»Aber Sie wollten doch Ihren Mann verlassen?« Ike versuchte einen Frontalangriff.

»Nein, davon kann keine Rede sein! Habe ich das gesagt?«

Nun war Ike Jensen diejenige, die verunsichert dreinblickte. Susana Pascua-Nehlsen fühlte sich hingegen gestärkt. Und für Heiner Nehlsen hatten sich auf einen Schlag zwei seiner drei Probleme gelöst: Er hatte ein Alibi und seine Frau würde bei ihm bleiben. Jetzt musste er nur noch die Sache mit dem Anruf klären, der ihn in der Mordnacht aus dem Haus gelockt hatte. Vielleicht war es ja nur ein dummer Streich gewesen. Dass er darüber hinaus ein viertes Problem hatte, wusste er auch dann noch nicht, als die blonde Kommissarin ihn aufforderte, ihr sein Mobiltelefon auszuhändigen.

»Ich würde es gern für ein, zwei Tage behalten«, erklärte sie.

Nehlsen zögerte: »Warum? Ich meine, dürfen Sie das denn einfach?«

»Nein, natürlich nicht«, mischte sich Sloboda ein. Geistesgegenwärtig nahm er den Pass, den seine junge Kollegin ihm geschlagen hatte, auf und vollführte ein kurzes, aber effektives Dribbling: »Aber wir könnten natürlich eine Hausdurchsuchung beantragen …«

In vorauseilendem Gehorsam und weil es sich ja sozusagen um ein Freundschaftsspiel handelte, versenkte Nehlsen den Ball im eigenen Netz: »Natürlich!« Geradezu erleichtert überreichte er Ike das Gerät.

»Chef, können wir die Anrufe überprüfen lassen?«, fragte Jensen, als sie wieder alleine waren.

»Natürlich, aber erst morgen. Jetzt am Sonntag ist niemand in der Kriminaltechnik. – Aber was wollen Sie denn herausfinden?« Sloboda stupste seine Untergebene väterlich an.

»Ich weiß noch nicht, Chef. Aber ich habe so ein merkwürdiges Kribbeln zwischen den Schulterblättern. – Haben Sie was dagegen, wenn ich das Handy mit zu mir nehme? Ich kenne da jemanden, der das vielleicht an seinen Computer anschließen und herausfinden kann, mit wem Nehlsen in der Nacht gesprochen hat.«

»Hmh, so ganz korrekt ist das ja nicht.« Eigentlich müsste er das unterbinden. Aber er war heute mit seinen Gedanken bei seinem Freund Uri, der morgen eine Prostata-Untersuchung hatte. Hans Sloboda hatte Angst. Alles andere war nicht so wichtig. Also nickte er: »Meinetwegen. Aber ich weiß davon nichts!«

Ike grinste verschwörerisch. Heute Abend würde sie mit dem Handy vor Lars' Tür stehen. So hatte sie jedenfalls einen Grund, ihn zu besuchen.

Pünktlich um zwölf Uhr vierundzwanzig begann die Besprechung im Kommissariat. Ulf Bender vom vierten Polizeirevier, das im Erdgeschoss des Behördenhochhauses an der Possehlstraße untergebracht war, begann mit seinem Bericht.

»Die Kollegin Potthof und ich sind auf etwas Interessantes gestoßen. Und zwar sind die vom K 3 auch an dem Nehlsen und der Hilgado dran.«

Paula Potthof übernahm: »Bei der Überprüfung aller Einsätze in der Mordnacht und am vorangegangenen Abend stießen wir auf einen Einsatz des Kommissariats für Wirtschafts-und Umweltkriminalität.« Mit einer ruhigen, fließenden Geste strich sich die hochgewachsene Frau über das akkurat zu einem Pferdeschwanz zusammengebundene mittelblonde Haar. »Hauptkommissar Jörg Wächter und seine Leute hatten am Freitagabend zwischen einundzwanzig und zweiundzwanzig Uhr der Firma Hilgado einen Besuch abgestattet –«

»… der wohl nicht so ganz astrein war!«, warf Bender dazwischen.

»Einen nicht genehmigten Besuch, ja, das ist korrekt. Anschließend hatten sie ihn in seinem Haus aufsuchen wollen. Seine Ehefrau Susana Pascua-Nehlsen hatte aber angegeben, dass ihr Mann gerade nicht zu Hause sei.«

»Nicht zu Hause?!« Sloboda hatte die Ausführungen mit zunehmendem Interesse verfolgt.

»Dann sieht es wohl doch nicht so gut aus mit Nehlsens Alibi!« Ike sprach aus, was ihr Chef dachte.

Ungerührt fuhr Paula Potthof fort: »Morgen früh um sechs Uhr dreißig wird Kollege Wächter wegen des begründeten Verdachts auf

Umgehung der Einfuhrbestimmungen eine Durchsuchung von Nehlsens Firma und Wohnung durchführen.«

»Diesmal aber mit dem Okay des Staatsanwalts!« Ulf Bender schaute triumphierend in die Runde, als habe er höchstpersönlich für den vorgeschriebenen Ablauf der Dinge gesorgt.

»Dann werde ich mich gleich mal«, ergriff der Kommissariatsleiter das Wort, »bei dem geschätzten Kollegen Wächter für die morgige Aktion anmelden.« Mit einem auffordernden Blick auf seine Kollegin ergänzte er: »Jensen, wir sehen uns also morgen um halb sieben bei Nehlsen!«

»Klar, Chef!«

Im Anschluss daran folgten die Berichte der anderen Kollegen. Die Ehefrau des Mordopfers, Erika Andresen, halte sich mit weiteren Äußerungen über das Verhalten ihres Mannes und die innerfamiliären Beziehungen bedeckt. Ihr vordringliches Anliegen, so die Vermutung Sven Hustedts, scheine zu sein, ihren Leumund und den ihrer Familie nicht zu beschmutzen. Nochmals zu dem Konkurs ihres Mannes befragt, habe sie die bekannten Fakten bestätigt und den Vorgang als ordnungsgemäß abgeschlossen bezeichnet. Von einer Affäre ihres Mannes sei ihr nichts bekannt; ein derartiges Vergehen hätte sie ihrem Mann mit Sicherheit auch angemerkt. Insofern würde sie derartige Erwägungen als reine Unterstellungen werten.

Ilka Gross schilderte anschließend die Durchsuchung des Zimmers des Mordopfers. Sven äußerte seine Verwunderung über das Fehlen sämtlicher mnemotechnischer Systeme. Ilka erläuterte sichtlich genervt: »Mein lieber Kollege wollte sagen, dass wir weder ein Adressbuch noch einen Kalender gefunden haben. Als wir seine Frau fragten, ob er einen Terminkalender oder etwas Ähnliches geführt hat, sagte sie, dass er nie einen brauchte, weil er immer alles im Kopf behielt. Sie betonte, dass er sämtliche Telefonnummern, Bankdaten und Termine wie zum Beispiel Geburtstage auswendig kannte und sie sich hundertprozentig auf ihn verlassen konnte. Sie schien richtig stolz darauf zu sein.«

»Wir haben aber«, ergänzte Hustedt, »mit Erlaubnis der Dame des Hauses Andresens Computer mitgenommen. Manfred, kannst du dir«, er wandte sich an seinen Kollegen, »den Rechner mal näher ansehen?«

Deutschmann nickte, allerdings ohne große Begeisterung.

»Ferner haben wir eruiert«, fuhr Hustedt fort, »dass Andresen die Baufirma nur zwei oder drei Jahre besaß, bevor er Insolvenz anmelden musste. Kurz vor Übernahme des Betriebes, mit vierundvierzig Jahren, hatte er seine Frau geehelicht –«

»… die ihm«, warf Ilka dazwischen, »wohl das Geld für den Aufbau der Firma gegeben hat.«

»Exakt. Denn vor seiner Ehe mit Erika, also von Anfang dreißig bis zwei- oder dreiundvierzig, soll er mit einer anderen Frau und mehreren gemeinsamen und auch Stiefkindern in ärmlichen Verhältnissen gelebt haben, einige Jahre sogar in Obdachlosenunterkünften.«

Angetan von den bisherigen Ermittlungsergebnissen, schaute Sloboda auffordernd in die Runde. Mürrisch vor sich dreinblickend, legte Manfred Deutschmann daraufhin dar, was seine Internet- und Aktenrecherchen ergeben hatten. Demnach führte Rudolf Andresen bis vor elf Jahren einen eigenen Baubetrieb, der nach finanziellen Engpässen in Konkurs gegangen war. Montagetätigkeiten der Firma hatten Andresen in die Türkei, in die Nähe des von Kurden kontrollierten Kandilgebirges, sowie nach Texas geführt, wo er hohen Profit erzielt hatte. Aber es war auch von Glücksspiel in verschiedenen Casinos die Rede, wo er nach Angaben verschiedener Betreiber Unmengen Geld verjubelt haben soll. Deutschmann hatte auch Hinweise auf schwarze Konten in den einschlägigen Fürstentümern gefunden, aber immer hatte Andresen sich, vermutlich mit Hilfe höherer Mächte, genaueren Nachforschungen entziehen können. Den Kollegen vom K 3 waren damals laut ihrer Aktennotizen Andresens Unbekümmertheit und Sorglosigkeit aufgefallen, die angesichts der finanziellen Konsequenzen bis hin zur persönlichen Insolvenz bemerkenswert gewesen waren. Man hatte ihm einen betrügerischen Konkurs mit Insolvenzverschleppung, Veruntreuung der Gehälter und aktive Korruption vorgeworfen, und auch von irgendwelchen Verwicklungen in dunkle machtpolitische Transaktionen war die Rede gewesen. Trotz vorliegender Beweise war das Verfahren gegen ihn jedoch aus unerfindlichen Gründen eingestellt worden. Offenbar hatte jemand vom Kieler Ministerium seine Hand über ihn gehalten.

Deutschmann klappte seine Unterlagen zu. Sein finsterer Blick drückte unmissverständlich aus, dass er sein Soll hiermit erfüllt hatte und keine weiteren Fragen zu beantworten gedenke. Hans Sloboda verteilte die Aufgaben für den morgigen Montag und beendete die Besprechung.

Ike Jensen verließ zügig den Besprechungsraum. Zum einen wollte sie eine Begegnung mit Sven vermeiden, zum anderen drängte es sie, etwas über das Handy von Heiner Nehlsen, das sie an ihren Gürtel geklickt hatte, herauszufinden. Sie fühlte, dass das Gerät ein Geheimnis in sich barg. Und nicht zuletzt rührte ihre kribbelige Erregtheit von der schlichten Tatsache her, dass sie zur Lösung dieses Geheimnisses auf die Hilfe von Lars angewiesen war.

Die Polizeibeamtin benötigte knapp sieben Minuten, um in ihren klapprigen, moosgrünen Dienstgolf zu steigen, den Anlasser viermal zu betätigen, bevor der Motor sich regte, vom Parkplatz in die Welsbachstraße zu schießen und über Possehlstraße, Berliner Platz, Sankt-Jürgen-Ring und Kronsforder Allee zu fegen, den Mühlentorteller mit ächzenden Stoßdämpfern zu umrunden und schließlich von der Mühlenstraße in die Sankt-Annen-Straße einzubiegen. Als sie direkt vor dem schmalen, vierstöckigen Haus einen Parkplatz gefunden hatte, bemerkte sie, dass alle Ampeln grün gewesen waren. Oder hatte sie einfach nicht darauf geachtet?

Erwartungsvoll drückte sie die Klingel. Der Mann, der ihr kurz darauf gegenüberstand, wirkte allerdings wenig erfreut über ihr Kommen. Lars' Gesicht war versteinert.

»Hi, Sü –« Ike schluckte die letzte Silber hinunter. »Äh – ist was?«

Lars rührte sich nicht.

»Was ist denn? – Darf ich reinkommen?«

Nach einigen Sekunden verlagerte der große Mann sein Gewicht ein wenig zur Seite. Das war keine Einladung hereinzukommen – höchstens die stillschweigende Andeutung, sich gegen ein Eintreten nicht zur Wehr zu setzen. Zögernd setzte Ike ihren Fuß auf die Schwelle. Lars wich zurück in den Kücheneingang. Ike blieb am Fuß der schmalen Treppe ins Obergeschoss stehen.

»Was willst du?« Lars' Frage klang schroff.

»Ich möchte, … ich – was ist los mit dir, Lars?« Ike spürte, wie sich ihre Eingeweide zusammenkrampften. Sie drängte sich an ihn heran. Lars trat beiseite.

»Was willst du hier?«

»Bist du sauer, weil ich weggelaufen bin?«

»Weggelaufen?« Jetzt wurde Lars' Stimme lauter. »Gestern Nacht bist du aber nicht weggelaufen, oder?!«

Ike zuckte zusammen. Konnte es sein, dass er etwas wusste?

»Ich will nichts mehr mit dir zu tun haben! Hau ab! Lass mich in Ruhe!« Lars hatte sich in Rage geredet.

»Was war gestern Nacht? Was meinst du denn?«

»Das weißt du genau, Ike. Und jetzt geh endlich!« Lars packte Ike und schob sie zur Haustür. »Ich will dich nie wieder sehen!« Beim letzten Satz, den er ihr ins Gesicht schrie, spürte Ike deutlich den Kloß, der ihm im Hals steckte. Seine Stimme klang nicht so sicher wie er vorgab zu sein.

Ike fühlte sich schuldig. Sie schämte sich. Weil sie allerdings mit Schuldgefühlen nicht umgehen konnte und es satt hatte, dass sich die Dinge wie so oft gegen sie wendeten, zog sie es vor, diesmal etwas zu tun, was sich gegen den anderen richtete. Gegen Lars. Also verpasste sie ihm eine schallende Ohrfeige. Mitten ins Gesicht.

Das war nicht vernünftig. Für Lars kam der Schlag aus heiterem Himmel, er hatte ihn nicht vorausgesehen. Lars war verwirrt. Und weil er zu der Ansicht neigte, dass er verdiente, was ihm geschah, machten sich jetzt, nach der Ohrfeige, in ihm ebenfalls Schuldgefühle breit. Vielleicht hatte er Ike zu sehr bedrängt. Zerknirscht sagte er: »Entschuldigung.«

Ike schien nicht verwirrt zu sein: »Es ist schon in Ordnung.«

»Komm rein. Was wolltest du von mir?«

»Also, wenn es dir nichts ausmacht, ich bräuchte deine Hilfe. Du kennst dich doch gut mit Computern und so aus?«

»Ja, geht so. Was ist denn?«

»Hier, schau mal!« Ike holte das Mobilteil von Nehlsen aus der Tasche. »Das ist das Handy von einem Verdächtigen in einem neuen Mordfall. Nehlsen heißt der. Ich glaube, da ist was drauf auf dem Gerät. Ich fühle das. Sein Alibi ist falsch. Ich will wissen, mit wem er geredet hat in der Nacht, als der Mord passierte.«

»Okay, zeig mal her.«

»Kannst du die Pin-Nummer knacken?«

»Kein Problem, denke ich.« Lars dockte das Gerät an seinen Laptop an. »Dann schmeiß ich mal den Nussknacker an«, murmelte er. Er hob den Kopf und sagte etwas lauter: »So, das braucht jetzt ein paar Minütchen. Hast du Lust auf Kaffee?«

»Ja, gerne!« Ike lächelte. Gerade hatte sie darüber nachgedacht, Lars die Sache mit Sven zu erklären. Aber was sollte sie sagen? ›Es war nicht das, wonach es aussah?‹ Das hörte sich nach einem schmierigen Liebesroman an. – Leben ist anders. Und Lars hatte, wie es schien, auch keine Lust auf Streit. Ike marschierte in die Küche, um den Kaffee aufzusetzen.

»Bin drin!«, rief Lars nach einigen Minuten zu ihr hinunter.

»Und nun?«, brüllte sie zurück.

»Mal sehen …«

Einen halben Becher später schaute er zu ihr auf: »Sag mal, was hast du da rein getan?« Er zeigte auf seinen Kaffee.

»Das ist ein Kaffee mit Umdrehung.«

»Mit was?«

»Umdrehung! Da ist Rum drin. Leider hab ich keine Schlagsahne gefunden, dann hätte ich uns einen echten Pharisäer gemacht: mit Kaffee, Zucker, Rum und Schlagsahne.«

»Ich möchte noch so einen. Das hilft denken … Schlagsahne ist übrigens in dem kleinen Spind in der Küche. Ganz oben, glaube ich.«

»Er hat seine Anrufe gar nicht gelöscht«, meinte Lars nach einem weiteren gehaltvollen Koffeingetränk. »Das macht es uns leicht. Hier hat er allerdings etwas verschlüsselt, eine Nummer, wie es scheint.«

»Kommst du da ran?«

»Mach mir doch noch so einen Philister, ja?«

»Pharisäer!«

»Egal!«

Nach einer weiteren Runde konnte der große Mann der Polizistin, die ihn fragend ansah, stolz das Ergebnis seiner Mühen präsentieren: »Dein Herr Nehlsen hat am Freitag um einundzwanzig Uhr vier einen Anruf empfangen. Das Gespräch dauerte vier Minuten vierundzwanzig Sekunden. Die Nummer des Anrufers war allerdings unterdrückt, da kommt man nicht mehr dran. Gleich anschließend, um einundzwanzig Uhr neun, hat Nehlsen eine Kieler Nummer angerufen. Dauer vier Minuten fünfzig. Das war die verschlüsselte Nummer. Die gehört einem gewissen oder einer gewissen Made.«

»Made? Nie gehört. Am besten, ich rufe den Herrn oder die Dame gleich mal an!«

»Weißt du, wie spät es ist!?«

»Umso besser! Wenn ich diese Made aus dem Schlaf hole, kann ich vielleicht etwas rauskriegen, bevor er oder sie klar denken kann.«

Noch während sie dies sagte, hatte Ike Nehlsens Handy an sich genommen und begonnen, die Nummer einzutippen.

Erst nach dem siebten Klingeln nahm jemand ab. Die Stimme klang ruhig. Aber die prononcierte Aussprache verriet eine mühsam gezügelte Wut: »Was fällt dir ein, Heiner? Ich schlafe! Ruf mich gefälligst morgen im Ministerium an! Oder in der Partei! Klar? Und: Lass dir eine gute Entschuldigung einfallen!«

Ohne eine Antwort abzuwarten, trennte der Angerufene die Verbindung. Ike wiederholte, was sie gehört hatte: »Morgen im Ministerium, das kann er haben. Können wir jetzt schon mal im Internet nachschauen?«

Das war schnell erledigt. Die Begriffe Made, Ministerium, Kiel ergaben bei Google 5.488 Treffer.

»Mensch, guck mal«, staunte Lars, »der hat seine Finger ja wirklich überall drin!«

Ike notierte sich die wichtigsten Informationen: Benedikt Mader, Schatzmeister der schleswig-holsteinischen Parteisektion, Staatssekretär im Innenministerium mit besonderem Aufgabengebiet. Worin diese besonderen Aufgaben bestanden, konnte sie nicht ermitteln. Klar wurde nur, dass Mader Geschäftsführer einer Beraterfirma war, in verschiedenen Partei- und Landtagsgremien saß und über eine Unzahl von Auslandskontakten verfügte, die sich auf den Nahen und Mittleren Osten konzentrierten. Deutlich war auch, dass dieser Mader wusste, wie man Karriere machte.

XVI

Montag, 31. März, 6.30 Uhr

Als die Kommissarin am Montag kurz vor sechs Uhr dreißig bei Nehlsens ankam, wimmelte es bereits von Polizisten. Akten und Gegenstände wurden herausgetragen und in bereitstehende Transporter verfrachtet. Gleichzeitig durchsuchten weitere Beamte die benachbarte Fabrik. Heiner Nehlsen stand einige Schritte vor dem Eingang seines Hauses. Mit dem Alibi seiner Frau im Rücken fühlte er sich so sicher, dass er dem Treiben der Beamten völlig gelassen zusehen konnte. Und was die andere Sache anging: Erstens hatte er etwaige Spuren seiner Nebeneinkünfte stets mit äußerster Sorgfalt verwischt, und zweitens wähnte er sich unter dem Schutz der Partei. Schließlich hatte die Made, obwohl damals erst siebenundzwanzig Jahre alt, auch bei Rudis Konkurs sehr erfolgreich ihre Verbindungen spielen lassen. Und Mader würde ihn, seiner griesgrämigen Laune beim letzten Telefonat zum Trotz, schon nicht fallen lassen!

Ike Jensen hatte sich etwas überlegt. Also steuerte sie durch das Gewühl direkt auf ihren Vorgesetzten zu: »Chef?«

»Morgen, Jensen!«

»Chef! Ich habe mit einem Freund Nehlsens Handy untersucht und was Interessantes gefunden! Nehlsen hat am Tatabend mit zwei Leuten telefoniert, und einen von seinen Gesprächspartnern konnten wir identifizieren. Haben Sie was dagegen, wenn ich ihn einmal aufsuche und ihm einige Fragen stelle?«

»Hmh …« Der Leiter der Ermittlungen wirkte noch nicht ganz wach.

»Gut, Chef!« Die Kommissarin wertete den Grunzer als Zustimmung und fügte hinzu: »Es wird aber etwas dauern, weil es sich um einen Anschluss in Kiel handelt – ich fahre dann gleich los. Tschüss!«

Als seine junge Kollegin weg war, konnte sich Sloboda gar nicht erinnern, zugestimmt zu haben. Aber er konnte es auch nicht ausschließen.

Als Ike Jensen einige Minuten später vom Lindenteller in die Hansestraße einbog, weil sie zu Hause noch eine Flasche Wasser für die Fahrt holen wollte, bemerkte sie eine vermummte Gestalt vor ihrer Haustür. Die kräftig gebaute Person schien gerade den Hausflur verlassen zu haben und schaute sich nun in alle Richtungen um. Sie wollte offenbar nicht gesehen werden. Schlagartig wurde Ike klar, dass es die Briefeschreiberin war. Sie stoppte abrupt, rumpelte halb den Bordstein hoch und wollte gerade aus dem Auto springen, als hinter ihr ein wütendes Hupen ertönte. Ein schwarzer Audi klebte an ihrer Stoßstange und forderte lautstark freie Fahrt durch die wegen einer Baustelle verengte Straße. »Egal!«, dachte Ike, öffnete die Fahrertür und schwang sich aus dem Sitz. Der Audi-Fahrer, der plötzlich vor ihr stand und sie wütend am Revers ihrer Jacke packte, knickte lautlos weg, nachdem sie ihm gezielt in die Kniekehle getreten hatte, dennoch war es zu spät: Die frühmorgendliche Besucherin hatte sich in Luft aufgelöst. »Mist!«

Ohne weiter auf die Autos zu achten, die sich hinter ihrem Dienstgolf stauten, überquerte Ike die Straße und ging zu ihrem Haus. Dass ein Briefumschlag im Schlitz ihres Postkastens steckte, überraschte sie nicht, dennoch klopfte ihr das Herz bis zum Hals, als sie ihn aufriss und zu lesen begann:

Hallo Ike, ich bin's wieder!

Wir hatten uns in diesem komischen Haus (die Leute nannten es Obdachlosenasyl) eingerichtet. So wie man sich in zwei Zimmern mit Eltern und fünf Kindern eben einrichten kann. Weil der Stiefvater von meiner drei Jahre älteren Schwester und mir nicht unser leiblicher Vater war, stand uns zum Schlafen ein Extrazimmer zu. Somit hatten wir zwei statt einem Zimmer. Dabei blieb es aber für meine Schwester und mich nicht, stattdessen wurde daraus das Schlafzimmer für die ganze Familie.

In dem anderen Zimmer hielten wir uns tagsüber auf, kochten und spielten und versuchten, unsere Schularbeiten zu machen, was bei dem Tumult und der Unruhe im Haus nicht einfach war. Auch die Streitereien von Mutter und Stiefvater blieben uns nicht verborgen. Immerhin trank er nicht so viel und schlug meine Mutter nicht, wie so viele andere Männer in diesem Haus. Nachts hörten wir oft weinende Frauen und schreiende Kinder.

Doch auch bei uns war keine heile Welt. Heute frage ich mich, wie meine Mutter das Zusammenleben mit diesem Schwein ausgehalten hat. Sie hatte von dem Stiefvater noch drei Kinder. Meine Schwester und ich blieben in dieser Familie außen vor. Klar, ich war auf meine kleineren Geschwister neidisch, weil er mit ihnen spielte und auch richtig nett zu ihnen sein konnte. Doch das musste ich hinnehmen. Denn anfassen lassen wollte ich mich, solange ich denken kann, von ihm nie. Ich hasste ihn, er ekelte mich an. Wann immer er in meiner Nähe war, überkam mich große Angst. Dazu aber später mehr, sehr viel mehr.

Ike, kennst du das auch, dass sich kleine Kinder die Hände vor die Augen halten und glauben, sie wären nicht mehr zu sehen? Ich habe mir immer vorgestellt, dass ich eine wunderschöne Maske aufhabe und er mein verweintes und trauriges Gesicht nicht sieht. Das wollte ich ihm nicht gönnen.

Ich würde dir, liebe Ike, gern mehr berichten, doch ich bekomme Angst. Meine Hände fangen an zu zittern. Erscheinungen, die ich seit Jahren kenne und die mich nicht zur Ruhe kommen lassen. Sie bestimmen mein Leben!

Bis bald,

Christiane

In Gedanken versunken schaltete die Polizeibeamtin in den vierten Gang. Ohne es zu merken, hatte sie Lübeck verlassen, Stockelsdorf durchfahren und befand sich bereits auf der B 206, die nach Bad Segeberg führte. Es herrschte schmuddeliges Märzwetter. Die Scheibenwaschanlage verwandelte den schmierigen Nieselregen in schmutzige, bogenförmige Schlieren, durch die sie die Lichter des Autos vor ihr nur schemenhaft erkennen konnte. Der VW Käfer erinnerte sie an den Wagen ihres Onkels, mit dem er jedes Mal bei ihnen vorfuhr. Mutter freute sich immer so, wenn ihr Bruder zu Besuch kam. Deshalb durfte man nichts gegen ihn sagen. Mutter wollte nichts hören. »Fang nicht schon wieder damit an!«, wurde sie mitleidlos zurechtgewiesen. »Sei endlich ruhig!«

Ike fragte sich, warum sie an ihren Onkel denken musste. Es war so lange her. Vorbei. Aber der Brief hatte endgültig etwas in ihr aufgewühlt, die bedrückenden Schilderungen der häuslichen Szenen, der Streits, der kleinen Kinder, die sich die Hände vor die Augen halten und glauben, sie wären nicht mehr zu sehen. Sie dachte an ihren Traum in der vorletzten Nacht: das Eisenbahnabteil, der verzweifelte Versuch, unsichtbar zu sein, der Verfolger, die Angst …

Plötzlich wurde Ike übel. Sie trat heftig auf die Bremse, riss den Wagen auf den Seitenstreifen, stieß, noch bevor das Fahrzeug zum Stehen kam, die Tür auf und erbrach sich, weil sie letzten Endes doch zu spät reagiert hatte, zur Hälfte in die Türablage.

Während sie notdürftig versuchte, die Sauerei zu beseitigen, machte sie ihren Gefühlen mit ein paar saftigen dänischen Flüchen Luft. Aber erst als sie schließlich in Kiel angekommen war, mithilfe mehrerer Passanten und eines zerfledderten Stadtplanes die Gebäude der Landesregierung gefunden hatte und nun vor der banalen Notwendigkeit stand, einen Parkplatz zu finden, konnte sie ihre düsteren Gedanken schließlich vollends beiseite schieben und nützlicheren Erwägungen Raum geben. Sie hatte nämlich plötzlich eine Idee, wie sie in das Gebäude des Innenministeriums hineinkommen könnte, ohne sich gleich als Polizistin zu erkennen zu geben. Sie müsste nur noch schnell in die Innenstadt fahren, um einige möglichst auffallende Kleidungsstücke zu kaufen. Weil sie sich infolge des Zwischenfalls vorhin in ihren Sachen sowieso ziemlich unbehaglich fühlte, könnte sie sogar zwei Fliegen mit einer Klappe schlagen. Und ein paar Proben von einem möglichst aufdringlichen Parfum, dachte sie weiter, kann ich sicherlich auch irgendwo auftreiben …

XVII

»Jörg, du warst am Freitagabend hier bei den Nehlsens, habe ich gehört.«

Der Angesprochene drehte sich, auf seiner Pfeife kauend, langsam zu seinem Kollegen Sloboda um. Jörg Wächter, Leiter des Kommissariats 3 für Wirtschafts- und Umweltkriminalität, leitete die Durchsuchung des Wohnhauses und der Firma Hilgado. Er war mit seinem Vollbart, seiner Größe von eins zweiundneunzig und seinen 125 Kilo Lebendgewicht eine beeindruckende Erscheinung.

»Freitagabend, sagst du?« Wächter ließ sich so schnell durch nichts aus der Ruhe bringen.

»Ihr hattet Freitagabend einen Einsatz in der Fabrik und hier bei Nehlsen zu Hause.«

»Sagt wer?«

»Komm schon, Jörg, bitte.« Slobodas versuchte den Kollegen zur Kooperation zu bewegen.

»Na ja, war eigentlich kein Einsatz …«, brummte Wächter. »Nicht genehmigt, also du –«

»Keine Sorge«, unterbrach ihn Sloboda. »Also, wann wart ihr hier?«

»Bei Hilgado so von neun Uhr dreißig bis zehn, kurz nach zehn hier bei Nehlsens.«

»Jörg, der PC, soll der auch mit?«, wurden sie von einem Polizisten unterbrochen, der einen Rechner unter dem Arm trug.

»Alles mit!«, befahl der Angesprochene lakonisch.

»Wohin?«

»Erst mal zu uns, wir sehen dann, was in die Kriminaltechnik muss.«

»Also, ihr wolltet Nehlsen sprechen?«, nahm der Leiter der Mordkommission den Faden wieder auf.

»Wollten ihn etwas nervös machen. War aber nicht da.«

»Wart ihr im Haus?«

»Nein, die Frau sagte, dass er weg ist. Sie hatte wohl geheult. Sind dann wieder ab.«

»Danke, Jörg. Dann bin ich ja mal gespannt, was Frau Pascua-Nehlsen dazu sagen wird.« Den letzten Teil hatte Sloboda mehr zu sich selbst gesagt.

»Frau Pascua-Nehlsen, noch eine Frage!« Der Ermittler hatte die Frau in ihrem Schlafzimmer gefunden, wo sie auf ihrem Bett hockte, die Hände zu Fäusten geballt und die Lippen angespannt aufeinander gepresst.

»Qué?« Sie guckte den Polizisten feindselig an.

»Frau Nehlsen, Sie haben uns gesagt, dass Ihr Mann am Abend des vergangenen Freitags und in der Nacht auf Samstag hier gewesen ist.«

»Y qué? Ja und?« Viel mehr Gift und Galle würde die Atmosphäre im Zimmer bald nicht mehr aufnehmen können.

»Die Kollegen haben aber berichtet, dass sie Ihren Mann am Freitagabend hier nicht angetroffen haben. Also haben Sie uns belogen!«

»Qué va! Unsinn!«

»Wollen Sie mir nicht mehr dazu sagen?«

»Claro! Ich habe Ihre Kollegen belogen. Ich habe ihnen gesagt, dass mein Mann nicht da ist, weil die schon ganz oft hier waren. Ich wollte nicht, dass sie ihn wieder belästigen. Er hat zur Zeit ziemlich viel Stress!«

»Wenn Sie meine Kollegen belogen haben, wie kann ich dann sicher sein, dass Sie jetzt nicht schon wieder lügen?«

»Denken Sie, was Sie wollen, und vor allem gehen Sie aus meinem Zimmer! – Ich sage jetzt gar nichts mehr!«

Sloboda sah Susana Pascua-Nehlsen an, dass es ihr ernst war. Aber er bemerkte auch, dass sie sich in die Enge getrieben fühlte. Wortlos öffnete er einige Kleiderschranktüren und zog ein paar Jeanshosen in Nehlsens Größe heraus. Dann winkte er einen Polizisten heran: »Bringen Sie das zur Kollegin Koch in die Kriminaltechnik. Sie hat am Tatort einige Fasern gefunden, die von Jeans stammen könnten.« Er bedachte die Frau auf dem Bett mit einem Seitenblick. »Sagen Sie ihr, woher die Sachen sind, und bitten Sie sie, sich zu beeilen! Es ist wichtig!«

Der junge Polizist nahm die Kleidungsstücke entgegen.

»Ach ja, und gucken Sie im Keller, in der Waschküche und in den Bädern, ob Sie da weitere Jeans in – äh – Übergröße finden und nehmen Sie alles mit!«

Im Hinausgehen traf Sloboda auf Nehlsen. Er entschied sich spontan, ihn nicht gleich an Ort und Stelle zu seinem Alibi zu befragen. Stattdessen raunte er ihm im Vorübergehen zu: »Übrigens, Herr Nehlsen, gerade hat Ihre Frau Ihr Alibi widerrufen.«

Einige Minuten später hatte Sloboda den Einsatzleiter Jörg Wächter über seine Anordnungen informiert und dessen Okay erhalten. Während sich die Polizisten wie fleißige Ameisen über den Vorhof von Nehlsens Wohnhaus bewegten und sich die bereitstehenden Transporter mit den letzten Aktenordnern, Säcken, Geräten und sonstigen Utensilien füllten, während einer der Beamten einen Karton mit Jeans zu einem Wagen trug und Jörg Wächter, am Rande der Treppe stehend und stoisch auf seiner Pfeife kauend, das Treiben seiner Leute beobachtete und dirigierte, hatte sich Hans Sloboda einige Schritte von dem Geschehen entfernt. Er klappte sein Mobiltelefon auf und tippte eine Nummer ein.

»Und?« Einige Sekunden hörte er mit unbewegtem Gesicht zu. Dann sagte er nur noch: »Verdammt!« und fasste sich an die Kehle. »Ich komme gleich.« Er hatte sehr leise gesprochen.

Das dritte Frühstück gestaltete er meist bescheiden. Gerade hatte er sich das letzte Stück einer mächtigen Rosinenbrotstulle in den Mund geschoben, das er nun mithilfe eines starken schwarzen Kaffees genüsslich herunterspülte. Als es an der Tür klopfte, pulte sich Staatssekretär Benedikt Mader gerade mit dem Finger den Brotbrei aus den Zähnen. Deshalb brummte er nur: »Hmh!«

Die Tür öffnete sich. Einer der diensthabenden Wachleute, die wegen der Terrorgefahr immer bewaffnet zu sein hatten, schubste eine schrill, aber durchaus appetitlich aussehende Person vor sich in den Raum. Die Made musterte die Frau mit der androgynen Figur, die ihn aufreizend anlächelte. Ihre Füße steckten in dunkelroten Pumps. Die langen schlanken Beine, vielversprechend in schwarze Netzstrümpfe verpackt, endeten in einem kurzen, rosafarbenen

Plastikröckchen. Ihr billiger, pheromonschwangerer Geruch ließ bei Mader Erinnerungen an gewisse Besuche in gewissen Etablissements wach werden. Er liebte es billig.

»Was soll das?«, herrschte er den Wachmann an. Gleichzeitig blinzelte er der Besucherin vielsagend zu. Es galt zu zeigen, wer das Alphamännchen war.

»Diese Dame hier«, der Wachmann belegte seine Worte mit einer zweideutigen Betonung, »hat gesagt, Sie ha'm noch Schulden bei ihr.«

»Schulden?!« Die Made stieß sich mit dem protzigen Chefsessel lässig vom Schreibtisch ab, verschränkte die Arme hinter dem Kopf und ließ seine Beine obszön auseinanderfallen. »Ach, wirklich?«

Er wirkte nicht beunruhigt. Mit einer herrischen Handbewegung schickte er den Uniformierten aus dem Raum. Dann wandte er sich belustigt an die Frau: »Und wie hast du den Herrn Wachmann dazu überredet, dich zu mir zu bringen?«

»Ach, das war gar nicht so schwer. Ich habe ihm gesagt, dass du Schulden von gestern Abend bei mir hast. Und wenn er mich nicht hineinlässt, würde ich jedem, der hier rein- oder rauskommt, erzählen, dass Benedikt Mader mich nicht für meine Dienste bezahlt hat.«

Die Made lachte laut auf: »Nicht schlecht, Kleine!« Während er die Frau mit einem bohrenden Blick musterte, fügte er leise, aber in bedrohlichem Ton hinzu: »Und was willst du wirklich?«

Ike verspürte ein heftiges Kribbeln zwischen den Schulterblättern, ihr war mulmig zumute. Dennoch behielt sie ihren neckischen Tonfall bei, als sie sich vorstellte und ihren Dienstausweis auf den Schreibtisch legte. Nach der Scharade zog sie es nun vor, ihr Gegenüber direkt anzugehen.

»Sie haben am vergangenen Freitag um einundzwanzig Uhr neun mit Heiner Nehlsen telefoniert.«

»Weiter!«

»Anschließend hat Nehlsen sein Haus verlassen.«

»Und?«

»Am nächsten Morgen haben wir Rudolf Andresen in einem Bottich in der Firma Hilgado tot aufgefunden.«

Die Made bemühte sich, überlegen zu wirken: »Wo ist die Pointe?«

»Die Pointe kommt nun: Wir glauben, dass Sie Nehlsen den Auftrag gegeben haben, Andresen zu töten.«

Falls es jetzt in dem unförmigen Mann arbeitete, sah man es ihm nicht an. Nur sein kleiner Finger, den ein dicker Siegelring zierte, klopfte einige Male auf die Arbeitsplatte.

»Warum sollte ich das getan haben?« Trotz der äußerlichen Ruhe lag eine gewisse Spannung in der Luft.

Ike beugte sich etwas über den Schreibtisch. Nach einer strategischen Kurzpause sprach sie weiter, sehr leise und sehr akzentuiert: »Wir glauben, dass bei der Firma Hilgado irgendein Betrug läuft. Wir glauben, dass Andresen und Nehlsen darin verwickelt sind. Ihr Name, Herr Staatssekretär, tauchte vor elf Jahren beim Konkurs von Andresen auf. Und jetzt taucht er wieder auf …« Jensen ließ ihrem Gegenüber etwas Zeit, die auf der Hand liegende Schlussfolgerung selbst zu ziehen. Dann fuhr sie fort: »Deshalb stellen wir uns nun gewisse Fragen, Herr Mader. Zum Beispiel nach dem Geldfluss.«

Die Made verzog den Mund zu einem dünnen Lächeln. Es wirkte angestrengt. Der Mann nahm den vor ihm liegenden Dienstausweis der Kommissarin nochmals zur Hand und studierte ihn: »Ike Jensen also, Polizeidirektion Lübeck – aha.«

Wortlos reichte er ihr das türkisfarbene Dokument über den Schreibtisch zurück, drückte auf eine Taste seines Telefons und gab in scheinbar unbeteiligtem Tonfall einen Befehl: »Bringen Sie die Dame wieder nach draußen!«

Nachdem die Kriminalkommissarin abgeholt worden war, benötigte die Made nur wenige Sekunden, um die nächsten Schritte einzuleiten. Wieder griff er zum Hörer. Mit präzisen Worten gab er seinem Gesprächspartner Fakten sowie Instruktionen durch. Er nannte zwei Namen. Der erste Auftrag sollte unverzüglich, der zweite heute Abend ausgeführt werden.

Er benötigte für das Gespräch wenig mehr als drei Minuten. Er musste nicht nachfragen, ob der Mann am anderen Ende alles verstanden hatte oder ob er einverstanden war. Er konnte getrost davon ausgehen, dass getan wurde, was er verlangte. Unverzüglich.

Der zweite Anruf galt dem leitenden Kriminaldirektor Doktor Manfred Reitner in Lübeck. Als Staatssekretär im Landesinnenministerium war er sein Vorgesetzter und somit weisungsbefugt. Dieses Telefonat dauerte, nicht zuletzt wegen eines unangenehmen Missverständnisses, etwas länger.

Kurz darauf erhielt ein hoher Mitarbeiter der Ninetop Corporation in Australien einen Anruf aus Deutschland. Er war gerade im Begriff, ins Bett zu gehen, als sein Handy vibrierte. Er klappte es auf, hörte zu, sagte einige Male yeah und okay und hmh und wiederholte dann die Anweisungen: »Okay, wir werden unsere Leute in Papeete und Puerto Maldonado auswechseln. Oder abbauen. Ich werde die entsprechenden Leute beauftragen.«

Dann war das Gespräch schon beendet. Beide Gesprächspartner waren zufrieden: Der eine kroch beruhigt in sein Bett, der andere konnte endlich sein wohl verdientes Mittagsmahl zu sich nehmen.

Der etwas rundliche, kleine Herr war gut gelaunt. Kriminaldirektor Doktor Manfred Reitner hatte so einiges, was von der letzten Woche liegen geblieben war, weggearbeitet. Ein guter Start in die Arbeitswoche! Vermutlich hatten die Seminare über Personalführung, die er so eifrig besucht hatte, ihre ersten Früchte abgeworfen. Freudig auf und ab wippend stand er vor seinem Schreibtisch, ordnete die wenigen Papiere, die noch darauf lagen, und schaute auf die Uhr. Kurz vor eins! Heute würde er sein Mittagessen einmal nicht in der Kantine des Behördenhochhauses einnehmen; vielmehr war er im Begriff – welch ein Luxus! – im Lübecker ›Schabbelhaus‹ in der Mengstraße gemeinsam mit seiner Gattin ein gepflegtes Mahl einzunehmen.

Gerade als Reitner sich auf den Weg machen wollte, klingelte das Telefon. Er zögerte und spielte kurz mit dem Gedanken, das Klingeln zu ignorieren. Aber vielleicht war seine Frau kurzfristig verhindert?

»Der Herr Staatssekretär Mader möchte Sie sprechen!«, meldete sich eine weibliche Stimme. »Einen Moment bitte, ich verbinde Sie.«

Mader begrüßte ihn schroff und ließ Reitner kaum die Zeit, selbst einen angemessenen Gruß loszuwerden. »Ich rufe Sie in der Angelegenheit Hilgado an. Hier sind wichtige Interessen des Landes Schleswig-Holstein und der BRD berührt, nicht zuletzt auch die der Europäischen Union! Die Vorgänge in dieser Firma sollen nicht weiterverfolgt werden. Ziehen Sie also Ihre Leute von der Untersuchung zurück! Diese Konserven werden nicht weiter untersucht! Habe ich mich klar ausgedrückt?«

Der Kriminaldirektor musste kurz nachdenken, bevor er sich auf der richtigen Spur wähnte: »Ach so, Konserven, ja, natürlich – Konserve ist schön gesagt, die Leiche, die sozusagen eingekocht wurde. Aber warum soll das nicht weiterverfolgt werden? Darf ich fragen, worum es dabei geht?«

Der Mann am anderen Ende der Leitung räusperte sich offenbar genervt.

»Ich rede nicht von der Leiche, die interessiert uns nicht! Allerdings, Ihre unverschämte dänische Kommissarin, die mich heute früh ohne Voranmeldung überfallen hat, sollten Sie besser an die Kandare nehmen. Vielleicht sollten Sie einmal Ihre Personalführung optimieren!«

»Personalführung?!« Reitner war empört. Seine Personalführung infrage zu stellen, das war zu viel! Er würde sich Sloboda und diese dänische Kommissarin vornehmen. Wie konnten sie es wagen!

»Reitner! Um es nochmals klar zu sagen«, Mader wollte sichergehen, dass er Reitners ungeteilte Aufmerksamkeit hatte, »ziehen Sie das Kommissariat für Wirtschaftskriminalität von der Firma Hilgado ab. Dort ist alles in Ordnung. Haben Sie das verstanden?«

»N-natürlich, Herr Staatssekretär. Ich werde meine Leute –«

»Tun Sie das!«

Reitners gute Laune war verflogen.

Karl Kamuschke, genannt Camus, beobachtete das Haus und das Grundstück. Er sah, wie der hünenhafte, vollbärtige Mann mit seiner Pfeife den anderen Anweisungen gab und wie die Polizisten die letzten Sachen in einem bereitstehenden Auto verstauten. Einige Minuten später lag das Grundstück verlassen da. Im Haus hielten sich vermutlich nur noch die beiden Bewohner auf. Jetzt hieß es warten. Darauf, dass einer von beiden das Haus verließe. Camus wollte ihn allein. Er wollte keine Zeugen. Vermutlich wollte Nehlsen ebenfalls keine Zeugen.

Camus Gedanken kreisten um die Zeit, während er wartete. Existierte sie aus sich heraus oder hatte der Mensch sie erschaffen?

Und was bedeutete das eine oder andere für ihn? Bald hatte er jedes Gefühl für die aktuelle Zeit verloren. Hatte er eine Sekunde oder eine Stunde hier gestanden? Endlich zog eine Bewegung an der Haustür seine Aufmerksamkeit auf sich: Heiner Nehlsen verließ das Haus.

Camus handelte schnell und effektiv, wie immer, wenn etwas getan werden musste. Einen Denkzettel, hatte Benedikt gesagt, gib ihm einen Denkzettel! Nicht sichtbar, nicht übermäßig brutal. Erteile ihm eine Lektion, hatte Benedikt ihm aufgetragen, und er, Camus, führte seinen Auftrag aus. Anschließend sagte er zu Nehlsen: »Benedikt Mader bittet höflichst darum, alles zu unterlassen, was auf eine Verbindung zwischen dem Herrn Staatssekretär und Ihnen, Herr Nehlsen, oder der Firma Hilgado schließen lässt. Ferner lässt Herr Mader ausrichten, dass er zwar das Ableben eines gewissen Herrn Andresen nicht sonderlich bedauert, dass er dieses jedoch als Ihre Privatangelegenheit ansieht. Insofern bittet der Herr Staatssekretär auch um Verständnis, dass Bestätigungen von Alibis seinerseits nicht opportun sind.«

»Hat die Made«, stöhnte Heiner Nehlsen, »sich immer noch nicht satt gefressen?« Aus seiner Nase floss Blut.

Kamuschke mochte den Beinamen seines Auftraggebers nicht sonderlich und quittierte Nehlsens Wortwahl mit einem trockenen Stoß in den Solarplexus. Nehlsen krümmte sich zusammen und schnappte panisch nach Luft. Er bemerkte noch, wie sein Gesichtsfeld von den Rändern her schwarz wurde. Dann sackte er ohnmächtig zu Boden.

Camus guckte auf seine Uhr. Er hatte noch Zeit. Seinen zweiten Auftrag, einen weiteren Denkzettel, sollte er am späten Abend erledigen. Bis dahin würde er sich ablenken müssen, um nicht in sinnlose Grübeleien zu verfallen. Er wusste auch schon wie. Noch einmal schaute er auf seine Armbanduhr. Das konnte er schaffen. Er trabte über die Malmöstraße zur Geniner Straße, überquerte sie, lief weiter über eine ehemalige Gleistrasse, überlegte kurz, ob er den Elbe-Lübeck-Kanal auf der Eisenbahnbrücke überqueren sollte, entschied sich dagegen und trabte kurz darauf auf dem gut befestigten Wanderweg am Kanal entlang stadtwärts. Die Wasserstraße vor ihm wand sich in einem großen eleganten Bogen bis zur Altstadtinsel, auf der sich der mächtige Dom erhob. Als die Mühlenbrücke vor ihm auftauchte, verließ Kamuschke den Kanalweg und nahm den steilen Pfad zur Brücke hinauf. Einige Junkies auf der Wiese unterhalb des Sozialamtes verfolgten teilnahmslos seinen Lauf. Gleich würde Camus die Mühlenstraße hinter sich gebracht haben; dann müsste er nur noch in die Schmiedestraße einbiegen, die Petrikirche passieren, im Zickzack einige winzige Twieten durchqueren und schon hätte er sein Ziel erreicht: das Marionettentheater im Gässchen namens Kolk. Heute zeigte man, soweit er sich erinnerte, das Stück »Macbeth kann kein Blut sehen«. Würde sein zweiter Auftrag blutig werden? Bei Polizistinnen wusste man nie.

XVIII

Montag, 31. März, etwa 15 Uhr

Etwa zur gleichen Zeit beschäftigte sich jemand, den man bei flüchtigem Hinsehen mit dem Mann vor dem Marionettentheater hätte verwechseln können, mit etwas ganz anderem. Allerdings bevorzugte Christiane Breitenbach statt philosophischer Gedankenspiele leicht verdauliche Lektüre, vor allem Liebesromane. Sie gab sich Heimatmelodien und Heimatfilmen hin, ganz gleich, um wessen Heimat es sich dabei handelte, und liebte überhaupt jede Art von Idylle, seien es artig gerahmte Bilder friedlicher Landschaften und verträumter Dörfer, rosa Rüschenrockpüppchen oder der zarte Schmelz samtweicher Schlagerbaritone.

Camus und Christiane verband außer dem Aussehen im Moment das Interesse für die gleiche Person. Christiane formulierte gerade ihren vierten Brief an Ike Jensen.

Liebe Ike!

Eigentlich wollte ich, bevor ich dir schreibe, Abendbrot essen. Doch durch meine eigene Dummheit vergaß ich, Brot einzukaufen. Normalerweise sollte es doch eine Leichtigkeit sein, meine Nachbarin zu bitten, mir etwas Brot auszuleihen. Doch das ist gerade mein großes Problem. Lieber esse ich nichts, als um Brot zu bitten. Es ist beschämend und erniedrigend, betteln zu müssen. Heute, als erwachsene Frau, kann ich zum Glück selbst entscheiden, ob ich jemanden um etwas bitte oder nicht. Als Kind kannte ich nichts anderes, es gehörte zu meinem Leben. Doch es war mir schon damals peinlich.

Weißt du, Ike, als sechs- oder siebenjähriges Kind verstehst du einfach nicht, warum alle Leute mit Geld bezahlen und ich nur mit einem Zettel, ohne Geld, zum Kaufmann gehen musste. Ich marschierte die ersten Male einfach los, bis der Inhaber des Ladens sagte: »Sag deinen Eltern, sie müssen ihre Rechnung erst bezahlen, bevor sie wieder etwas bekommen.« Da schämte ich mich zum ersten Mal. Er muss es gemerkt haben. »Na gut«, sagte er, »ich gebe dir Brot, Butter und etwas Wurst mit.« Alle anderen Kunden schauten mich an. Ich bin ganz schnell gegangen. Die nächsten Male habe ich gewartet, bis niemand außer mir im Laden war. Die wenigen Lebensmittel, die ich dann mitbrachte, senkten die Stimmung zu Hause enorm. Ich war die Schuldige, ich war zu blöd, um genug Lebensmittel für die ganze Familie zu bekommen.

So war es auch mit den ärztlichen Rezepten für meinen Stiefvater. Ich konnte nicht zur Schule gehen, denn es war wichtiger, die Tabletten für ihn zu besorgen. Er war süchtig danach. Ike, ich wusste, dass er eine gewisse Zeit mit der verordneten Menge auskommen musste. Doch ihm fielen immer wieder Gründe ein, warum er Nachschub brauchte: Einmal hatte er sein Rezept verlegt, dann die Tabletten selbst oder er »musste« wegen der Schmerzen mehr nehmen.

Mit diesen eingeimpften Lügen schickte mich mein Stiefvater zum Arzt. Es hing viel für mich davon ab, ob ich das Rezept bekam oder nicht. Den ganzen Weg zum Arzt betete ich, dass ich Erfolg haben würde. Wie du dir vorstellen kannst, war der Arzt nicht so dumm, wie mein Stiefvater dachte; also bekam ich meist kein Rezept mit. Auf dem Weg zurück nach Hause hatte ich dann große Angst, denn ich wusste, dieser Tag wird mit Schlägen, Gebrüll und Gemeinheiten gegen mich enden.

Am peinlichsten waren die Besuche bei Oma und Opa: Meine größere Schwester und ich mussten alleine zu ihnen gehen, ohne Stiefvater und Mutter und unsere kleineren Geschwister, nur mit einem langen Brief. Wir fuhren mit dem Bus dorthin, keine von uns beiden redete ein Wort. Beim Verlassen des Busses drückte mir meine Schwester den Brief in die Hand. Ich versuchte dann, ihn ihr wieder zurückzugeben. »Ich will nicht«, sagte ich, »nimm du!« »Nein, heute musst du!« So ging es eine Zeit hin und her. Dabei wussten wir nicht einmal, was in den Briefen drinstand.

Im Haus meiner Großeltern lebten noch Omas Schwester und ihr Mann. Nachdem Oma und Opa den Brief kopfschüttelnd gelesen hatten, folgte der gemeinsame Gang hinunter zu Omas Schwester. Dort wurde dann vor unseren Ohren darüber diskutiert, dass unser Stiefvater zu faul war, um zu arbeiten, dass wir dauernd kein Geld hatten und wie meine Mutter mit diesem Mann doch gestraft war.

»Wir können und wollen auch nicht mehr«, sagten sie dann immer und sahen uns wie zwei Fremde mitleidig an. Aber dann legten sie mit den Worten »Wegen der Kinder!« doch etwas Geld in einen Umschlag. Oma packte noch eine Tasche mit Obst und Gemüse aus dem Garten und gab sie uns mit.

Auf dem Weg zurück nach Hause atmeten wir erleichtert auf. Wir konnten etwas mitbringen, es würde für ein paar Tage reichen – nur das zählte! Dass ich die quälenden Diskussionen nachts im Bett schlaflos immer wieder durchlebte, interessierte niemanden. Selbst heute noch, als erwachsene Frau, habe ich die Szenen genau in Erinnerung, und genau aus diesem Grund mache ich mir jetzt einen Pfannkuchen und leihe mir kein Brot und werde heute Abend (hoffentlich) zufrieden einschlafen.

Liebe Grüße von

Christiane

Als Christiane Breitenbach ihren Brief abgeschlossen hatte und sich von den alten Bildern in ihrem Kopf befreit hatte, fühlte sie den vertrauten, gefürchteten Schwindel heraufziehen. So begannen meist die Panikanfälle: mit Schwindel und Mundtrockenheit. Mehrmals atmete sie bewusst ein und aus. Die breiten Schultern senkten sich. Etwas Entspannung stellte sich ein. Und nochmals ausatmen mit Lippenbremse! Sie hatte gelernt, mit den Anfällen umzugehen. Gleichmäßig und mit einem leichten Pressen ließ sie den Atem durch die zusammengekniffenen Lippen strömen. Mit den Zeigefingern drückte sie auf die Ansätze der Augenbrauen an der Nasenwurzel. Die Angst hinterher, sie war der Preis dafür, nicht unter den Emotionen zusammenzubrechen. Während sie über ihre Kindheit und ihr Elternhaus schrieb, fühlte sie gar nichts. Aber danach kam dann immer die Angst, die sich wie ein großes schwarzes Tier auf ihren Brustkorb legte und ihr den Atem nahm.

Nochmals atmete sie bewusst ein, hielt kurz den Atem an und presste die Luft dann durch die zusammengepressten Lippen wieder aus ihren Lungen heraus. Sie hatte die Attacke überstanden. Christiane erhob sich von ihrem fadenscheinigen, mit farbigen Kissen liebevoll dekorierten Sofa und setzte sich an den Küchentisch. Sie zündete sich eine Zigarette an, inhalierte tief und ließ den Qualm mit einem lauten Atemgeräusch entweichen. Sie holte das kleine Heftchen aus der Küchentischschublade hervor, klappte es auf, nahm einen Stift zur Hand und überprüfte noch einmal ihre Liste, indem sie die einzelnen Punkte durchging und mit einem Häkchen versah.

Zufrieden verließ sie ihre kleine Wohnung. Der sanfte Bogen des Kücknitzer Westpreußenrings geleitete die dunkelhaarige Frau zur Bushaltestelle. Den Brief hielt sie fest in der Hand.

XIX

Montag, 31. März, 15.30 Uhr

Als Susana ihren Mann erblickte, erschrak sie. Bleich, als hätte er soeben den Teufel persönlich gesehen, mit blutverschmiertem Gesicht und gekrümmt wie ein mit einem Angelhaken gepiercter Wurm taumelte er zur Haustür herein.

»Qué te pasa!? Was ist passiert!?«

»Nichts«, stöhnte Heiner Nehlsen, »lass mich …«

Er verschwand im Bad und schlug die Tür hinter sich zu.

Etwa um sechzehn Uhr erhielten Jörg Wächter, der gerade mit einer ersten Auswertung der Durchsuchungen bei Nehlsen und Hilgado beschäftigt war, und Hans Sloboda, der sich gerade auf dem Sofa besorgt an seinen Freund Ührchen gekuschelt hatte, nacheinander einen Anruf von einem wütenden Kriminaldirektor. Der Inhalt der beiden Standpauken, die Reitner hielt, war ungefähr gleich: Weitere Untersuchungen bei der Firma Hilgado hätten zu unterbleiben beziehungsweise seien im Vorfeld – »haben Sie das verstanden: im Vorfeld!« – mit ihm persönlich abzustimmen, höhere Interessen seien berührt, und auch im Mordfall sei mit äußerster Behutsamkeit vorzugehen.

Von wegen schlechte Personalführung. Reitner hatte seine Leute im Griff! Zu dem Bild der Autorität, das er seiner Ansicht nach ausstrahlte, gehörte es auch, dass er anschließend den Hörer auf die Gabel knallte, ohne eine Antwort des Gesprächspartners abzuwarten. Wächter nahm diesen Anruf unbewegt zur Kenntnis. Die einzige sichtbare Regung bestand darin, dass die Pfeife vom linken zum rechten Mundwinkel wanderte.

Hans Sloboda hatte indes ganz andere Sorgen. Es war wie immer: Wenn er in Uris Arm lag, fühlte er sich hilflos. Dabei sollte doch er Trost spenden und Zuversicht ausstrahlen. Aber wieder einmal war es umgekehrt: »Hör mal, mein Kleiner, mach doch nicht so ein Drama daraus. Es ist doch ganz einfach. Morgen nimmt man mir zur Kontrolle noch einmal Blut ab und nächste Woche geh ich in die Röntgenpraxis in der Mengstraße. Wenn die was finden, dann können wir uns immer noch Sorgen machen. Aber – da ist bestimmt nichts!«

Dieser Optimismus tat Hans Sloboda gut. Er wühlte sich noch tiefer in die Sofakissen hinein.

Nach ihrem Besuch im Kieler Innenministerium fühlte sich die Kommissarin recht beschwingt. Sie hatte einen Stein ins Rollen gebracht. Darüber, welche Richtung dieser Stein nehmen würde, ob er andere Steine mit sich reißen würde, diese wiederum größere Brocken und Felsblöcke lockern und ins Tal donnern lassen würden oder ob nur ein einzelnes Steinchen ein wenig kullern, dann trudeln und schließlich wirkungslos irgendwo liegen bleiben würde, machte Ike Jensen sich keinerlei Gedanken. Hauptsache, es bewegte sich etwas!

Am Nachmittag war sie kurz ins Kommissariat gefahren, hatte sich über den Stand der Ermittlungen in Kenntnis setzen lassen und dann beschlossen, für heute genug getan zu haben. Dann war sie zu Fuß in die Stadt gegangen, hierhin und dorthin geschlendert und hatte zuletzt das einzige große Kaufhaus der Stadt betreten. Sie wollte nichts kaufen, nur anschauen und hie und da etwas in die Hand nehmen. Sie ließ sich vom Strom der Menschen mitziehen und gab auch ihren Gedanken die Freiheit, sich in diese und jene Richtung zu bewegen.

Bevor sie nach Hause ging, erstand sie am Rande des Schrangen, des Platzes zwischen Breiter Straße und Königstraße, dessen Hässlichkeit alle Jahre wieder ins Visier der Stadtplaner geriet, etwas zu essen. Was sie allerdings im Gehen verzehrt hatte, wusste sie schon in dem Moment nicht mehr, als sie den letzten Bissen heruntergeschluckt hatte. Es war kurz nach zwanzig Uhr, als Ike Jensen schließlich vor ihrer Wohnungstür stand. Sie zog ihren Schlüssel aus der Tasche und steckte ihn ins Schloss.

Genau in diesem Moment schlug Sven Hustedt die Haustür hinter sich zu. Er hatte sich mit seiner Frau gestritten. Er hatte sie beschuldigt, dass sie zu viel dies und zu wenig jenes wäre. Seine Frau hatte die Vorwürfe abgewehrt. Ihn angegriffen. Sven hatte sich nicht anders zu helfen gewusst, als alte Geschichten herauszukramen.

Nun war er gereizt, frustriert, gestresst und unzufrieden. Er wusste nicht, weshalb und womit, irgendwie musste das aber mit seiner Frau zusammenhängen, mit seinem Leben, mit zu viel Arbeit, zu viel Kindergeschrei. Er vertat seine Zeit mit Einkaufen, Organisieren und Streiten und hatte zu wenig Zeit für sich, zu wenig Sex, zu wenig Aufregung und Abenteuer. Zu wenig Ike …

Sven setzte sich in Bewegung. Scheinbar ziellos schritt er durch Lübecks Innenstadt. Er wollte nur einen klaren Kopf bekommen und dann wieder nach Hause gehen. Irgendwann bemerkte er, dass er die Holstenstraße hinabschritt. Diese Straße führte ihn zum Holstentorplatz, zum Lindenteller, zum Omnibusbahnhof und schließlich zu dem Haus, in dem Ike wohnte.

Ike öffnete die Tür zu ihrer Wohnung, schaltete die funzelige Wandlampe an und trat in den winzigen Vorflur. Gerade als sie den Mantel abstreifen wollte, erstarrte sie. Etwas war falsch!

Wie Millionen winziger Antennen richteten sich die Härchen auf ihrem Körper auf, seismografisch darauf ausgerichtet, die winzigsten Erschütterungen in der Umgebung wahrzunehmen. Ike horchte, hielt die Luft an. Nur ihre Augen wanderten umher. Ihr Unterbewusstsein registrierte den matten, schmutzigbraunen Fleck an der Wand. Am Morgen war er noch nicht da gewesen. Ikes Nackenmuskulatur verhärtete sich. Lautlos setzte sie sich in Bewegung, um die Räume ihrer Wohnung zu durchsuchen. Allerdings schaute sie nicht nach oben.

Camus hatte am Fenster auf die Frau gewartet. Von hier aus hatte er die Straße und den kurzen Weg zum Haus einsehen können. Er hatte vorher getestet, wie lange er brauchen würde, um sich an die Decke hinaufzuschieben. Zwölf bis fünfzehn Sekunden. Weniger Zeit, als die Bewohnerin bis zum Öffnen der Wohnungstür benötigen würde. Er war gut durchtrainiert. Zwei oder drei Minuten würde er sich halten können, falls ihr Eintreten sich verzögern sollte. Vielleicht würde sie zuerst die Post aus dem Briefkasten holen oder mit einem Nachbarn ins Gespräch kommen oder … Nein, er wollte nicht zu viele Vielleichts erwägen! Möglichkeiten sind die Sirenen des Geistes – wer hatte das gesagt? Er zwang sich, nicht länger darüber nachzudenken.

Als Ike Jensen das Haus betrat, lief Camus in den kleinen Vorflur und bezog Stellung. Die Hände drückte er links und rechts an die gegenüberliegenden Wände. Den einen Fuß setzte er seitlich an die Wand, sprang ein wenig hoch. Blitzschnell stemmte er den anderen Fuß gegen die gegenüberliegende Mauer. Mit kleinen ruckartigen Bewegungen schob er sich, wie ein Bergsteiger in einem Felskamin, nach oben. Knapp über der Tür, wenige Zentimeter unter der Decke, arbeitete er sich kraftvoll in die Waagerechte. So verharrte er. Geräuschlos atmete er ein und aus.

Die Tür unter ihm öffnete sich. In dem matten Licht, das die nach oben abgeschirmte Wandlampe warf, erfasste Camus, dass die Frau keine Waffe bei sich trug. Gut! Er schätzte sie auf Anfang dreißig, gut eins siebzig groß und keine sechzig Kilo schwer. Sie trug Jeans, eine offene Jacke und darunter ein T-Shirt. Die schlanke Frau wirkte sportlich, vermutlich betrieb sie Ausdauer- und Kampfsport. Sie war wohl nicht übermäßig kräftig. Vermutlich aber zäh, verbissen. Und schnell.

Camus bemerkte, wie die Frau erstarrte. Sie schien zu spüren, dass etwas nicht stimmte. Er könnte sich jetzt auf sie fallen lassen, so wie er es geplant hatte. Aber etwas hielt ihn davon ab. Sie interessierte ihn. Sie wirkte wie ein Gnu, das an einem Wasserloch Witterung aufnahm. Es fühlte die Gegenwart eines Raubtiers, konnte aber noch keine unmittelbare Gefahr erkennen. Der Fluchtreflex war noch nicht ausgelöst. Das Bild erregte ihn. Camus wollte die Panik in den Augen der Kommissarin sehen, wenn er zum tödlichen Schlag ausholte.

Geräuschlos atmete Ike Jensen durch den Mund. Instinktiv tastete sie nach ihrer Waffe. Ihr fiel ein, dass sie die Pistole im Büro gelassen hatte. »Mist!« Langsam schob sie die Tür vom kleinen Vorflur zur Diele auf. Vom Wohnzimmer fiel ein bleiches Licht in den Flur, ließ aber die Nische hinter dem Wandregal rechts im Dunkeln. Einen kurzen Augenblick lang war Ike darüber irritiert, dass sich das nervöse Kribbeln auf ihrer Haut eher abschwächte. Als hätte sie es hinter sich. Aber sie durfte jetzt nicht in ihrer Konzentration nachlassen! Mit frisch geschärften Sinnen glitt sie auf die dunkle Ecke hinter dem Wandregal auf der rechten Seite zu. Nichts. Vorsichtig drückte sie die Tür ins Bad auf. Einige Sekunden verstrichen, bis sich ihre Augen an die Dunkelheit gewöhnt hatten. Nichts. Sie drehte sich um, schlich zur gegenüberliegenden Küche, öffnete die Tür. Durch das Fenster fiel, weichgezeichnet durch die zartvioletten Stores am Fenster, der Lichtschein der Straßenlaterne. Nichts. Die Kammer im hintersten Küchenwinkel? Nein, zu eng.

Zurück in die Diele. Vorsichtig betrat Ike das Wohnzimmer. Durch die beiden Fenster auf der rechten Seite des Raumes fiel fahles Mondlicht und zeichnete bizarre Schatten auf den Dielenboden. Nichts. Zuletzt schaute sie ins Schlafzimmer, das links von diesem Raum abging. Nichts.

Lautlos ließ sich Camus zu Boden gleiten und lockerte die verspannten Muskeln.

Ike hatte alles abgesucht, aber sie war keineswegs beruhigt. Sie kehrte ins Wohnzimmer zurück, ging zum linken Fenster und schaute nach draußen. Im Hof stand ein altes Motorrad. Der Typ aus der Wohnung über ihr bastelte seit Monaten an seiner BMW. »Ich spinne«, dachte sie, »der Besuch bei diesem ekligen Mader hat mich völlig überdreht gemacht.« Sie drehte sich vom Fenster weg.

In diesem Moment sprang die Wohnzimmertür auf. Auf diesen Augenblick hatte Camus gewartet. Langsam ging er auf die Frau in der Ecke des Zimmers zu. Sie rührte sich nicht. Doch kein Fluchtreflex, stellte er verwundert fest. Camus ließ seine Finger spielen, um sie auf das vorzubereiten, was sie gleich zu tun hatten.

Bleich und bewegungslos stand die Frau da. Sie schien kaum zu atmen, schien sich fatalistisch in ihr Schicksal ergeben zu wollen. Der Totstellreflex! Jetzt hatte er sie erreicht. Er erwartete, dass die Frau blitzschnell reagieren würde. Ihm das Knie zwischen die Beine stoßen würde. Er baute sich vor ihr auf, ließ ihr keinen Ausweg.

Beinahe zärtlich legte Camus ihr die Finger um den Hals. Er spürte, wie die Spannung des Körpers, den er gerade in Besitz nahm, augenblicklich nachließ, wie die Frau vor ihm in sich zusammensackte und sich in ihr Schicksal ergab. Ohne seinen Blick von ihren Augen abzuwenden, ließ er seine Hände ihre Arbeit verrichten.

Als plötzlich dieser Mann vor ihr stand, war Ike kaum erschrocken. Sie hatte doch gewusst, dass sie nicht alleine in der Wohnung war. In Sekundenbruchteilen erfasste sie, dass sie im offenen Kampf gegen ihn keine Chance haben würde. Blitzschnell schätzte sie ab, welche Möglichkeiten ihr verblieben: Die Fenster waren nicht erreichbar, die Tür auch nicht. Sie hatte keine Waffe oder etwas Ähnliches. – Der Mann hatte sich einen guten Moment ausgesucht. Laut schreien? In diesem Haus interessierte sich niemand sonderlich für seine Nachbarn.

Der Fremde kam auf sie zu. Sein Gesichtsausdruck wirkte nicht feindselig, aber er sah entschlossen aus. Raubtierartig entschlossen. Das Raubtier reißt seine Beute nicht, weil es sie hasst. Auch dieser Mann würde sie nicht töten, weil er sie hasste, sondern weil er es tun musste. Ikes Gedanken lösten sich auf.

Während Camus' kräftige Hände Ike ganz langsam die Luft nahmen, sprang etwa zwei Kilometer Luftlinie entfernt ein Mann aus seinem Sessel hoch, in dem er es sich mit einem Fachbuch bequem gemacht hatte. Plötzliche Aufregung hatte ihn erfasst. Sein Herz raste und Schweißperlen traten ihm auf die Stirn.

Lars Müller-Hänisch konnte sich seine plötzliche Erregung nicht erklären. Ebenso wenig konnte er sich erklären, dass Ikes Bild vor seinem inneren Auge auftauchte und sofort wieder verschwand. Er war noch sauer auf sie, wegen dieser Sache mit ihrem Kollegen. Also schob er den Gedanken an Ike beiseite und goss sich einen doppelten Whiskey ein.

Wenige Minuten später stand Sven Hustedt vor Ikes Tür. Die Haustür war nicht ins Schloss gefallen, und so hatte er direkt bis zur Wohnungstür vordringen können. Unschlüssig überlegte er nun, was er tun sollte. Was er hier machte, war falsch. Die Geschichte zwischen ihm und seiner Kollegin war irgendwie … fad. Ike war nur Ablenkung, sie war Bestätigung für ihn, er probierte an ihr seine

Männlichkeit. Es war falsch. Er würde nur Probleme kriegen. Er sollte zurück zu Lissi gehen und mit ihr reden. Dennoch reizte ihn die Herausforderung. Er brauchte diese Bestätigung, trotz allem.

Ike spürte den zunehmenden Druck der Hände um ihren Hals. Ihr Bewusstsein zog sich aus ihrem Körper zurück: weg von der Luftröhre, der Kehle, den Schlagadern. Wie von außen schaute Ike auf die Szene hinab. Unbeteiligt.

Gelassenheit stellte sich ein. Jetzt beobachtete Ike. Gab Regieanweisungen. Alle Panik versickerte durch die übergroßen Ritzen der inneren Leere ins Nichts.

Plötzlich bemerkte sie, dass sich die Anspannung in den Fingern des Mannes löste, dass seine Konzentration nachließ. Etwas lenkte ihn ab.

»Warte noch einen Augenblick!«, sagte sie sich. »Warte!« Ike atmete fast nicht mehr.

Dann öffnete der Mann seinen Mund, holte Luft, wollte etwas sagen.

»Jetzt!«

Ein plötzliches, heftiges Rumpeln aus dem Inneren der Wohnung riss Sven Hustedt aus seinen Gedanken. Lautes Stöhnen, ein Schrei. Kurz Ruhe. Dann ein dumpfer Schlag und Klirren.

»Aufmachen!«, brüllte er. »Was ist da los?« Mit einer Faust hämmerte er gegen die Wohnungstür. Die andere Hand umfasste den Türknauf, rüttelte daran. Eilige Schritte waren zu hören, dann wurde die Tür aufgerissen. Der Schwung beförderte Hustedt in den Vorflur. Er strauchelte, fing sich wieder, wobei er einem Mann in die Arme fiel. Bevor Hustedt reagieren konnte, legte sich ein kräftiger Arm um seinen Hals und drückte zu. Schreck und Todesangst ließen seinen Herzschlag stocken. Die Spitze eines Dolches ritzte die Haut über der linken Halsschlagader auf.

»Mitkommen!«, zischte der Fremde und zerrte Sven ins Wohnzimmer.

Ike erstarrte, als sie sah, was geschehen war. Gerade hatte sie den Angreifer in ihre Gewalt bekommen! Aber ihre durch das Getöse an der Wohnungstür ausgelöste Irritation und ihr kurzes Zögern hatten dem Mann genügt. Resigniert sackte sie in sich zusammen. Kerle kommen immer zu früh!

XX

Papeete, Montag, 31. März, 16 Uhr Ortszeit

Der Nachmittag war unerträglich heiß. Der Alte stöhnte und wischte sich mit der flachen Hand über die Stirn. Das Hemd klebte auf seiner Haut. Die Hitze lag drückend über dem Viertel und schien jeden Laut zu ersticken. Die meisten Leute hatten sich tief in ihre Häuser oder Hütten zurückgezogen und dösten. Es herrschte Stille.

Der alte Toothie hatte lustlos seine Werkstatt aufgeräumt. Nachdem die Fuhre Konservendosen abgeholt worden war und er seinen Lohn erhalten hatte, blieb kaum etwas zu tun. Lastwagen reparierte er schon lange nicht mehr – der Perlenjob war lukrativer, wenngleich er selbst von diesem Geld keine großen Sprünge machen konnte. Die nächste Lieferung Perlen erwartete er erst in einigen Tagen.

Der ausgemergelte, alte Mann seufzte, Nichtstun konnte er nicht ertragen. Er schaute sich um. Eigentlich war es noch zu früh für einen Schluck. Aber warum eigentlich nicht? Mit plötzlichem Elan öffnete er einen der Verschläge im Hof und griff in ein Regal. Die Flasche, die er herauszog, setzte er gleich an den Mund. Er trank gerade so viel, dass er ein bisschen abschalten konnte. Die Whiskeyflasche gluckste. Toothie fühlte, wie die sich im Körper verteilende Wärme die brutale Hitze auf der anderen Seite der Haut neutralisierte. Der Schweiß, der ihm über Stirn und Rücken floss, kümmerte ihn nicht mehr.

Er schlurfte, plötzlich müde geworden, in den Verschlag auf der rechten Seite des Hofes, schob den Tisch an die Wand, rollte eine speckige, dünne Matratze aus und legte sich hin. Er schlief sofort ein.

Der Mann, der ihn durch den schmalen Schlitz dicht unter dem Blechdach beobachtete, blieb noch ein paar Minuten auf dem umgedrehten Eimer stehen. Als er sicher war, dass der Alte fest schlief, stieg er gelassen von seinem Podest und ging um das Gebäude herum nach vorne. Bevor er aus dem Gang auf die Straße trat, blickte er sich um. Er strich seine beigefarbene Hose glatt. Dann schob er das Rolltor der Werkstatt, das der Alte einen Spalt offen gelassen hatte, langsam hoch, duckte sich und schlüpfte hinein. Behutsam auftretend, schritt er durch den Werkraum, überquerte den Hof und betrat den Bretterverschlag. Abschätzig betrachtete er den Alten. Eine weiße Haarsträhne war ihm über die Nase gefallen und bewegte sich nun im Luftstrom des Atems auf und ab. Jackie, genannt Toothie, machte seinen Job nun schon ziemlich lange. Zu lange. In letzter Zeit war er ein bisschen zu forsch geworden. Er hatte mehr Geld gefordert. Solche Mitarbeiter konnten gefährlich werden.

Der Eindringling zog ein Stilett aus der Tasche seiner Bundfaltenhose und fuhr prüfend über die Klinge. Ein rascher Schnitt quer über den Hals. Toothie würde nicht einmal wach werden. Dabei bestand allerdings die Gefahr, die Halsschlagader zu treffen. Das gäbe eine Mordsschweinerei. Das neue Hemd, die Hose wären ruiniert. Nicht, dass der Fremde Angst vor der Polizei gehabt hätte. Hier in diesem Viertel gab es Banden, die für Kleingeld töteten, und die Polizei war entweder überfordert oder unfähig oder ab mittags besoffen.

Nein. Er würde es nicht tun. Mit einer raschen Bewegung ließ er die Klinge in den Griff zurückgleiten und steckte das Messer wieder in die Tasche. Er würde den alten Mann anders in den Griff bekommen. Zügig ging er in die Werkstatt zurück und schaute sich suchend um. Dann hielt er auf eines der Regale zu, auf denen unzählige, seit langem unbenutzte Werkzeuge und Ersatzteile herumlagen. Aus der Brusttasche seines Maßhemdes zog der Mann einen Beutel hervor und ließ ihn unter den Gegenständen verschwinden. Jetzt würde er nur noch den Kurier anrufen und ihm genaue Instruktionen geben. Der Alte würde bestimmt nicht quatschen.

Cuzco, Montag, 31. März, 21 Uhr Ortszeit

Paco Emmanuel Ferrentes entspannte sich. Nebenan, in der Schlafkammer des kleinen Hauses am Stadtrand von Cuzco, war es seit einigen Minuten still. Der Kinderlärm war verstummt.

Nach seiner Rückkehr hatte Paco mit seinen vier Kleinen ausgelassen getobt. Sie genossen es, wenn ihr Papa einmal mehrere Tage zu Hause war. Besonders der Jüngste, der anderthalbjährige Tercio, war seiner Mutter immer wieder entwischt und hatte sich kreischend seinem Vater in den Schoß geworfen. So oft, dass er irgendwann müde geworden und von einer Sekunde auf die andere eingeschlafen war. Der kleine Fernseher, der gegenüber dem Sofa auf einer lackierten Apfelsinenkiste stand, berieselte Paco mit zuckenden Bildern und einer Flut von blechernen, quietschenden, ballernden, schrillen und monotonen Geräuschen. Dabei interessierte sich Paco gar nicht für den Krimi, der gerade lief, sondern er brauchte nur etwas Ablenkung, bis Maria endlich zu ihm kommen würde.

Paco sehnte den Moment, in dem seine mujer die Tür öffnen würde, herbei und malte sich voller Vorfreude aus, wie sie langsam auf ihn zugehen, sich um die eigene Achse drehen und verführerisch ihre Hüften schwingen würde. Die Vorstellung ihres Körpers und ihres Geruchs waren so intensiv, dass Paco nicht bemerkte, wie aus den Bildern Traumbilder wurden, seine Augen langsam zufielen und sein Geist ihm die Erfüllung seiner Wünsche vorgaukelte, um ein noch dringenderes Bedürfnis – Schlaf – zu befriedigen.

Leise öffnete sich die Tür. Paco lag ausgestreckt auf dem Sofa. Sein Atem ging regelmäßig. Schritte näherten sich ihm. Der Ton des Fernsehapparates wurde leiser gedreht. Eine Hand legte sich auf die Schulter des Schlafenden. Der anfangs fast zärtliche Griff verstärkte sich, bis sich die Hand wie ein Schraubstock um das Gelenk schloss.

Aufgebracht fuhr Paco in die Höhe. Sofort presste eine Hand seinen Mund zu. Im Halbdunkel blickte er in das Gesicht eines Mannes. Paco versuchte angestrengt, einen klaren Kopf zu bekommen. Er kannte den Eindringling. Er war einer der Männer, die ihm am Flughafen die Ware abgenommen hatten.

»Hombre«, sagte der Mann leise, aber mit einem drohenden Unterton, »schau dir das mal an!« Er hielt Paco etwas unter die Nase, das der im im Flackerlicht des Fernsehers nicht gleich erkannte.

»Was – was ist das?«

»Ich war gerade bei Maria und den niños. Hier«, der Eindringling führte seine Hand näher an Pacos Gesicht heran, »ihre Locken. Ich habe sie ihnen eben erst abgeschnitten. Ein kleiner Gruß von deiner Frau und deinen Kindern. Aber keine Sorge, sie schlafen friedlich.«

»Por qué –?« Paco hielt die Luft an.

»Warum? Wir möchten, dass du uns verstehst, Paquito!« Sanft legte der Eindringling die Haarbüschel neben Paco aufs Sofa. »Wir möchten ganz sicher sein, dass du nicht redest, verstehst du?« Er schaute dem zitternden Paco tief in die Augen und nahm sein Kinn in die Linke. Mit der Rechten tätschelte er seine Wange. »Wir möchten nicht, dass deiner Familie etwas passiert, comprendes?«

»Si, pero –«

»Aber was, Paquito?«

»Ich werde nichts sagen, por cierto!«

»Ich glaube dir ja, Paquito. Aber denk' dran, unsere Leute – man kann nicht vorsichtig genug sein!« Seine Stimme war voll scheinbarer Besorgnis.

»Si, no se preocupe, ich rede nicht!«

»Gut so. Schließlich ist deine Maria wirklich sehr schön.« Der Mann grinste. »Und du willst doch schließlich auch, dass das so bleibt, verdad?«

»Si, claro!« Paco spürte sein Herz rasen.

»Und der kleine Tercitito ist ein wahrer Prachtkerl. Wenn er nachmittags immer mit deiner Nichte am Flussufer drüben spielt ...«

Paco spürte den Impuls, aufzuspringen und dem Mann an die Gurgel zu gehen. Er hielt sich zurück, wie immer: »Ya comprendo.«

»Pass auf, Paquito«, meinte der Fremde beiläufig nach einigen Sekunden. »Du musst heute noch einmal los und eine neue Sendung vorbereiten.«

»Muss das –? Cuándo?«

»Sofort. Das Flugzeug nach Puerto Maldonado ist gebucht, es startet in einer Dreiviertelstunde. Dáte prisa, beeil dich. Du kannst deiner Süßen noch einen Abschiedskuss geben – und gib ihr das zurück!« Er hielt ihm die abgeschnittenen Haarsträhnen hin.

Missmutig erhob sich Paco. Er hatte sich die nächsten Tage anders vorgestellt.

»Ach, und noch etwas«, schob der Eindringling hinterher, »das heute ist dein letzter Job – ich denke, wir haben uns über die Modalitäten deines Ausscheidens aus dem Geschäft gründlich genug unterhalten, verdad?«

»Si, ya comprendo, ich habe alles verstanden ...«

XXI

Nacht von Montag, 31. März, auf Dienstag, 1. April

Lars Müller-Hänisch schlief in dieser Nacht sehr unruhig. Da er schon am Abend so unerklärlich nervös gewesen war, war er früh zu Bett gegangen und hatte noch lange gelesen. Zwischendurch war er immer wieder in einen quälenden Dämmerzustand verfallen, bis er schließlich in einen von wirren Träumen durchzogenen Schlaf gefallen war.

Mitten in der Nacht schreckte er mit einem harten Herzschlag hoch. Ikes Gesicht war für Sekundenbruchteile vor seinem inneren Auge aufgeblitzt, inmitten einer entseelten, lebensfeindlichen Umgebung. Ihre Züge wirkten entsetzt, die Augen waren weit aufgerissen.

»Ich bin ja völlig überdreht!«, dachte Lars. »Eifersüchtig!« Sein Psychologenverstand bewertete die Traumsequenz als Ausdruck seiner zurückgehaltenen Wut auf seine Freundin. Also legte er sich wieder hin. Mit dem Gedanken, Ike am nächsten Tag nochmals zur Rede zu stellen, dämmerte er gegen drei Uhr in einen ermüdenden Schlaf hinüber.

Ike versuchte, sich auf den Rücken zu drehen. Ihre Wirbelsäule schmerzte. Langsam schwollen die Handgelenke an. »Warum hat Sven die Handschellen derartig eng zusammendrückt?«, grollte sie. Einen Augenblick lang tat es gut, Ärger auf ihren Kollegen zu verspüren. Die Kette der Fessel hatte Sven, das Messer des Fremden seitlich am Hals, dicht über dem Fußboden hinter dem Vorlaufrohr der Heizung hindurchführen müssen. So konnte Ike nur lang ausgestreckt auf dem Boden liegen. Zwischendurch versuchte sie, in die Hocke zu gehen, um die Wirbelsäule zu entlasten. Gerade hatte sie sich wieder auf den Rücken gedreht. Als sie dabei die Arme kreuzte, schoss ein spitzer Schmerz in die linke Schulter. Ike fluchte. Durch den Knebel in ihrem Mund waren allerdings nur dumpfe, unverständliche Laute zu hören.

Ohnmächtig ließ Ike die Szene, wie der Eindringling mit Sven von der Wohnungstür zurückgekommen war, nochmals Revue passieren. Mit einer knappen Geste hatte der Fremde ihr zu verstehen gegeben, dass er Sven ohne zu zögern das Messer in den Hals stoßen und seine Halsschlagader aufschlitzen würde, sollte sich Ike seinen Anweisungen widersetzen. Mühelos hatte der Typ so die Kontrolle über die Situation zurückgewonnen, hatte Ike von Sven fesseln und knebeln lassen, hatte ihr die Wagenschlüssel aus der Hosentasche gezogen und war mit seiner Geisel, die ihm wie ein Geschenk des Himmels in die Arme gefallen war, abgezogen.

Wütend zerrte Ike an der scharfen Metallfessel. Hätte ihre Heizung Kupferrohre gehabt, hätte sie eine Chance gehabt, das Rohr herauszureißen. Es musste aber eins von diesen veralteten Rohren aus Gusseisen sein! Ike begann zu resignieren. Als sie für einen Moment still dalag, tauchten Erinnerungsfetzen auf: Jemand hielt sie fest! Hielt ihre Arme fest! Zerrte an ihr, an ihren Sachen! Sie war klein, schwach. Sie hatte Angst, konnte sich nicht wehren! Panik stieg auf, sie wollte schreien. Sie konnte nicht schreien … durfte nicht … das Atmen wurde schwer.

Der Knebel! Etwas daran reizte ihre Atemwege. Sie zog die Schultern hoch, saugte angestrengt Luft in die Lungen. Beim Ausatmen hörte sie ein rasselndes, pfeifendes Geräusch. Warum konnte sie nicht atmen? Panisch robbte Ike auf dem Fußboden nach vorne, um mit dem Gesicht an die Hände heranzukommen. Ihre Hände, die fest in den Stahlfesseln steckten, verbogen sich und nestelten an dem Knebel, der ebenfalls ziemlich stramm saß. Jetzt erst bemerkte Ike, dass ihre Kiefermuskeln wehtaten. Kurz hatte sie das Gefühl, dass ihr jemand eine fleischige, trockene Hand auf den Mund presste. Dann war ihr, als flüstere ihr jemand zischelnd etwas ins rechte Ohr: Wehe, du sagst etwas! Sie konnte seinen keuchenden Atem fühlen, sie hörte sein Stöhnen. Dann war es weg. Ihr ganzer Körper kribbelte heiß. Sie japste nach Luft. Panik schnürte ihr die Kehle zu. Sie wollte um Hilfe schreien, doch sobald sie es versuchte, versagten ihre Bronchien. Erinnerten sie daran, dass sie nichts sagen durfte. Sie durfte nicht verraten, was der Mann gerade mit ihr gemacht hatte. Aber es tat so weh, … »mein Bauch … bitte nicht, bitte …« Es fühlte sich an wie ein Stich mit einem glühenden Messer, das sich fortwährend bewegte, sich tiefer und tiefer hineinbohrte. Ihr Unterleib war eine klaffende Wunde und brannte wie Feuer, das sich immer weiter in ihrem Körper ausbreitete und ihn zerstörte. Aber ihre Seele bekam es nicht zu fassen, die hatte sich bereits von der physischen Existenz gelöst und kauerte nun verloren in der Zimmerecke, darauf hoffend, nicht entdeckt zu werden …

Fahrig zerrte Ike am Knebel. Es gelang ihr, ihn ein wenig zu lockern. Mit klammen Fingern drückte sie das am Nacken fest verknotete Stofftuch über die Unterlippe. Sie keuchte, zwang sich, ruhig zu atmen. Die Unterlippe platzte auf. Ike spürte warmes Blut über ihre Wange laufen. Es tropfte auf den Teppich. Auf den neuen Teppich! »Ganz ruhig bleiben.« Bevor die Panik sie erneut übermannte, gelang es ihr, den Stoffknebel über das Kinn zu ziehen. Sie atmete tief ein und aus und lockerte die Kiefermuskulatur.

Aber warum brachte ihr das keine Erleichterung? Ike Jensen fühlte sich so verlassen wie noch nie in ihrem Leben. Um jeden quälenden Atemzug musste sie kämpfen. Es gelang ihr auch nicht zu schreien, sie konnte nicht einmal sprechen. Lange würde sie das nicht mehr aushalten.

Gero Altmann schaute auf seine Armbanduhr. Vier Uhr. Die Hundswache begann. So hatten er und seine Freunde bei den Pfadfindern früher immer diese Zeit der Nachtwache genannt, kurz vor dem Morgengrauen, wenn der Geist müde wird, der Körper sich aber bereits auf den kommenden Tag einstellt. Manchmal stellten sich sogar Halluzinationen ein, wenn sich aus dem sich lichtenden Dunkel Gestalten herausformten und sich zu bewegen schienen. Dann legte man schnell noch einige Scheite in das allmählich verlöschende Lagerfeuer, um diese Nachtwesen zu vertreiben.

Gero Altmann, Nachtwächter bei der Hilgado GmbH & Co. KG, war gerade im Begriff, seinen vorletzten Rundgang in dieser Nacht zu beenden und in sein kleines warmes Büro zurückzukehren, in dem der wohlverdiente Schluck Cognac auf ihn wartete. Vor seinem inneren Auge loderte das Lagerfeuer aus seiner Pfadfinder-Vergangenheit noch einmal mächtig auf. Als das Bild jedoch so gar nicht verblassen wollte, rieb sich Gero Altmann die Augen, und ihm wurde klar, dass der Feuerschein auf dem Grundstück des Chefs nicht seiner Einbildung entsprang. Da brannte etwas lichterloh. Zum zweiten Mal innerhalb weniger Tage rief er die Polizei.

Das Schreberhäuschen bestand aus zwei Räumen, die beide einen Zugang zum Garten hatten. Es war massiv gemauert, die gelbbraunen Ziegel waren akkurat verfugt. Offensichtlich hatte sein Erbauer einmal geplant, es als festen Wohnsitz zu verwenden. Das Grundstück befand sich am äußersten Ende einer weitgehend verlassenen Kleingartenanlage zwischen dem Gelände eines großen Medizintechnik-Konzerns und dem toten Arm der Trave, der von der Lachswehrbrücke aus einen lang gezogenen Bogen zur Kanaltrave beschrieb. Dieses Revier lag seit circa zwei Jahren brach, weil die Kleingärtner dem unersättlichen Hunger des Konzerns hatten weichen und ihre Parzellen hergeben müssen. Kurzerhand hatten sich die Konzernherren – immer mit dem Hinweis, dass man andernfalls gezwungen wäre, den Firmensitz ins nahe Mecklenburg-Vorpommern zu verlagern – zusätzlich noch eine Durchgangsstraße einverleibt. Die Stadt Lübeck, hoch verschuldet, musste für viel Geld die Lachswehrallee und die Kreuzung der Moislinger Allee erweitern; einige Hausbesitzer hatten Teile ihrer Vorgärten hergeben müssen, und viele Lübecker mussten nunmehr eine deutliche Verlängerung ihres Arbeitsweges in Kauf nehmen.

Wenn man das schmutzig-gelbe Gartenhäuschen durch den Haupteingang betrat, gelangte man in den größeren der beiden Räume. Zur Linken führte eine provisorische, aus Brettern zusammengenagelte Tür zu dem kleinen Raum, der vielleicht als Schlafzimmer dienen mochte. An der fensterlosen Wand des Hauptraumes, gegenüber dem Eingang, befand sich eine etwa zweieinhalb Meter breite Küchenzeile, deren unterem Teil noch die Türen fehlten. Aber Spüle, Wasserleitungen und Abwasserrohr waren ordentlich installiert. Ein kleiner Holztisch und vier Klappstühle standen in der Mitte des Raumes. Das Fenster neben der Eingangstür und das größere Fenster, von dem aus man tagsüber einen schönen Blick auf den Kanal haben dürfte, waren von schweren beigefarbenen Vorhängen verdeckt.

An der Eingangstür stand ein Mann. Er hatte beide Hände nach oben gestreckt. Auf den ersten Blick sah es so aus, als wäre er gerade dabei, das obere Türband, das aus massivem Gusseisen bestand und fest mit der Zarge verschraubt war, zu reparieren. Allerdings waren beide Hände mit orangefarbenem Kabelbinder zusammengebunden und am Scharnier fixiert. Diese Haltung sah wenig komfortabel aus, zumal sich der Mann nun bereits seit einigen Stunden in dieser Position befand.

Sven Hustedt wusste immer noch nicht so richtig, wie ihm geschehen war. Eigentlich hatte er doch nur seine Kollegin auf ein kleines Stelldichein besuchen und sich den Frust über seine ersterbende Ehe aus dem Leib vögeln wollen. Beim Versuch, dem Lärm aus Ikes Wohnung auf den Grund zu gehen, war er diesem entschlossenen Mann in die Arme gestolpert. Ehe er sich versehen hatte, hatte er Ike auf Befehl des Fremden an die Heizung gekettet, und er selbst war von dem Kerl in diese Laube verschleppt worden. Zumindest wusste er, wo er sich ungefähr befand, weil er selbst das Auto hatte steuern müssen.

Jetzt hatte er Zeit, sich den Ablauf genau in Erinnerung zu bringen. Er würde alles detailgetreu wiedergeben müssen, sobald er zurück im Präsidium wäre. Das Wichtigste war das Aussehen des Entführers: seine mittelgroße, kräftige Statur, die dunkelbraunen, etwas gewellten Haare. Sein Alter schätzte Sven auf Mitte oder Ende Vierzig. Die Stimme klang nicht unangenehm, war wenig moduliert, hatte etwas Sanftes, fast Freundliches. Die wenigen klaren Anweisungen des Mannes standen in einem merkwürdigen Kontrast zu einigen tiefgründigen Monologen, auf die er offenbar keine Reaktion erwartete.

Es war dunkle Nacht. Svens Hände schmerzten. Aus den Armen, die der Oberkommissar gezwungenermaßen die ganze Zeit hoch hielt, war mittlerweile jedes Gefühl gewichen. Er wusste nicht, ob er sich mehr wegen seiner Lage bedauern oder über seine eigene Dummheit ärgern sollte. Außerdem konnte er sich immer noch keinen Reim darauf machen, was das Ganze eigentlich zu bedeuten hatte.

Um vier Uhr siebenunddreißig gaben zunächst Sven Hustedt und drei Minuten später Ike Jensen ihrem inneren Drängen nach und entspannten die Muskeln rund um ihre Blasen. Zuerst fühlte es sich angenehm warm an, dann wurde es zunehmend kalt und ungemütlich zwischen den Beinen.

Kurz vor fünf wachte Lars endgültig auf. Nun lag er still auf dem Rücken und wartete, bis sein Bewusstsein Stück für Stück die letzten Traumbilder und die ersten Eindrücke des Tages ordnete. Nur

Sekundenbruchteile, nachdem das Bild von Ikes verzweifeltem Gesicht wieder vor ihm stand, begann sein Herz zu hämmern. Mit einem Schlag saß der lange Mann aufrecht im Bett.

Um fünf Uhr fünfzehn stand Lars vor der verschlossenen Haustür am Hansering. Er klingelte. Nichts passierte. Sein Verstand wollte nicht zulassen, dass das im Traum Gesehene wahr sein könnte. Das Herzrasen, sein rebellierendes Gedärm, der Kloß im Magen, die zugeschnürte Kehle ließen sich davon allerdings nicht besänftigen. Er musste da rein! Auch wenn er sich wieder einmal blamieren sollte. Noch einmal klingelte er Sturm. Nichts. Krampfhaft dachte er nach. Dann waren aus dem Haus Schritte zu hören und die Tür öffnete sich.

»Guten Morgen!«, sagte Lars möglichst unbeteiligt. Sich zur Ruhe zwingend, trat er wie selbstverständlich in das Gebäude ein. Er tat so, als schöbe er den Hausschlüssel, den er nun nicht mehr bräuchte, in die Hosentasche zurück. Der Bewohner grüßte nicht.

Oben klingelte Lars nochmals, klopfte. Klopfte stärker. Immer wieder rief er Ikes Namen. Keine Antwort. Dann hielt er inne und presste sein Ohr an die Tür, lauschte. Zunächst konnte er nur das Rauschen seines Blutes im Ohr vernehmen. Dann drängte sich ein anderer Ton dazwischen. Ein leises Wimmern. Ein ersticktes Röcheln. Unregelmäßig. Kraftlos. Was er da hörte, gefiel ihm überhaupt nicht.

Mit einem wuchtigen Tritt sprengte Lars die Tür auf und rannte dem Stöhnen folgend ins Wohnzimmer. Er kniete sich neben die auf dem Boden liegende Ike. Die Augen weit aufgerissen, rang sie um Atem. In ihrem verzweifelten Kampf gegen die Fesseln hatte sie die Schultern hochgezogen und den Kopf weit nach hinten gebogen. Ihr Blick signalisierte ihm, dass sie ihren Freund erkannt hatte. Die beginnende Morgendämmerung ließ ihr blasses Gesicht bläulich schimmern.

Karl Camus Kamuschke hatte seinen Job erledigt. Er war nicht ganz zufrieden mit sich. Genau genommen war er sogar ein wenig beunruhigt. Er hatte die Polizistin nur einschüchtern sollen. »Einschüchtern!«, hatte Benedikt gesagt, »gehörig einschüchtern! Aber nicht mehr!« Es war anders gekommen, er hatte improvisieren müssen. Und jetzt hatte er eine Geisel, von der er nicht so recht wusste, was mit ihr geschehen sollte. Er dachte über das Verhältnis von Wille und Realität nach. »Kann man die Zukunft beherrschen? Oder ist alles vorherbestimmt? Steht ein göttlicher Plan dahinter? Ist schließlich alles Tun, obwohl absichtsvoll ausgerichtet, unbedeutend, weil so oder so jedes Geschehen auf den einen, den letzten Punkt, das tiefere Ziel, hinausläuft?« Kamuschke gab sich einen Ruck und trat aus dem Seitenraum des Gartenhauses ins Freie. Noch lag die Dunkelheit der Nacht schwarz über dem Gelände, ließ aber die Dämmerung bereits erahnen. Ein feiner Nieselregen hatte eingesetzt. Der Mann schaute auf seine Uhr: kurz nach halb sechs. Er zögerte. Dann zog er sein Handy aus der Tasche und tippte eine Nummer ein. *Die* Nummer. »Hast du alles erledigt?« Benedikt Mader kam gleich zur Sache. Seine Stimme klang klar und frisch.

»Ich habe …« Camus fühlte wie immer Unsicherheit und Unterlegenheit gegenüber diesem Mann, der ihn vor Jahren aus der Drogenabhängigkeit herausgeholt hatte. Er hatte ihn dann ausgebildet und zu seinem Handlanger gemacht. Mit einem Räuspern setzte Camus neu an: »Ich habe … ich musste – du weißt ja: Dialektik von Freiheit und Determination –«

»Camus!« Scharf unterbrach Mader. »Was ist passiert?«

»Ich habe die Polizistin … äh, wie du gesagt hast … eingeschüchtert, aber –«

Am anderen Ende atmete der Staatssekretär ungeduldig ein.

»Dann ist überraschend jemand aufgetaucht.« Camus traute sich nicht, die ganze Wahrheit zu erzählen. Schließlich hatte ihn bisher noch niemand einfach so überrumpelt.

»Und?«

»Ich musste improvisieren …«

Mader schwieg streng.

»Und dann habe ich den Mann, der da plötzlich vor der Tür stand … also, der ist jetzt hier.«

»Wo?«

»In dem Gartenhaus – du weißt schon.«

»Bleib dort, ich komme sofort!«

Eine gute Stunde später stand die Made vor Kamuschke. Er musste seinem Ford Mustang, seinem Privatwagen für schnelle, harte Touren, die Sporen gegeben haben. Während er nun die Situation abschätzte, wirkte der Staatssekretär völlig ruhig. Sein Mann fürs Grobe war hingegen sichtlich in sich zusammengesunken.

»Ich zahle deiner dummen Mutter das teuerste Pflegeheim Lübecks.«

Unvermittelt schlug Mader seinem Schützling mit dem Handrücken ins Gesicht. Der pompöse Siegelring an seinem Finger hinterließ eine Platzwunde auf Camus rechter Wange.

»Und ich habe dich aus der Gosse geholt.«

Noch einmal schlug er zu.

Camus setzte sich nicht zur Wehr. Die Wunde machte ihm nichts aus; vielmehr erlösten ihn die Schläge von seinen Schuldgefühlen angesichts seines Versagens. Was schmerzte, war die Beleidigung seiner Mutter. Nach dem Tod seines Vaters hatte er sie – vielleicht aus schlechtem Gewissen seiner fehlenden Sohnesliebe wegen – nach Lübeck geholt. Jetzt verspürte er ihr gegenüber die Art von Verehrung, die nur aus der Distanz erwachsen kann. Wegen einer Demenzerkrankung war seine Mutter frühzeitig zu einem Pflegefall geworden. Reumütig schaute Camus zu Boden.

Mit dem dritten Schlag hatte Mader seiner Wut offenbar ausreichend Luft gemacht. Er kniff die Augen luchsartig zusammen und dachte kurz nach, ohne seinen fixierenden Blick von seinem Gegenüber abzuwenden. Dann fuhr er fort: »Was ist mit der Jensen?«

»Ich habe sie in ihrer Wohnung an die Heizung gekettet. Ich nehme an«, Camus blickte auf seine Uhr, »dass sie mittlerweile jemanden auf sich aufmerksam –«

»Schon gut«, unterbrach Mader, »hol sie und bring sie hierher!«

Camus nickte.

»Du bereitest beiden einige Stunden Stress. Maximalen Stress, du verstehst.« Mader fragte nicht, er stellte fest.

»Du meinst«, zur Demonstration legte Camus die Unterarme übereinander, »so, über Kreuz?«

»Richtig. Anschließend …« Der Staatssekretär gab ihm seine Instruktionen. Am Ende fragte er: »Alles klar?«

»Hmh.«

»Und du bringst in Erfahrung, wer dieser Mann hier an der Tür ist. Vielleicht ist er auch ein Bulle.«

Aha, Fesselspiele, dachte der junge, korpulente Notarzt, als er die Wohnung betrat. Abschätzig blickte er den langen, dürren Kerl an, der da vor der Frau hockte. Er mochte keine langen, dürren Männer. Aber jetzt hieß es, seine Arbeit zu tun. Der Anrufer hatte ihm bereits mitgeteilt, dass es sich vermutlich um einen schweren Asthmaanfall handelte, also hatte der Mediziner entsprechende Medikamente bereit gelegt. Für alle Fälle hatte er auch eine Sauerstoffmaske eingepackt. Er kniete sich neben die Frau, zog die Decke beiseite, tastete den Puls. Auf den ersten Blick schien sich die Diagnose zu bestätigen. Er inspizierte den Hals seiner Patientin. Als er die Würgemale entdeckte, warf er dem jungen Mann einen angewiderten Blick zu. Offenbar hatten sich die beiden zur Steigerung des sexuellen Erlebnisses auch noch stranguliert. Beruhigend auf sie einredend, berührte er die Frau an der Schulter. Dann hob er ihren Kopf an und führte ein Asthma-Spray an ihren Mund. Die Wirkung trat schnell ein.

»Machen Sie bitte Licht!« Der Arzt drehte sich zu Lars um, der einen Schritt zurückgetreten war. Dann wandte er sich wieder Ike zu. Der bläuliche Ton in ihrem Teint verschwand allmählich.

»Geht's besser?«

»Ja, vielen Dank«, flüsterte sie. Ike atmete immer noch schwer, aber sie bekam wieder Luft.

»Wo ist der Schlüssel?« Der Arzt blickte Lars forschend an.

»Welcher – ach ja, ich weiß nicht, äh …«

»Haben Sie den Schlüssel etwa weggeworfen?« Jetzt sah der Doktor doch etwas indigniert aus.

»Nein, äh …« Lars verstand nicht recht.

»Ich meine«, erklärte der Arzt, jetzt wieder gefasster, »Sie haben doch wohl Fesselspiele …? Oder?«

Jetzt verstand Lars: »Nein, um Himmels willen, meine Freundin ist überfallen worden! Ich habe sie so gefunden.«

»Haben Sie die Polizei angefordert?«

»N-noch nicht, ich hab' zuerst … mach' ich gleich, aber vorher muss ich noch …«

Während Lars die Wohnung nach einem Werkzeug absuchte, um die Handschellen aufzutrennen, machte sich der Notarzt zum Aufbruch bereit.

»Also, ich muss jetzt schnell weiter. Sie stellen sich bitte heute noch Ihrem Hausarzt vor – nachdem Sie dieses Problem«, er zeigte auf Ikes Handgelenke, »ich meine, die Handschellen gelöst haben. – Und Sie«, er kritzelte etwas auf einen Rezeptblock und hielt Lars einen Zettel hin, »laufen gleich los und besorgen das Asthma-Spray, das ich aufgeschrieben habe. Die Apotheke Doktor-Julius-Leber-Straße, Ecke Königstraße, hat heute Notdienst. Nicht bis neun warten. Bitte jetzt gleich!«

Der junge Doktor war wieder weg. Aber er hatte viel Ruhe und Zuversicht ausgestrahlt. Ike fühlte, wie sich ihre Lungen wieder füllten und das Leben in sie zurückkehrte. Lars kniete sich zu ihr, küsste sie und machte Anstalten aufzubrechen.

»Bleib noch!« Ike schaute ihn flehend an. »Ich bin wieder okay.«

»Ike, ich soll das Medikament für dich holen.«

»Einen Moment nur. Bitte!« Ike wollte jetzt nicht mit ihren Gefühlen und der gerade erst überstandenen Todesangst alleine sein. Und erst recht nicht mit dem, was sich sonst noch in ihr abgespielt hatte. Sie wollte überhaupt nichts mehr fühlen.

»Komm!«, flüsterte sie ihm ins Ohr. »Zieh dich aus!« Sex war gut, um zu vergessen. Vergessen hatte sie allerdings auch, dass sie sich vorhin in die Hose gepisst hatte, die komplett durchnässt war.

Lars war im Zwiespalt. Er wollte sie jetzt nicht allein lassen. Andererseits musste er sich beeilen und das Medikament besorgen. Er musste auch noch die Polizei informieren. Sachte schob er Ike zurück, die sich ihm, so gut es mit den Handschellen ging, entgegengewölbt hatte. Schlafen wollte er jetzt gewiss nicht mit ihr.

»Ich sehe ja, dass du … äh, ziemlich feucht bist, aber ich, ähm, ich würde nicht sagen, dass das«, er griff mit seiner Rechten demonstrativ an sein Gemächt – welches unpassenderweise anschwoll – »der richtige Weg der Trockenlegung ist.«

Jetzt fiel es ihr wieder ein; sie wurde rot.

»Klar, ich wollte nur …«

»Ist schon gut«, flüsterte er zärtlich und begann, sie zu streicheln.

Ike spürte, wie gut ihr die Berührung tat. Allmählich entspannte sie sich. Dann merkte sie, wie Tränen in ihr aufstiegen, die sie nicht zurückhalten wollte. Das Zwerchfell zog sich zusammen, löste sich wieder, krampfte. Ein leises Schluchzen drang aus ihrer Kehle. Willenlos ließ sie sich von ihrem Freund halten. Das Schluchzen erschütterte nun ihren ganzen Körper. Tränen rannen hemmungslos über ihre Wangen, zum ersten Mal nach über zwanzig Jahren. Mit der Zunge fing sie einige davon auf, sie schmeckten salzig, furchtbar und köstlich zugleich, fremd und vertraut, brennend und kühlend. Ike steuerte nichts mehr, kontrollierte nicht, hielt nichts zurück, überließ sich ausschließlich der Regie ihrer Emotionen.

»Ich hab' … es war …« Die Tränen erstickten ihre Stimme.

»Ist doch gut.«

»Ich habe ihm doch nichts … warum hat er mich …?«

»Wein ruhig.« Sanft beugte sich Lars über seine Freundin. Er konnte sich kaum vorstellen, was sie heute Nacht durchgemacht hatte.

»Ich war doch noch so klein! Warum hat er … Wie konnte er sowas …?« Plötzlich schrie sie: »Mein Onkel hat mich …! Onkel Hartwig! Er hat mir …! Ich war doch noch …« Ihre Stimme erstarb. Ihr Körper wurde von heftigen Schluchzern geschüttelt.

Lars begriff, welche alte Wunde vor seinen Augen aufbrach. Behutsam streichelte er seine Freundin. Langsam begann er zu verstehen, warum sie immer so große Probleme damit hatte, ihre Gefühle zuzulassen.

Nachdem sich Ike ein wenig beruhigt hatte, löste sich Lars von ihr und stand auf. Er hatte sie offenbar psychisch soweit stabilisiert, dass er sie kurz alleine lassen konnte, um das Asthma-Medikament zu holen. Die Dosis des Notarztes würde nicht mehr lange wirken. Lars blickte seine Freundin ein wenig besorgt, aber auch verschwörerisch an: »Ich muss mal eben zur Apotheke, bin gleich zurück. – Nicht weglaufen, hörst du?«

Unterwegs fiel ihm ein, dass er immer noch nicht die Polizei verständigt hatte. Im Laufschritt tippte er die Nummer in sein Handy.

Ike war in einen dämmernden Schlaf verfallen, als leise Geräusche einer Tür in ihr Unterbewusstsein drangen. Wie aus weiter Ferne hörte sie Schritte, die näher kamen. Eine tiefe, beunruhigende Erinnerung bahnte sich ihren Weg an die Oberfläche – aber nein, sie musste jetzt keine Angst mehr haben, sie war in Sicherheit. Lars, dachte sie friedlich, als sie einen kleinen Stich in ihrer Armbeuge fühlte. Lars würde schon wissen, was jetzt gut für sie war.

Außer Atem drückte Lars die Haustür auf. Glücklicherweise war ihm im letzten Moment noch eingefallen, das Schloss zu entriegeln. Nun trat er wieder in den Hausflur und eilte zum Treppenhaus, vorbei an Ikes Briefkasten, in dem ein Brief steckte. Er riss ihn aus dem Schlitz und nahm ihn mit. Er sprang die Stufen bis zur ersten Etage hoch, die Wohnungstür war noch einen kleinen Spalt geöffnet.

»Ike?«, raunte er in die Wohnung, als er eintrat. »Hey, ich bin wieder da.« Sie antwortete nicht. Vielleicht war sie eingeschlafen. Im Vorbeigehen warf er den Umschlag auf den Küchentisch.

»Süße, ich habe deine Kollegen angerufen. Sie werden dich gleich aus deiner –« Er stutzte, als er ins Wohnzimmer trat. Der Platz vor der Heizung war leer. Auch die Handschellen waren weg.

»Ike?« Wie hatte sie sich befreien können? Was war hier geschehen?

»Ike? – IKE?« Keine Antwort. Lars' Herz setzte aus. »IKE!!«

Panisch rannte er durch alle Räume, schaute sogar in die Abstellkammer hinter der Küche. Nichts. Auch im Bad war sie nicht. In seiner Verwirrung öffnete er Schranktüren und Schubladen. Keine Ike. Sie war spurlos verschwunden.

Er drückte auf die Wahlwiederholung seines Mobiltelefons. Als er seinem Gesprächspartner von der Polizei in den Hörer buchstabierte, was geschehen war, hatte er das Gefühl, alles um sich herum durch eine dicke Milchglasscheibe zu betrachten.

Langsam, ganz langsam kehrte ihr Bewusstsein zurück. Sie musste lange geschlafen haben. Rücken und Schultern schmerzten fürchterlich. Wieso war der Boden so kalt? Als sie versuchte, sich auf die Knie zu stemmen, bemerkte sie die Handschellen. Wieso waren die noch dran?

»Hallo? Ike?«

Die Stimme, die wie durch eine dicke Wattewand zu ihr drang, klang überhaupt nicht nach Lars, sondern eher gepresst, ja ängstlich.

»Bist du wach?«

Jetzt fühlte Ike den Fliesenboden, auf dem sie lag. Hier stimmte etwas ganz und gar nicht. Teppich, sie müsste doch auf ihrem Teppichboden liegen!

Die Handschellen, der kalte Boden, die fremde Stimme, die bedrückende Atmosphäre des Raumes – aus all diesen Mosaiksteinchen ergab sich ganz allmählich ein fertiges Bild, das die Kommissarin wie ein Hammerschlag traf. Der Schlag auf ihren Schädel, der sie traf, als sie ruckartig den Kopf hochriss, nahm ihr für einen Moment das Bewusstsein.

»Ich bin's. Sven. Hörst du mich, Ike?«

Jetzt erkannte sie die Stimme ihres Kollegen.

»Wo bin ich? Wo sind wir? – Und warum?«

»Der Typ hat dich hergebracht. Ich glaube, du warst betäubt.« Hustedts Stimme klang gequält.

Vorsichtig drehte Ike ihren Kopf herum. Jetzt sah sie, dass sie bäuchlings halb unter einer Küchenspüle lag. Sie hatte sich den Kopf wohl an dem massiven Eisenrohr gestoßen, das über ihr in das Becken führte. Hinter dem anderen Ende der Abflussleitung, zwischen Fußboden und Befestigungsschelle, führte die Kette entlang, die die beiden Metallringe ihrer Handfesseln verband. Behutsam spannte sie die Muskeln ihrer Arme an und zog ihren Körper in Richtung ihrer Hände. Weil die Küchenzeile keine Türen oder Regalböden hatte, gelang es ihr, sich hochzustemmen. Mit eingezogenem Kopf konnte sie nun sitzen. So konnte sie ihren Rücken, den sie anscheinend nach hinten überdehnt und völlig verkrampft hatte, ein wenig entspannen. Dann suchte sie den Raum ab. Gegenüber, an der Eingangstür, fiel ihr Blick auf ihren Kollegen, der immer noch mit erhobenen Händen an den Türrahmen gefesselt war. Auch nicht wirklich bequem.

»Was will der Typ von uns, Sven?«

»Ist mir völlig verborgen geblieben bisher.« Sven fühlte angesichts seiner Schicksalsgefährtin ein klein wenig Belebung. »Ich stehe hier jedenfalls auch schon seit einigen Stunden und preise Gott.« Zur Erläuterung faltete er die Hände und schickte einen flehentlichen Stoßseufzer nach oben. »Nach ein, zwei Stunden taten mir meine Arme tierisch weh. Jetzt fühle ich eigentlich gar nichts mehr.«

Auch Ike versuchte es mit ein wenig Humor, der allerdings gequält klang: »Und ich rufe, wie es scheint, eher den Teufel an.« Sie richtete ihr Gesicht demonstrativ nach unten. »Jedenfalls waren die letzten Stunden die Hölle.« Sie überlegte, dann fuhr sie fort: »Sag mal, gibt es Menschen hier? Tritt doch einmal mit den Füßen gegen die Tür und schrei ganz laut!«

»Hab' ich, hab' ich. Wenn Lübeck irgendwo tot ist, dann hier. Keine Menschenseele. Kein Mucks von niemandem. Kein Auto. Gar nix.«

»Mist.« Ike murmelte das eher zu sich selbst. Bevor sie dazu kam weiterzusprechen, sprang die Tür vom Nebenraum auf. Karl Kamuschke beäugte kurz seine Gefangenen: »Wie geht's?« Dann ließ er seine Augen quer durch den Raum schweifen.

»Wer sind Sie? Was wollen Sie von uns?« Ikes Frage klang forscher, als sie beabsichtigt hatte.

»Wir wollen«, gab der Fremde ruhig zur Antwort, »dass ihr nicht über Dinge redet, die euch nichts angehen.«

»Wer ist ›wir‹?«, schob die Polizistin nach.

»Ich, Kiel, die Partei.« Die Stimme des kräftigen Mannes klang nicht unangenehm. Sie hatte auch nichts Ironisches oder Sarkastisches an sich. Man könnte sie sogar, unter anderen Umständen, freundlich nennen.

Sven klinkte sich ein: »Was haben Sie vor mit uns?«

»Wie gesagt«, Camus schaute Sven mit einem Ausdruck von Weltschmerz an, »wir wollen, dass ihr nicht redet.«

»Werden Sie uns …?«

»Auf jeden Fall werdet ihr weder weiter ermitteln noch irgendwelche bösartigen Gerüchte über gewisse Vorgänge verbreiten.«

»Wir sind beide von der Lübecker Polizei …« Kaum hatte Sven Hustedt dies ausgesprochen, war er schon unsicher, ob es klug gewesen war.

Ike beschäftigten trotz der beunruhigenden Antworten im Moment ganz lebenspraktische Dinge: »Kann ich mal aufs Klo?«

»Tu dir keinen Zwang an. Die Frage der Körperhygiene dürfte euer kleinstes Problem sein.« Auch dieser Satz klang sachlich, nicht hämisch.

Der Fremde verließ den Raum und kam nach wenigen Minuten mit einer Plastiktüte zurück, deren Inhalt er auf dem Tisch in der Mitte des Raumes ausschüttete. Bei dem, was er im Folgenden sagte, beobachtete er seine beiden Gefangen interessiert: »Ich werde euch jetzt miteinander verdrahten und das Schicksal eines jeden von euch in die Hände des anderen legen.«

Ratlos schaute Ike auf die Sachen, die nun ausgebreitet auf der Platte lagen: zwei kleine graue Päckchen, viele Schnüre oder Kabel, ein elektronisches Bauteil mit einigen Buchsen und Kippschaltern, ein Netzteil, zwei separate Druckschalter, drei verschiedene Zangen, Klebeband, Kleinmaterial.

»Ein wahrhaft dialektisches Junktim«, fügte Kamuschke bedeutungsvoll hinzu, »das Eine ist nicht ohne das Andere. Jeder ist, sofern der Andere ist, und er ist nicht, wenn der Andere nicht ist ...«

Um sieben Uhr fünfzehn erschienen der Leiter des K 1, Hans Sloboda, und die Oberkommissarin Ilka Gross am Tatort. Aufgeregt und konfus erläuterte Lars Müller-Hänisch ihnen, was seiner Ansicht nach vorgefallen war. Er verhaspelte sich ziemlich oft, brachte die Uhrzeiten durcheinander, widersprach sich. Die Beamten blickten sich vielsagend an, was aber an Lars unbemerkt vorüberging.

Der Chefermittler diktierte Anweisungen ins Mobiltelefon: »Hier Sloboda. Fahndung nach unserer Kollegin Kriminalkommissarin Ike Jensen. Aussehen ist Ihnen bekannt. Ach, noch was: Die KT muss kommen, schicken Sie Trude Koch und ihre Leute hierher! – Was? – Ja, Hansering, die Nummer schauen Sie in ihrer Personalakte nach, die weiß ich jetzt nicht.«

Der Hauptkommissar rieb sich die Ohrläppchen. Er war unkonzentriert. Die Sorge wegen der bevorstehenden Prostata-Operation seines Lebensgefährten ließ ihn auch bei der Arbeit nicht los. Sloboda gab sich einen Ruck und wandte sich wieder dem langen, dunkelhaarigen Mann zu, der sie gerufen hatte.

»Herr Müller-Sämig, gibt es –«

»Hänisch«, verbesserte der Angesprochene, »Müller-Hänisch.«

»Ja. Äh. Ich wollte wissen, ob es irgendwelche Hinweise auf den Täter gibt. Hat Frau Jensen, hat Ihre Freundin irgendetwas darüber gesagt?«

»N-nein.« Lars Müller-Hänisch schämte sich ein wenig darüber, dass er diese wichtige, wie sich jetzt zeigte: lebenswichtige, Frage gar nicht gestellt hatte.

»Wieso sind Sie denn eigentlich«, schaltete sich Oberkommissarin Gross ein, »um kurz nach fünf zu Frau Jensen gefahren? Ist das nicht eine etwas ungewöhnliche Zeit für einen Besuch?«

Der Psychologe stockte verunsichert. Verdächtigten sie etwa ihn, etwas mit Ikes Verschwinden zu tun zu haben?

»Ich weiß auch nicht, ich hatte so ein merkwürdiges Gefühl –«

»Ein merkwürdiges Gefühl?«, unterbrach Gross ihn schroff. »Sie hatten ein merkwürdiges Gefühl, dass Ihre angebliche Freundin zu Hause bei sich auf dem Boden liegt und mit Handschellen an ihre Heizung gefesselt ist?«

»Nicht direkt so.« Der Unterton der Frage und die Richtung, die das Gespräch nahm, gefielen Lars gar nicht. Er fühlte sich an seine Therapieausbildung erinnert. Der Leiter hatte auch oft diesen hämischen, unterstellenden Unterton an den Tag gelegt. Irgendwann hatte Lars damals zurückgeschossen. Dasselbe tat er jetzt: »Ja, ich habe manchmal so ein merkwürdiges Gefühl! Und bei Ihnen, liebe Frau Kommissarin«, die Anrede betonte er übertrieben höflich, »habe ich auch so ein merkwürdiges Gefühl. Und zwar erstens, dass Sie ziemlich frustriert sind. Und zweitens, dass Sie gar nicht so unglücklich über das Verschwinden Ihrer Kollegin sind!« Lars wusste genau, dass er zu weit gegangen war. Heute siegte jedoch sein erster Impuls über die Vernunft.

Ilka Gross fühlte sich ertappt, und ihre Nase färbte sich rosa. Was fiel diesem Menschen ein? Sie holte tief Luft: »Das ist ja –«

»Lassen wir das!«, schaltete ihr Chef sich ein. »Wo können wir Sie«, wandte er sich wieder Lars zu, »heute und in den nächsten Tagen erreichen?«

Lars gab, selbst ob seines Fehltrittes rot geworden, seine Privat- und seine Arbeitsadresse an und diktierte verschiedene Telefonnummern, die Sloboda in ein kleines Büchlein eintrug.

»Gut, Sie können jetzt gehen. – Wir melden uns bei Ihnen, wenn wir noch Fragen haben.«

Mit diesen Worten ließ ihn der Hauptkommissar stehen und besprach mit Ilka das weitere Vorgehen: »Ilka, du fängst oben an, ich unten. Wir fragen die Bewohner nach Auffälligkeiten, Geräuschen, das Übliche eben. Und dann treffen wir uns –«

»Tag, Slobbi!« Die allzeit respektlose Trude Koch war gerade eingetroffen, begleitet von einem Praktikanten, der unter ihrem Equipment ächzte.

»Wir treffen uns anschließend, so gegen zehn, wieder im BH, am besten in meinem Büro.« Sloboda ließ sich nicht aus der Ruhe bringen. Erst jetzt wandte er sich der Kollegin von der Spurensicherung zu. Die KT-Leiterin grinste ihn an: »Das wird ja ein interessantes Treffen: Ihr alle im BH – das würde ich mir gern anschauen.«

Sloboda ging nicht auf diesen alten Witz ein. Heute fiel es ihm schwer, die schnoddrige Art seiner Kollegin zu ertragen. »Hier hat sie gelegen.« Er zeigte auf die Heizung unter dem Wohnzimmerfenster.

Als Trude Koch des feuchten Flecks auf dem Teppichboden gewahr wurde, schüttelte sie den Kopf. »Tja, das vergessen die Leute von den Fernsehkrimis immer, dass die Opfer auch mal müssen. Und dann kommt die Angst hinzu … na ja«, sie schnüffelte, »Dekorporationen festerer Konsistenz sind uns anscheinend ja erspart geblieben.«

Hans Sloboda drückte den Klingelknopf der gegenüberliegenden Wohnung. Nach einer Weile war ein Schlurfen zu hören. Die Tür wurde geöffnet: »Ja?« Eine mittelalte Frau, auf billige Art herausgeputzt, öffnete.

»Kriminalpolizei, Hauptkommissar Hans Sloboda. Darf ich reinkommen?«

Die Frau reagierte nicht.

»Haben Sie heute Nacht oder am frühen Morgen etwas bei Frau Jensen gehört?«, stellte er seine Frage.

»Frau Jensen? Wer soll das sein?« Immer noch rührte die Nachbarin sich nicht.

»Frau Jensen von der Wohnung gegenüber.«

»Nee, die kenn' ich nich'. Was is' los mit der?«

»Sie wurde heute Nacht anscheinend überfallen und verschleppt. Haben Sie etwas gesehen oder gehört?«

»Nee.«

»Sind Ihnen verdächtige Personen aufgefallen? Vielleicht in den letzten Tagen?«, hakte der Kommissar nach, obwohl er bereits wusste, dass hier nichts zu holen war.

»Nee. – War's das?«

»Ja, das ist erst mal alles. Vielen Dank, Frau –« Sloboda beugte sich zur Seite und schrieb den Namen von dem Türschild aus fleckigem Aluminium ab. Da hatte die Frau die Tür bereits wieder geschlossen.

»Nette Nachbarn«, dachte er und ahnte, dass die Befragungen der anderen Mitbewohner nicht viel ergiebiger ausfallen würde.

Der Nieselregen war dichter geworden. Er fiel nahezu lautlos und schirmte das einsame Gartenhaus scheinbar von der Außenwelt ab. Drinnen verrichtete Camus seine Arbeit. Er war konzentriert und gut gelaunt, wie jemand, der die letzten Handgriffe seiner alltäglichen Arbeit vollführt, um anschließend in den Urlaub zu fahren und für die nächsten drei Wochen sein Büro nicht wieder zu betreten.

Ike fühlte sich zerschlagen. Ihr Rücken und ihre Hände schmerzten. Sie spürte, wie sich ihre Atemwege wieder ein wenig verengten, und sie musste sich zusammennehmen, um nicht zu husten. Das würde alles nur schlimmer machen. Bewusst und ruhig atmete sie ein und aus.

Sven stöhnte. Seine Schultern taten weh. Arme und Hände kribbelten jetzt, als wären ganze Ameisenvölker in ihren Blutbahnen unterwegs. Er drehte sich zu dem Mann um, der am Tisch stand und irgendetwas bastelte: »Können Sie mich nicht an der unteren Türangel festmachen? Ich kann nicht mehr länger so stehen!«

Camus blickte ihn interessiert an, sagte aber nichts, sondern fuhr fort, mit den Dingen auf dem Tisch zu hantieren.

Der merkwürdige Ausdruck in den Augen des Fremden lenkte Svens Aufmerksamkeit von seiner körperlichen Pein auf das Treiben am Tisch. Auch Ike hatte bei Svens Frage aufgeblickt und beobachtete nun den Entführer. Dieser kommentierte seine einzelnen Handgriffe mit verschiedenen, zufrieden klingenden Äußerungen. Gerade hatte er einige Drähte in ein zigarrenkästchengroßes Gerät gesteckt. Nun entrollte er ein zweiadriges Kabel, befestigte die Enden an einem der beiden handgroßen grauen Päckchen, die irgendein halbflexibles Material beinhalteten, und ging mit der Konstruktion auf Hustedt zu. Er zögerte kurz, drehte sich wieder um, kontrollierte etwas an dem Kasten, der wie ein Elektronik-Bauteil aussah, und meinte lakonisch: »Es soll ja noch nicht losgehen!« Dabei musterte Camus den Polizisten aufmerksam. Ihn interessierte der Moment, in dem Hustedt entdecken würde, dass er in einer tödlichen Falle sitzt. Wie würde er reagieren?

Das Päckchen in der Hand, suchte Camus nun nach einer geeigneten Stelle am Körper des Kommissars. Dann steckte er es ihm in die hintere Hosentasche.

»Jetzt ist es noch ausgeschaltet. Aber wenn ihr nachher«, bei diesen Worten nahm er das andere graue Päckchen in die Hand und befestigte es an Ikes Hosenbund, »die Kabel rauszieht, geht das Ganze in die Luft.«

Wieder schaute er seine Gefangenen prüfend an. Soeben hatten sie die Ausweglosigkeit ihrer Lage erkannt. Angst schlich sich in ihre Züge. Am liebsten hätte Camus sie jetzt und hier intensiv befragt: »Was denkst du jetzt? Woran merkst du, dass du Angst hast? Welche Vorstellung hast du vom Sterben? Glaubst du an irgendeine höhere Macht? Was ist der Sinn deines Lebens? Suchst du nach einem Ausweg oder gibst du dich dem Unausweichlichen hin?« Er wusste jedoch, dass er keine Antworten bekommen würde. Die Menschen sind nicht in der Lage, das Einmalige einer solchen Situation zu würdigen und angemessen darüber zu diskutieren.

»Power off«, kontrollierte Camus nochmals den Zündkasten. Dann nahm er die Druckschalter vom Tisch, verband diese über je zwei Kabel mit dem Steuergerät und gab Jensen und Hustedt je einen Schalter in die Hand.

»Festhalten und draufdrücken«, instruierte er sie knapp, »das ist eure Lebensversicherung.«

Sven sah ihn fragend an, Ike hatte jedoch sofort verstanden und wurde blass.

»Und wenn ich jetzt doch loslasse?«, fragte Sven naiv.

»Dann jagst du dich selbst in die Luft«, führte Ike den Gedanken aus.

»Falsch!«, korrigierte der Fremde. »Erinnert euch an die Hegel'sche Dialektik: Das Ich ist das Nicht-Du. Aber das Ich enthält, um das Nicht-Du sein zu können, das Du in sich. Also ist das

Ich nur, sofern das Du ist, und es ist nicht, wenn das Du nicht ist. Für euch heißt das: Jeder hat das Schicksal des Anderen in seiner Hand.«

»Wenn ich also den Knopf auf diesem Schalter hier loslasse«, Sven drehte das kleine Gehäuse mit dem runden Schalterknopf in seinen Händen ungläubig hin und her, »dann fliegt meine Kollegin …?«

»Genau. Und da ich nicht annehme, dass deine Kollegin, nachdem du sie in die Luft gesprengt hast, weiterhin auf den Knopf drücken wird, wird sich dann wohl auch dein Schicksal erfüllen.« Camus erklärte das ganz sachlich, ohne jeden Zynismus in der Stimme.

Nun verstand auch Sven Hustedt. Seine Gesichtsfarbe wechselte ins Weiße.

Zum Abschluss gab Camus den beiden seine letzten Instruktionen. Er sprach, als handelte es sich hier um einen wissenschaftlichen Versuchsaufbau, dessen Durchführung der Professor nun in die Hände seiner Assistenten legte: »Bevor ich jetzt an diesem Steuergerät«, er zeigte auf das Kästchen auf dem Tisch, »den Schalter auf ›On‹ stelle, gebe ich über den Timer drei Minuten Verzögerung ein. Ihr habt also etwas Zeit, um euch mit eurer Lage vertraut zu machen. Nach Ablauf dieser Zeit ertönt ein akustisches Signal. Spätestens dann«, dozierend hob er seinen Zeigefinger, »solltet ihr auf den Knopf drücken und nicht mehr loslassen, auch nicht für den Bruchteil einer Sekunde. Die Sensibilität ist auf hoch eingestellt.« Forschend blickte er beide an und fügte dann hinzu: »Wenn einer von euch sich allerdings entscheidet, es lieber gleich hinter sich zu bringen …«

Camus wandte sich zur Tür.

»Und wann kommen Sie zurück?«, rief Hustedt hinter ihm her.

Der Mann antwortete nicht.

»WANN KOMMEN SIE ZURÜCK?«, schrie Hustedt noch einmal, während die Tür des Gartenhauses ins Schloss fiel.

XXI

Dienstag, 1. April, Vormittag

Das Handy schreckte Sloboda aus seinen sorgenvollen Gedanken auf. Gerade hatte er die letzten Bewohner des Hauses befragt und wollte in seine Borgward-Limousine steigen.

»Ja?«, meldete er sich geistesabwesend.

»Potthof vom Vierten hier. Herr Hauptkommissar, heute Nacht wurden wir zu einer brennenden Mülltonne auf dem Grundstück von Heiner Nehlsen gerufen.«

»Und?« Sloboda verstand nicht gleich.

»Weil Bender und ich gerade in der Nähe auf Tour waren, konnten wir das Feuer selbst löschen. Die Reste, die wir vorfanden, haben wir in die Kriminaltechnik gebracht. Wir halten es für möglich, dass jemand Beweisstücke des Mordes beseitigen wollte. Es handelte sich unter anderem um Reste eines dunklen Umhangs sowie einer Maske. Die anderen Teile konnten wir nicht identifizieren. Darüber wird dann die technische Untersuchung Aufschluss geben.«

»Danke. Sehr gut, Potthof.«

Sloboda war nicht bei der Sache. Er machte sich Sorgen. Um seine Kollegin. Und mehr noch um seinen Freund.

Seit einer guten halben Stunde strich ein Individuum um das Domgebäude herum. Eine Zeitlang hatte es ausgesehen, als könnte sich das Licht des anbrechenden Tages gegen den schleswig-holsteinischen Landregen, wie er hier genannt wurde, durchsetzen. Doch nun hingen schwere graue Wolken über dem Kirchengelände. Gerade fielen erste erbsengroße Tropfen und zerplatzten auf dem Pflaster des Domzuweges.

Den einsamen Menschen störte das nicht. Vielmehr reckte er sich der Nässe entgegen, suchte den anwachsenden Regen, nahm ihn dankbar an. Den Kragen, den er gegen die Kälte eben noch zusammengehalten hatte, ließ er nun los. Er ließ die dicken Tropfen auf den Kopf treffen, so dass sich die Haare mit der reinigenden Nässe vollsaugen konnten. Allmählich glätteten sich die dunklen Wellen und Krausen, bündelten sich zu einzelnen triefenden Strähnen. An deren Spitzen rann das Wasser Hals und Nacken hinunter.

Die kühle Feuchtigkeit vertrieb die düsteren Szenen oder drängte sie zumindest für ein paar Augenblicke in den Hintergrund: Bilder, die immer wieder ins Bewusstsein drängten, in Träumen, Phantasien, Erinnerungen, Vorstellungen; Geräusche, die in irgendeinem realen Ton ihren Ausgang nahmen, sich von diesem ablösten, die schließlich ohrenbetäubend anschwollen und sich in das entsetzte Schreien eines Mannes im Todeskampf verwandelten: des Mannes, den die Person getötet hatte. Die Person fühlte Schuld, die wie eine Schar schwarzer Rabenkrähen auf ihren Schultern hockte.

Zehn Minuten vor neun öffnete sich die Tür des Pastorats. Kurt Bendixen trat ins Freie und schaute zum Himmel. Hellblonde, fast leuchtende, federnde Löckchen umrahmten aureolenartig seinen Kopf. Wie immer dienstags kurz vor dem Beginn seiner Sprechstunde machte er eine kurze Runde über den Kirchhof, um sich an der frischen Luft zu sammeln und auf die Gespräche und Begegnungen, die ihm den Vormittag über bevorstanden, einzustimmen. Er schlug die Kapuze seines hellblauen Anoraks hoch.

»Herr Pastor Bendixen?«

Eine belegte Stimme holte ihn aus seinen Gedanken. Er drehte sich um. Gegenüber der kräftigen Gestalt, die plötzlich vor ihm stand, fühlte sich Bendixen klein. Die Person ließ die Schultern nach vorn hängen. Der Regen lief ihr über den unbedeckten Kopf in den offenen Kragen. Anscheinend registrierte sie das gar nicht. Nur mit Mühe, so schien es, konnte dieser notleidende Mensch ihn anschauen.

»Entschuldigen Sie bitte, dass ich …«

»Guten Morgen.« Der Pastor strahlte freundliche Wärme aus. »Was gibt's denn?« Die samtweiche Stimme des Dompastors klang ermutigend.

»Entschuldigen Sie bitte, aber ich … ich habe mich nicht getraut …«

»Sie dürfen mir einfach sagen, was ich für Sie tun kann«, äußerte der Pastor einladend.

»Ich möchte … ich hätte gern … ein Gespräch mit Ihnen.«

»Sehr gerne. – Passt es Ihnen«, überlegte der Seelsorger, »am kommenden Montag, da hab' ich frei, sagen wir um elf?«

»Ja, vielen Dank, Montag um elf. Das passt mir gut. Ich … äh … ich habe nämlich etwas sehr Schlimmes getan.«

Nachdem sich die Person umgedreht hatte und davonging, blieb Kurt Bendixen mit klopfendem Herzen zurück.

Erika Andresen hatte lange mit sich gekämpft, ob sie es sagen sollte. Familiäre Loyalität wie auch der Wunsch, nach außen alles im besten Lichte erscheinen zu lassen, und andererseits Gesetzestreue und Pflichtgefühl hatten einen Kampf ausgefochten, aus dem letzten Endes der Wunsch nach Aufklärung des Mordes an ihrem Mann siegreich hervorgegangen war. Entschlossen betrat sie das Polizeihochhaus an der Possehlstraße und verlangte an der Rezeption, einen für den Mordfall Andresen zuständigen Beamten zu sprechen.

»Warum haben Sie uns das bei der ersten Befragung verschwiegen?«, wurde sie zehn Minuten später gefragt. Kriminalhauptkommissar Manfred Deutschmann versuchte, streng auszusehen. In Wirklichkeit war es ihm längst egal, was er hier tat. Seit Jahren fühlte er sich, was sein berufliches Fortkommen anbelangte, auf dem Abstellgleis, während andere an ihm vorüberzogen. Seine außerordentlichen Fähigkeiten im IT-Bereich würdigte man nicht, was die Kollegen jedoch nicht daran hinderte, sie bei Bedarf wie selbstverständlich abzurufen. Dennoch genügte sein leerer, scheinbar forschender Blick, um die Frau einzuschüchtern. Überdies konnte sie einfach nicht lügen: »Ich wollte meinen Mann nicht belasten, und dann die Familie, wissen Sie …?«

Deutschmann wusste nicht. Er ging aber nicht weiter darauf ein. Stattdessen setzte er eine förmliche Miene auf und begann die Vernehmung. Am Ende las er Frau Andresen das Protokoll ihrer Aussage vor:

Am Dienstag, den und so weiter, um und so weiter, erschien Erika Andresen, die Ehefrau des Ermordeten Rudolf Andresen, vor dem Kriminalhauptkommissar Manfred Deutschmann und gab zu Protokoll …

Der Kommissar blickte kurz auf und flocht seinen Zeigefinger in den wirren Vollbart.

Mein Mann Rudolf ging seit über zehn Jahren keiner geregelten Beschäftigung mehr nach. Vor elf Jahren erlitt er mit seiner Baufirma einen Konkurs. Damals gab es Ermittlungen wegen des Verdachts der Konkursverschleppung, des betrügerischen Konkurses, der Veruntreuung von Gehältern und Betriebsvermögen und wegen anderer Taten im Zusammenhang mit dem Konkurs.

Unbewegt hörte Erika Andresen zu.

Das Verfahren wurde damals eingestellt, was mich überraschte, weil mir einige Vorgänge höchst verdächtig vorkamen. Mein Mann hatte mir gesagt, dass eine Verurteilung politisch nicht gewollt sei. Als ich ihn damals fragte, was er denn damit meine, deutete er an, dass gewisse Leute in Kiel ihre Hände über ihn hielten, weil er zu viel wisse. An Namen kann ich mich nicht erinnern. Nur einmal sagte er so etwas wie: ›Die Made ist eben unersättlich.‹ Was oder wen er damit meinte, weiß ich nicht. Ich kann nur vermuten, dass es mit den Montagearbeiten seiner Baufirma in Texas und in der Türkei zu tun hatte, und ich glaube, auch in Kurdistan. Zumindest deutete er einmal so etwas an. An den genauen Wortlaut kann ich mich nicht erinnern. Er hatte damals viel im Ausland zu tun und war am Bau großer Fabriken beteiligt. Er machte die Schalungs- und Betonarbeiten. Der letzte Auftrag war der Bau eines Chemiewerkes im Südosten der Türkei.

Die elegant gekleidete Frau räusperte sich und setzte sich auf dem Stuhl zurecht.

Merkwürdig fand ich, dass er immer Geld hatte. Als Lehrerin verdiene ich nicht schlecht, aber wegen des Hauses und meines Sohnes, der ewiger Student in Göttingen ist, können wir keine großen Sprünge machen. Ich weiß, dass Rudi oft in Spielcasinos gegangen ist. Er erzählte mir immer, wenn ich ihn nach seinen Geldquellen fragte, dass er dort größere Summen gewonnen habe. Natürlich war ich skeptisch, weil ich ja weiß, dass man statistisch gesehen nicht über längere Zeit gewinnen kann. Aber ich wollte das auch lieber nicht so genau wissen. Außerdem habe ich auch den Verdacht …

Hätte Deutschmann die Zeugin genauer beobachtet, hätte er feststellen können, dass Tränen in ihre Augen traten. Sie biss sich auf die Innenseite ihrer Unterlippe und atmete flach und lautlos. Dabei strich sie mechanisch über die Hose ihres Leinenkostüms. Unbeirrt las der Kommissar weiter:

… dass er sich mit anderen Frauen getroffen hat, die er bezahlt hat. Einmal sah ich nämlich, wie er mehrere Fünfzig-Euro-Scheine einsteckte, als er abends weggehen wollte.

Frau Andresen hatte ihre Fassung wiedergefunden.

Ein- oder zweimal pro Jahr fuhr er mit einem Mann, den ich nicht kannte, für einige Tage in die Schweiz oder vielleicht auch nach Liechtenstein. Seit einiger Zeit liest man ja immer wieder über die obskuren Geldanlagen auf diesen Nummernkonten, und ich hatte manchmal Angst, dass eines Tages die Fahnder auch vor unserer Tür stehen. Den Fremden habe ich einmal gesehen, ich kann mich aber überhaupt nicht mehr an sein Aussehen erinnern. Nur, dass Rudolf ihn mit dem Namen irgendeines Schriftstellers oder Philosophen ansprach. Ich weiß noch, dass ich fand, dass der Name gut zu ihm passte. Er hatte irgendetwas Düsteres an sich.

Weil sie das Camembertbrötchen nicht aus der Hand legen wollte, nahm Ilka Gross den Telefonhörer in die Hand und wählte Slobodas Nummer, dessen Büro sich nur wenige Meter neben ihrem befand.

»Hans, sag' mal, hast du Sven gesehen?«, kaute sie in den Hörer. In ihrem blassen, runden Gesicht hob sich die Nase spitz ab, die sich vor Aufregung rosa gefärbt hatte. Sie hegte einen Verdacht.

»Hmh«, sinnierte sie nach einer kurzen Pause, »hier ist er nämlich auch nicht. Er hat sich auch nicht krank gemeldet, oder?«

Auch diese Frage wurde negativ beschieden. Ihren Argwohn niederkämpfend, ließ Ilka ihren Vorgesetzten wissen, dass sie bei Sven zu Hause anrufen und Sloboda umgehend über dessen Verbleib informieren werde.

Wenige Minuten später – gerade hatte sie das Gespräch mit Lissi Hustedt, Svens Frau, beendet – tauchte Deutschmann in der Tür auf und teilte in bekannt unbeteiligter Manier mit, man solle sich gleich in Slobodas Büro treffen.

»Haben Sie Sven heute schon gesehen?«

Deutschmann schüttelte lustlos seinen Kopf.

Ilka wusste, dass sie eigentlich lieber nichts sagen sollte, schon gar nicht ihrem mürrischen Kollegen gegenüber. Aber ihre Ahnung musste sich Luft verschaffen: »Ike nicht da, Sven nicht da – na, man kann sich ja denken, was los ist! Wahrscheinlich hat unsere liebe

Kollegin«, das Wort »liebe« unterlegte die Kommissarin mit einem schnippischen Tonfall, »Sven gerade aus einer nicht vorhandenen midlife crisis errettet.«

»Ich mag sie auch nicht besonders«, gab Deutschmann tonlos zurück.

»Wen?« Ilka war irritiert.

»Na, die Jensen. Den Chef hat sie auch schon um den Finger gewickelt«, erwiderte er, »aber das geht mich ja alles nichts mehr an.«

»Ach, äh …« Sicherheitshalber biss Ilka erst einmal wieder in ihr Brötchen, das sie fast vergessen hatte. Kauend ergänzte sie: »Na ja, wie auch immer, gehen wir. Wir sollten doch zu Hans – äh – Sloboda«, verbesserte sie sich, weil sie sich an die Animositäten zwischen Deutschmann und dem Leiter des K 1 erinnerte. Ihr Ärger über Ike war fast verraucht. Das Schlimmste war, dass sie ihre neue Kollegin eigentlich ganz gern mochte. Aber Sven mochte sie noch viel lieber.

Kurz darauf saßen oder standen sie im Büro des Kommissariatsleiters im siebten Stock des Behördenhauses an der Possehlstraße zusammen: Hans Sloboda, der aus Angst um seinen Freund Uri seit Tagen neben sich stand, Manfred Deutschmann, innerlich abwesend und wie immer demonstrativ an den Türrahmen gelehnt, Ilka Gross, zu ihrem eigenen Leidwesen weniger wütend als vielmehr besorgt, sowie die ebenso hübsche wie kühle Paula Potthof und ihr humorloser, aber treuer Kollege vom vierten Polizeirevier, Ulf Bender. Die beiden Polizeimeister waren der Mordkommission vorübergehend zugeordnet, hatten aber trotzdem wegen chronischen Personalmangels in der letzten Nacht Streifendienst gehabt. Sloboda hatte sie gebeten, noch an dieser Besprechung teilzunehmen, bevor sie in ihren wohlverdienten Feierabend beziehungsweise -morgen gingen.

»Die Fahndung nach Kollegin Jensen ist raus«, eröffnete der Erste Kriminalhauptkommissar die Zusammenkunft. »Bender und Potthof haben bereits alle Streifen und Dienststellen informiert. Hilde Marquardt ruft derzeit bei allen Krankenhäusern und chirurgischen Notfallpraxen in der Umgebung an.«

Hilde war Schreibkraft im K 1, die sich weniger für Schriftverkehr, dafür aber für Kommunikation, Sozialverträglichkeit und leibliches Wohl zuständig fühlte und somit der eigentliche Machtfaktor im Getriebe des Kommissariats war. Tipp-Aufträge empfand sie als Zumutung, was sie auch jeden spüren ließ.

»Nun können wir eigentlich nur abwarten«, fuhr Sloboda fort.

»Und Sven?«, unterbrach ihn Gross.

»Was?«

»Sven ist auch nicht gekommen. Seine Frau weiß nicht, wo er ist. Er ist gestern Abend kurz nach acht einfach abgehauen und nicht wiedergekommen. Die ganze Nacht nicht.«

»Gab es Streit?«, mischte sich Potthof sachlich ein.

»Ja«, antwortete Ilka, »es hat wohl einen ziemlich heftigen Streit gegeben, meinte jedenfalls Lissi – Svens Frau. Aber sie sagte, dass sie gar nicht wusste, worum es eigentlich ging. Sie hatte eher das Gefühl, dass Sven Streit suchte, um weggehen zu können.«

»Hat jemand eine Idee, wo er sein könnte?«, fragte Sloboda müde nach.

Vom Türrahmen, wo Deutschmann stand, kam ein abfälliges Grunzen: »Sagen Sie es doch, Gross!«

»Ja, also«, Ilka fiel es sichtlich schwer zu sagen, was gesagt werden musste: »Also, ich glaube, die beiden, Sven und Ike, die treffen sich privat …«

»Gibt es denn Anhaltspunkte, dass Sven gestern ebenfalls bei Jensen war?« Nun schien der oberste Ermittler wach zu werden.

»Dieser Müller-Sowieso hat nichts von einem weiteren Besucher gesagt«, erwiderte Ilka, »und die Befragungen der Bewohner haben auch nichts ergeben, soviel ich weiß.« Fragend guckte sie zum Chef hinüber. »Und Svens Frau hat auch nichts Derartiges erwähnt.«

»In Jensens Wohnung haben wir ebenfalls keine Hinweise auf Sven gefunden«, ergänzte Sloboda.

»Na, danach haben Sie ja wohl auch nicht gesucht«, tönte es mürrisch von der Tür.

Auf einmal nahm Ilka die Spannungen wahr, die unausgesprochen zwischen den Anwesenden herrschten. Im Moment konnte sie das überhaupt nicht ertragen. Hilfe suchend blickte sie Paula Potthof an, die sofort reagierte: »Ich gebe das gleich an den Kriminaldauerdienst weiter. Die sollen auch Hustedt in die Fahndung nehmen.« Selbstbewusst griff sie an Sloboda vorbei, der halb auf der Kante seines Schreibtisches saß, und angelte das Telefon zu sich herüber.

»Wie gesagt, jetzt müssen wir abwarten«, nahm Sloboda den Faden wieder auf, nachdem Potthof den Suchauftrag durchgegeben hatte, »bis sich irgendwer meldet, ein Krankenhaus, eine Streife –«

»Oder irgendein Irrer, der Polizeibeamte sammelt«, warf Deutschmann sarkastisch dazwischen, »und der jetzt wissen will, wie man sie am besten präpariert.«

»Darum möchte ich jetzt«, Sloboda ignorierte Deutschmanns Bemerkung einfach, »dass wir uns alle wieder dem Mordfall zuwenden. Möglicherweise ergibt das alles irgendeinen Sinn, vielleicht hängt das alles sogar irgendwie zusammen.«

Das Wort »irgendwie« hing im Raum und schien in allen noch ein Weilchen nachzuklingen und die verschiedensten Assoziationen auszulösen.

»Ich hol uns erst mal Kaffee.« Ilka fing sich als Erste und marschierte in Richtung Küche.

Aber auch nachdem jeder eine Tasse vor sich stehen hatte, wagte niemand, seine Gedanken zu äußern.

»Könnte Ikes Entführung –«. Ilka durchbrach das bedrückende Schweigen.

»Wieso Entführung? Ist denn klar, dass es sich um eine Entführung handelt?«, widersprach Deutschmann.

»Wir gehen einmal von der Hypothese aus«, schaltete sich Sloboda ein. »Nach der Aussage ihres Freundes Müller-Hänisch hatte Jensen berichtet, von einem Fremden an die Heizung gekettet worden zu sein – mit ihren eigenen Handschellen. Als ihr Freund von der Apotheke zurückkam, waren Jensen und die Handschellen weg. Also liegt die Vermutung nahe, dass der Unbekannte es sich anders überlegt hat, zurückgekehrt ist und Jensen entführt hat.«

»Hat er gesagt«, mischte sich Deutschmann erneut kritisch ein.

Hans Sloboda rieb sich die Ohrläppchen: »Ja, so hat er sich geäußert. Und bisher gibt es keinen Grund, das anzuzweifeln. – Also gehen wir mal davon aus, dass Jensen entführt wurde.«

»Bei der Frage nach dem Warum und nach dem Täter fällt mir nur ein«, Ilka Gross überlegte, »sie hat doch diesen Typ in Kiel befragt, wie hieß der noch?«

»Mader, Benedikt Mader.« Der Leiter des K 1 seufzte. »An dem ist Jörg Wächter schon dran, in der Betrugssache Hilgado. Aber den sollten auch wir nochmals befragen. Damit werden wir uns Ärger einhandeln, denn Reitner hat deutlich zu verstehen gegeben, dass diesbezügliche Schritte mit ihm abzustimmen sind. Mit anderen Worten: Solange wir nichts gegen den Staatssekretär in der Hand haben, wird sich der Kriminaldirektor rettend vor seine politischen Freunde in Kiel werfen.«

»Ob es einen Zusammenhang zwischen dem Mord und dem Betrugsfall gibt? Vielleicht hat Mader diesen Andresen aus dem Weg geräumt, weil der irgendwas wusste. Kollege«, jetzt wandte sich Ilka an Manfred Deutschmann, »Sie hatten doch vorhin die Frau des Opfers zur Vernehmung. Was hat die denn ausgesagt?«

Gelangweilt zog der Angesprochene ein Schriftstück aus seinen Unterlagen und guckte fragend zu Sloboda hinüber. Hauptkommissar Manfred Deutschmann hatte vor vier Jahren, als man Sloboda statt ihn mit der Leitung des Kommissariats 1 für Todesermittlungsverfahren betraut hatte, begonnen, eine förmliche Distanz aufzubauen. Deutschmann, der Ältere, hatte immer angenommen, ein Anrecht auf die Nachfolge des alten Chefs zu haben, zumal er Hans, mit dem er jahrelang zusammen Streife gefahren war, sozusagen angelernt hatte. Er hatte ihm damals wichtige Interna erläutert, Tricks verraten, Tipps gegeben, ihn sogar einige Male, als Hans in Schwierigkeiten geraten war, selbstlos in Schutz genommen. Es war so etwas wie Freundschaft daraus geworden. Sie endete als der Jüngere die Beförderung nicht zugunsten seines alten Förderers abgelehnt hatte. Seither ging Deutschmann ihm nach Möglichkeit aus dem Weg.

Sloboda nickte ihm zu und Deutschmann begann, das Protokoll der Aussage von Erika Andresen zu verlesen.

»Na, da hätten wir ja ein Motiv«, ergriff Ilka aufgeregt das Wort. »Andresen erpresst Mader, und der lässt ihn halt kalt machen. Ich meine: heiß machen, sehr heiß sogar …«

»Ich halte das für unwahrscheinlich.« Paula Potthofs Stimme klang sachlich. Alle wandten sich zu ihr um. Da sie seit einiger Zeit nichts gesagt hatte, klang ihr Wort jetzt umso gewichtiger. »Ein Politiker würde sich nicht mit so etwas abgeben. Das wäre viel zu gefährlich für die Karriere. Außerdem gibt es bisher keinerlei Hinweise auf eine Verwicklung Maders in diesen Mordfall. Demgegenüber gibt es doch eine Menge Indizien, die auf Heiner Nehlsen als Täter hinweisen. Zum Beispiel die Mülltonne, die heute Nacht auf Nehlsens Gelände in Brand gesteckt wurde.«

Auf die erstaunten Gesichter von Gross und Deutschmann hin berichtete sie nochmals von dem Vorfall: dem Anruf des Nachtwächters Gero Altmann von der Firma Hilgado, dem Löschen der Tonne, der Sicherstellung einer halb verbrannten Maske und eines Gewandes. Beide Gegenstände sowie einige weitere schwer identifizierbare Beweisstücke waren gleich in die Kriminaltechnik gebracht worden.

»Ich empfehle also«, schloss die große Polizistin ihren Bericht, »dass wir uns nunmehr zuerst den Fakten zuwenden.«

Sloboda empfand diese Bemerkung als Ohrfeige, die er allerdings auch verdient hatte. Er war verantwortlich für die Richtung, die die Ermittlung nahm, für das strukturierte Vorgehen aller Mitarbeiter. Statt sich hier weiter in Spekulationen zu ergehen, sollten sie sich um das kümmern, was sie hatten.

»Kollegin Potthof hat Recht. Ob es sich bei den sichergestellten Gegenständen um verwertbare Beweise handelt, wird die Untersuchung ergeben. – Was wissen wir also noch? Wir wissen, dass Nehlsens Frau eine Affäre mit Andresen hatte und ihren Mann vermutlich verlassen wollte. Das wäre in der Tat ein Motiv.«

»Oder«, jetzt meldete sich Bender erstmals zu Wort, »Frau Andresen hat sich an ihrem Mann gerächt. Immerhin hat sie etwas von seinem ewigen Fremdgehen geahnt.« Ergeben schaute Bender seine Kollegin Paula Potthof an.

Deutschmann, mittlerweile von ungewohntem Engagement beseelt, meldete sich wieder zu Wort: »Ich habe mir inzwischen den PC von Rudolf Andresen genauer angesehen. Es sind zwar keine Dateien oder Internet-Adressen gespeichert, aber anhand der Spuren, die jeder Surfer im Internet hinterlässt, konnte ich nachvollziehen, dass er sich regelmäßig in einschlägigen Chatrooms aufgehalten hat. Das heißt, er hat sich anscheinend mit anonymen Sextreffs die Zeit vertrieben. Wir sollten uns also in dieser Szene mal umschauen.«

»Das würde bedeuten, dass ihn eine seiner Zufallsbekanntschaften ermordet hat? Dass sein letztes sexuelles Abenteuer irgendwie aus dem Ruder gelaufen ist?« Sloboda guckte Deutschmann zweifelnd an. »Aber wieso kriegt dann Jensen diesen Anruf?«

»Was ich irgendwie nicht verstehe, darüber mache ich mir schon die ganze Zeit Gedanken«, überlegte Ilka Gross mit gefurchter Stirn, »wieso wurde Andresen ausgerechnet gekocht? Wieso macht sich jemand die Mühe, ihn zu kochen?«

»Das könnte natürlich eine Bedeutung haben, Ilka, muss es aber nicht. Vielleicht hat es einfach nur mit der Umgebung zu tun: Irgendjemand, vielleicht einer der Arbeiter, macht den ganzen Tag nichts anderes als kochen: Er kocht Gemüsesuppen ein, Würstchen, Kompott und so weiter. Dann liegt es für ihn vielleicht nahe, auch mit seinem Opfer das zu machen, was er immer macht: kochen eben.« Der Einsatzleiter wirkte selbst nicht überzeugt von seiner Argumentation.

Ilka Gross sinnierte unbeirrt weiter: »Ich finde, Kollege Deutschmann hat Recht: Die ganze Tat weist doch darauf hin, dass sie in einem Zusammenhang mit Sex steht. Denkt doch mal an Andresens Aufmachung: das Latex-Zeugs, das er anhatte, die Sachen aus seiner Handtasche: Kondome, Mundspray, Viagra. Das sieht doch nach bestelltem Sex aus. Anonymem Sex. Perversem Sex.«

»Und den Zettel mit der Aufschrift ›Ich bin ein Schwein‹ dürfen wir auch nicht vergessen«, fügte Potthof pragmatisch hinzu.

»Das klingt mehr nach Rache, würde ich sagen, aber Rache wegen irgendeiner sexuellen Tat«, resümierte Sloboda. Seine sonst so eisblauen Augen wirkten stumpf – wie schmutziges Tauwasser.

»Dabei fällt mir ein«, unterbrach Ilka ihren Vorgesetzten, »wir, ich meine Sven und ich, haben ja die Arbeiter von Hilgado befragt. Eine Arbeiterin, wie hieß sie gleich?« Sie kramte in ihren Unterlagen. «Ja, da hab' ich es, sie heißt Christiane Breitenbach. Also diese Frau ist seit ungefähr acht Monaten bei der Firma und arbeitet an der Abfüllanlage. Sie sagt, vor einigen Tagen habe sie einen Streit mitbekommen zwischen ihrem Chef Nehlsen und einem Mann, den sie nicht kannte. Aber ihre Beschreibung passt auf das Mordopfer.«

»Das würde ja unsere Vermutung stützen«, gab Hans Sloboda zu und zupfte wieder an seinem Ohrläppchen. Im Moment hatte er seinen Freund und dessen Prostata-Karzinom völlig vergessen. »Wir werden Nehlsen und seine Frau nochmals vernehmen, getrennt voneinander. – Ilka, kannst du beide für heute Nachmittag einbestellen?«

»Mach ich.« Sie machte sich eine Notiz auf die Rückseite des Zettels, auf dem sie den Namen der Arbeiterin notiert hatte.

»Und sag mal, Ilka«, wollte der leitende Kommissar wissen, »wo und wie ist denn diese Breitenberg –«

»Breitenbach, Hans«, verbesserte die Oberkommissarin und tunkte den Rest ihres zweiten Brötchens in den Kaffee, »Christiane Breitenbach.«

Jetzt hatte Sloboda vergessen, was er eigentlich fragen wollte. Er dachte wieder an Uri.

XXII

Dienstag, 1. April, Mittag

»Du musst schön ruhig bleiben!« Besorgt musterte Ike Jensen ihren Kollegen.

»Dieser Teufel!«, keuchte Sven Hustedt.

»Schau mal! Der Knopf ist groß genug, dass du die Hand wechseln kannst.« Die junge Frau kauerte seitlich verdreht und mit eingezogenem Kopf unter der Spüle, während ihre zusammengebundenen Hände kurz über dem Boden an das Wasserrohr gekettet waren. Vorsichtig drehte sie das kleine Kästchen mit dem Schalter in ihren Händen. Der Daumen der Linken gab die Hälfte des Drucktasters frei, während der rechte Daumen behutsam übernahm. Angespannt achtete sie darauf, den Knopf nicht loszulassen.

»Du hast gut reden, Ike. Deine Hände sind unten. Ich muss meine Arme schon seit Stunden hoch halten. Ich fühl' überhaupt nichts mehr. Abgesehen davon, dass meine Hände eiskalt sind.«

Sven verlagerte das Gewicht aufs andere Bein.

»Du siehst aus wie ein Prediger, so wie du dastehst.« Ike versuchte, ihren Kollegen mit Spott von seiner Lage abzulenken.

»Halt's Maul! Ich kann bald nicht mehr. Und außerdem hab' ich 'n Scheiß-Durst. Und pissen muss ich auch!«

»Ja«, lenkte die Kommissarin ein, »ich auch. Aber weißt du, das ist sowieso egal. Ich hab' schon in die Hose gemacht.«

Sven warf Ike einen entgeisterten Blick zu. Gestern Abend war er mit völlig anderen Absichten zu ihr gegangen. Und jetzt waren sie hier und er stellte sich vor, dass sich seine attraktive Kollegin gerade in die Hose gemacht hatte. Sein Harndrang verstärkte sich. »Was soll's?«, ging es ihm durch den Kopf, »warum soll ich mich weiter quälen?«

Als er losließ, fühlte er sich gleich etwas entspannter. Daran, dass es gleich unangenehm kalt werden würde, wollte er im Moment nicht denken. Lieber ließ er seine Gedanken schweifen – er dachte an seine Familie, seine Frau, seine Kinder. Sofort machte sich das vertraute Ziehen im Magen wieder bemerkbar.

Sven fühlte sich eingeengt vom Toben der Kleinen und von der ewig gestressten Lissi, die ihn nicht mehr an sich heran ließ. Er wusste nur nicht, ob er etwas falsch gemacht hatte. Waren die Gefühle zwischen ihm und seiner Frau tot? Gab es überhaupt eine Zukunft für sie als Paar? Als er sich vorstellte, aus seiner extrem unangenehmen Lage befreit zu werden, fühlte er keine Sehnsucht nach seinem Zuhause. Vielmehr sah er sich ziellos durch Lübecks Straßen streifen.

Wieder blickte er zu seiner Kollegin hinüber. Eine Nacht lang hatte er gedacht, dass sie für ihn vielleicht der Ausweg aus Erstarrung und Gleichgültigkeit sein könnte. Er hatte sich das eingeredet: die Trennung von Lissi, eine neue Liebe, begehrt werden, sich wieder auf etwas freuen können, vielleicht irgendwann einmal mit Ike zusammenwohnen, seine Kinder sehen, wann er es wollte ... Aber wenn er ehrlich war, musste er sich eingestehen, dass die gemeinsame Nacht einen schalen Nachgeschmack hatte. Er fühlte sich von Ike benutzt, denn ihre Gefühle galten offensichtlich einem anderen. Aber, hatte er sie nicht auch benutzt, um sich an Lissi für die Zurückweisungen zu rächen? Eine drückende Leere machte sich in Sven breit. Es gab nichts, was er sich im Moment wünschte, nichts was ihn anzog, ihn erfüllte. Was würde es schon bedeuten, wenn er den Knopf einfach losließ?

Ike schaute zu ihm hin. Die Erinnerungen an letzte Nacht bestürmten sie wieder. Dabei waren der Überfall, der kurze Kampf, die Überwältigung gar nicht das Schlimmste. Auch dass sie jetzt hier hockte, bereitete ihr zwar Angst, aber keine Panik. Ganz anders war es, wenn sie an Lars' Zärtlichkeit und Fürsorge dachte. In seiner Obhut hatte sie die inneren Barrieren gelöst, so dass die Bilder aus ihrer Kindheit an die Oberfläche kommen konnten. Ihr Onkel, der einerseits so lieb und zärtlich war, hatte andererseits diese brutalen, schlimmen Dinge mit ihr gemacht, für die sie kaum Worte fand. Wieder quollen Bilder und Szenen aus dem Dunkel hervor und fluteten ihr Bewusstsein. Sie durfte die Augen nicht schließen! Eine Welle von Panik brandete heran und verengte ihre Atemwege. »Ruhig!«, redete Ike sich gut zu. »Atme ruhig und gleichmäßig!« Das Notfallspray hatte sie sich noch von Lars in die Hände geben lassen, als sie gefesselt in ihrer Wohnung gelegen hatte. Für alle

Fälle, hatte er gemeint, bis ich wieder da bin. Sie schaute an sich herunter. Richtig, die Tasche der Jeans war ausgebeult. Hatte der Fremde ihr das Aerosol vorsorglich in die Tasche gesteckt? Ein wahrer Menschenfreund!, dachte sie. Ein zynisches Lächeln verzog ihren Mund.

Ablenkung tat gut. Sie durfte nicht weiter in sich hineinhorchen. Also lenkte sie ihre Aufmerksamkeit auf die körperlichen Schmerzen: die geschundenen Handgelenke, die verdrehte Wirbelsäule, den verspannten Nacken, die Kopfschmerzen. Der Bauch tat auch weh, dort, wo ihr Leib wegen der zusammengesunkenen Haltung abgeknickt war. Als sie zu dem Mann an der Tür hinüberschaute, erschrak sie. Ihr war, als könnte sie sehen, was er dachte.

»Sven! Was ist los?«, rief sie ihn an.

Lethargisch erwiderte er ihren Blick. Sein Gesicht war so grau wie der Himmel, der durch einen Spalt in den Vorhängen zu sehen war. Svens Stimme klang leise und resigniert. Es schien ihm ernst zu sein.

»Ich halte es nicht mehr aus.«

»Sven!«

»Ich kann den Knopf nicht mehr … Und wozu soll ich denn noch …?«

»He, Sven! Sprich mit mir! Schau mich an!«

Müde drehte Sven seinen Kopf ein wenig in ihre Richtung: »Ike, es tut mir Leid.« Er begann zu weinen. «Ich … meine Hände fühlen nichts … ich fühle nichts … ich habe lange nichts mehr gefühlt.«

»Wovon redest du?« Sie musste ihn unbedingt dazu bringen weiter zu sprechen, dachte Ike. Ihr Herz klopfte bis zum Hals. Sie spürte, dass sie am Leben hing. Ihr wurde bewusst, dass sie es bei ihrer Arbeit oft leichtfertig aufs Spiel gesetzt hatte. Die dunkelbraunen Augen von Lars tauchten vor ihr auf, sein Lächeln, fast spürte sie seine behutsamen Berührungen. Ja, sie wollte leben! Unbedingt!

»Ike, unsere Nacht …«

»Er sieht traurig aus«, dachte die junge Frau.

»Du musst dich nicht entschuldigen«, erwiderte sie, »ich weiß, das war falsch, aber in dem Moment haben wir es beide so gewollt.«

»Ja, aber sonst … gibt es gar nichts …«

»Was meinst du?«, wollte Ike wissen.

Stockend berichtete Sven von den letzten Jahren mit seiner Frau. Und auch Ike begann zaghaft, von ihrer Angst vor Nähe zu reden und von Lars und wie sie ihn letztes Jahr kennengelernt hatte.

»Du musst reden mit ihr«, resümierte Ike, nachdem Sven zu Ende gebeichtet hatte.

»Ja, du hast Recht.«

Später erzählte Ike von ihrem Besuch bei Benedikt Mader, dem Staatssekretär im Kieler Innenministerium, und von ihrer Vermutung, dass er etwas mit dem Mord an Andresen zu tun haben könnte. Und der Fremde, der sie hier gefangen halte, so folgerte sie weiter, handle wahrscheinlich in Maders Auftrag.

»Zumindest ist irgendwas mit diesem Mader nicht in Ordnung«, schloss sie ihre Ausführungen.

Danach wusste sie nicht, was sie noch weiter erzählen könnte. Das Schweigen dauerte lange an. Allerdings hatte ihre Strategie Erfolg gehabt. Svens Resignation war allmählich guten Vorsätzen und neuem Lebensmut gewichen. Während er sich ausmalte, wie er sein Leben künftig in die Hand nehmen würde, wurde ihm bewusst, dass ein anderer gerade dabei war, ihm genau dieses zu entreißen. Angst stieg in ihm auf. Er begann zu zittern. Panisch japste er nach Luft, fürchtete zu ersticken. Ein Krampf bog seine Handgelenke nach unten. Nur mit äußerster Mühe brachte er schließlich ein Wort über die Lippen, zuerst ganz leise: »Hilfe!« Immer wieder und schließlich schrie er: »Hilfe! Hilf mir doch! Verdammte Scheiße, ich halt' das nicht aus!«

Seine rechte Hand fing zu zittern an. Der Krampf griff vom Handgelenk auf den Daumen über. Der bekam ebenfalls einen grobschlägigen Tremor. Sven versuchte zu wechseln. Es half nicht. Auch die andere Hand zitterte und krampfte.

»Ich kann nicht mehr. Ich halte es nicht mehr aus! Ike! Ich kann … nicht mehr HALTEN!«

»Sven!«

»ICH KANN NICHT MEHR! ICH LASS JETZT LOS!«

Benedikt Mader fraß sich wieder einmal madenartig in verschiedene gewinnbringende Angelegenheiten hinein: Nachdem er gerade in sein dick belegtes Brot gebissen hatte, schaute er nun, in der einen Hand den Telefonhörer, in der anderen eine gewaltige Tasse schäumenden Kaffees, zufrieden aus dem großen Bürofenster. Der Regen störte ihn nicht. Die Geschichte in Lübeck erzielte ordentlichen Profit, den er allerdings weniger in seine Bequemlichkeit investierte, vielmehr kaufte er sich Macht und damit auch Einfluss und Status. Danach war er süchtig, davon konnte er nicht genug kriegen. Hilgado warf gutes Geld ab, und seine Strohpuppen Andresen und Nehlsen hatten sich praktisch selbst erledigt und somit auf ihre Anteile verzichtet. Bei diesem Gedanken musste der fette Staatssekretär grinsen.

Gerade hatte er seinem Gesprächspartner seine letzten Transaktionen erläutert – natürlich ohne allzu sehr ins Detail zu gehen, denn das hätte den Ministerpräsidenten nur unnötig belastet. Das Ergebnis zählte. Und das Ergebnis lautete: Es passierte das, was politisch gewollt war und was letztlich dazu beitrug, den Wähler für die bevorstehenden Landtagswahlen gnädig zu stimmen: Für Schmuggelware bekam man Geld (viel Geld, weil sozusagen steuerfrei), für Geld bekam man Waffen (Danke für die guten Kontakte, Andresen!), Waffen konnte man an die Kurden verscherbeln (wenngleich dieser Teil der Transaktionen aus kurzfristiger ökonomischer Sicht eher ein Verlustgeschäft war), die Kurden benutzten die Waffen auch (wie er gerade erfahren und dem Ministerpräsidenten mitgeteilt hatte), und die Türken würden daraufhin mit Sicherheit all die unschönen Dinge mit den Kurden tun, die den Europapolitikern (und eben besonders der Partei) die Argumente dafür lieferten, der Türkei die Aufnahme ins europäische Haus zu verwehren. Schließlich waren die Wähler, die sich teils überfremdet fühlten, teils einfach Angst vor allem hatten, was sich südlich von München und östlich von Görlitz abspielte (immerhin hatte sich die Volksseele inzwischen an die annektierten ostdeutschen Länder gewöhnt!), der Partei dankbar und würden ihr Kreuzchen ganz oben auf den Wahlzettel setzen.

Während sich Mader nun in einen Nougatmuffin verbiss, lauschte er zufrieden seinem Gesprächspartner und ließ sich von ihm darlegen, welchen Karriereschritt er als nächstes in Angriff nehmen würde: die Kandidatur für das Amt des Innenministers …

Schuld. Karl Kamuschke hatte ganz eigene Ansichten zum Thema Schuld. Gerade schlenderte er an der Stadttrave entlang. Die Obertrave war das frisch sanierte Entrée der Stadt. Das unschuldige Gesicht Lübecks, ging es Camus durch den Kopf. Während die Gegend um sein Hotel herum – Clemensstraße, Untertrave, die man auch den Unterleib Lübecks nannte – ihre Verruchtheit mit naiver Ehrlichkeit offenbarte, begegnete man hier der malerischen Oberfläche. Hinter dieser hübschen Fassade glaubte Camus das tiefere Wesen der Stadt ganz deutlich zu spüren: das Hässliche, das Lichtscheue, das Morbide und Kranke, die hanseatische Unbarmherzigkeit, die sich durch die Jahrhunderte zog. Über allem reckte sich, wenn ein sich öffnendes Gässchen gerade einmal einen Blick freigab, der Dom. Seine beiden wuchtigen Türme, die sich auf dem moorigen Untergrund voneinander weg neigten, wiesen wie ein riesiges Victory-Zeichen Zuversicht spendend in den Himmel. Gleichzeitig schienen sie nach vorn zu kippen und drohten, das Obertravenviertel mit all seiner mittelalterlichen Finsternis unter sich zu begraben.

Camus hatte Gewalt angewendet, Schuld auf sich geladen. Aber hatte er seine Gefangenen nicht gerade dadurch in eine Grenzsituation des Lebens gebracht, in der sie die Chance bekamen, das eigene Sein zu ergründen? Würden sie nicht erst jetzt die Tür zum Leben aufstoßen können, den Sinn der eigenen Existenz begreifen? Würden sie nicht in diesem Augenblick ihre bitteren Versäumnisse erkennen und sich schwören, das Leben aus tiefster Seele zu bejahen? Karl Jaspers hatte sich Gedanken über Grenzsituationen und Existenzerhellung gemacht. Aber Jaspers hatte nicht zu Ende gedacht, empfand Camus. Er hatte Angst vor der eigenen Genialität. Er hätte nur noch den letzten, zugegebenermaßen beunruhigenden Schritt vollziehen müssen: die Grenzsituation, das Dunkle und Böse als etwas Erstrebenswertes zu denken …

Es war Dienstagmittag. Das Rattern der Abfüllanlage hypnotisierte Christiane Breitenbach. Die immer wiederkehrenden einfachen Handgriffe vollzogen sich scheinbar ohne eigenes Zutun. Zwar schmerzten die Schultern und auch im Rücken stach es, sobald die stämmige Frau ihre gebeugte Haltung veränderte, dennoch traten die körperlichen Befindlichkeiten in den Hintergrund, und ihre Gedanken schweiften durch die Produktionshalle. Die anderen Arbeiter, größtenteils Frauen im mittleren Alter, standen stumpf an ihren Arbeitsplätzen. Gespräche – ein müdes Hallo und Fragen nach den Aktivitäten des letzten Tages – waren immer nur am Anfang der Schicht zu hören, mittlerweile hatten sich alle dem ermüdenden Takt der Maschinen unterworfen und waren weitgehend verstummt. Erst kurz vor Feierabend würde wieder etwas Unruhe in der Belegschaft aufkommen, wenn die Uhr das nahende Ende des Arbeitstages signalisierte.

Die neue Produktionshalle der Hilgado GmbH & Co.KG war licht und freundlich. Die Geschäftsführung hatte bereits vermelden können, dass sich dies belebend auf den Akkord ausgewirkt hatte. In mehreren winzigen Stufen, die sich ökonomisch nutzbringend aufsummiert hatten, war der Arbeitstakt erhöht worden. Auch davon hatte Christiane Breitenbach nichts bemerkt.

Die Befragungen durch die Polizei kamen ihr in den Sinn. Nochmals ging sie ihre Antworten durch. Hatte sie beiläufig genug geklungen, als sie von dem Streit zwischen Andresen und Nehlsen berichtet hatte? Hatte sie sich zu sehr in den Vordergrund gespielt? Oder war sie für die Polizei nur eine von vielen, deren Gesicht und Namen man vergaß, sobald der Notizblock zugeklappt war?

Sobald sie zu Hause wäre, würde sie sich daranmachen, ihren fünften Brief zu schreiben. War es schon der fünfte? Sie hatte mindestens jeden zweiten Tag geschrieben und den Brief meist persönlich eingeworfen. Einmal wäre sie beinahe von Icki – so nannte sie die Kommissarin für sich, weil diese sie an ihren geliebten kleinen Bruder Icki erinnerte, der mit drei Jahren gestorben war –, einmal also hätte Icki sie fast erwischt; aber sie wollte sichergehen, dass die Briefe auch ankamen und zwar möglichst schnell. Die Vorstellung, dass Icki das Schreiben unmittelbar, nachdem sie es verfasst hatte, lesen würde, war Christiane Breitenbach wichtig – so fühlte sie sich noch stärker mit der Frau, die ihr überhaupt nicht fremd war, verbunden.

Als sie die Kommissarin damals auf der Informationsveranstaltung über sexuelle Gewalt gegen Frauen und Kinder gesehen hatte, war ihr gleich klar gewesen, dass sie Kontakt zu der hübschen, drahtigen, jungen Frau aufnehmen musste. Mit der hinter einer Fassade von Lockerheit und Professionalität verborgenen Verletzlichkeit war sie ihr auf Anhieb sympathisch gewesen. Und natürlich hatte sie sich selbst in ihr gesehen, als sie vor einigen Jahren noch ganz am Anfang ihres therapeutischen Prozesses gestanden hatte. Damals hatte sie – wie Icki vermutlich auch – ihre Probleme noch auf alles mögliche andere geschoben, aber gewiss nicht auf ihre Kindheit. Diese Erinnerungen hatte sie nämlich hinter einen düsteren Nebel verbannt.

In Gedanken überlegte sich Christiane Breitenbach ein paar Formulierungen für ihren nächsten Brief:

Hallo Ike!

Heute, nachdem ich von der Arbeit gekommen bin, möchte ich dir wieder schreiben. Möchte? Nein, ich will. Ich muss!

Ich muss mich dir weiter mitteilen. Vielleicht kann ich so den starken Druck aus meinem Körper herausbekommen. Nach der Arbeit gehe ich als Erstes zu meinem Therapeuten. Der macht irgendwelche Übungen mit mir gegen die Angst und den Druck. Aber erst, wenn ich dir schreibe, Ike, geht der Druck runter. Ist es fair von mir, dich dafür zu benutzen? Du bist bestimmt gerade, so wie ich auch, auf der Arbeit.

Die Gedanken der Frau, die mechanisch ihre sich endlos wiederholenden Handgriffe ausführte, schweiften ab: »Du hast genau wie ich männliche Kollegen. Ekeln sie dich an, kannst du ohne Vorbehalte mit ihnen umgehen? Kannst du Scherze über dich aushalten, ohne dich angegriffen zu fühlen? – Kann ich es? Hm ja, ich muss nur die Kontrolle behalten, dann geht's.«

Dann gab Christiane Breitenbach sich einen Ruck und wandte sich innerlich wieder der Formulierung des Briefes zu:

Eigentlich hast du dir ja den passenden Beruf ausgewählt: Du kannst mithelfen, die Männer, die Frauen und Töchtern schlimme Sachen antun, zu bestrafen.

»Bestrafen?«, überlegte sie. Wieder machten sich ihre Gedanken selbständig. »Was ist die passende Strafe für solche Taten? Gibt es überhaupt eine angemessene Strafe dafür? Für die furchtbaren Ängste und die Unfähigkeit, ein normales Leben ohne Hilfe von Therapeuten, Psychiatrie und weiteren Einrichtungen zu führen?«

Erneut wies sie sich innerlich zurecht und wandte sich dem Brief zu:

Du hilfst, diese Verbrecher zu bestrafen, Ike. Aber was ist schon Gefängnis gegen Panik und ein zerstörtes Leben? Wenn doch jemand diesen Männern auch nur für eine gewisse Zeit diese Gefühle einimpfen könnte! Damit sie am eigenen Leib fühlen würden, was sie ihren Frauen und Töchtern antun! Ob mein Stiefvater immer noch so grinsen würde, wenn er sich vor Angst in die Hose macht, sobald die Zimmertür aufgeht? Wenn er Schritte hört und genau weiß, was jetzt passieren wird?

»Ich verliere mich in meinen Erinnerungen«, bemerkte die Frau beunruhigt. Sie musste damit aufhören, musste jetzt an die Arbeit denken, sonst bekäme sie wieder Angst und müsste nach Hause. Da sie diesen Monat wegen der Ängste schon einmal eine Woche krankgeschrieben war, konnte sie sich ein weiteres Fehlen nicht mehr erlauben. Die Gefahr, die Arbeit zu verlieren, wäre zu groß. Aber sie konnte nicht davon lassen, den Brief im Kopf weiter zu formulieren.

Angst und Erinnerungen sind immer gegenwärtig. Vor kurzem lief ich zum Beispiel einem Mann beinahe ins Fahrrad. »Können Sie nicht aufpassen?«, riefen wir uns gleichzeitig zu. Wir hatten uns beide erschreckt. Der Mann war Mitte 50, schlank, schwarze Haare. Ich entschuldigte mich bei ihm dafür, dass ich die Straße in Gedanken versunken überquert hatte. Dann bemerkte ich seine Ähnlichkeit mit meinem Stiefvater, und ein kalter Schauer lief mir den Rücken hinunter. Der Mann fuhr kopfschüttelnd weiter. Ich aber hatte plötzlich das Gesicht meines Stiefvaters vor Augen. Panik kam in mir hoch. Das Gesicht des Mannes war genauso durchgeschwitzt wie das meines Stiefvaters, wenn er zu mir kam und mir wehtat. Immer wenn Mama nicht da war.

Wenn seine Freunde kamen, war er immer so fahrig und aufgedreht. Seine Freunde waren genauso ekelhaft wie mein Stiefvater selbst. Es war eine Gruppe von sechs Männern, die Musik machten. Was mein Stiefvater mit Musik zu tun hatte, konnte ich mir damals als Kind nicht erklären. Heute weiß ich es. Es ging gar nicht um Musik, wie er immer behauptete. Er bekam von ihnen Geld. Aber davon später mehr.

Christiane Breitenbach spürte, wie ihr die Luft wegblieb. Schnell versuchte sie, die aufkeimenden Bilder – und vor allem die Gerüche! – zurückzudrängen. Sie konzentrierte sich auf eine Atemübung, die ihr Therapeut ihr beigebracht hatte, und fixierte mit ihrem Blick ihre Hände, die wie von alleine über das Band huschten, als hätten sie nichts mit ihr zu tun. Sie zwang sich, wieder an den Brief zu denken:

Habe ich den Mut, dir, Ike, zu erzählen, was als Kind mit mir passierte? In der beschützten Umgebung beim Therapeuten konnte ich das. Was wirst du denken? Dass ich selbst schuld daran war? Dass ich es selbst gewollt habe? Ich selbst denke es ja auch: dass ich Schuld habe. Habe ich nicht meinen Stiefvater dazu gebracht, so etwas mit mir zu tun?

Bei diesem Gedanken schäme ich mich. Jetzt werden mir alle Leute ansehen, denke ich immer, was mit mir los ist. Die Mühle in meinem Kopf dreht sich, ich drehe mich und mir wird schwindelig und übel. Meine Beine gehen vor Angst wie von selbst den Weg zurück nach Hause. Die Angst, die mich jetzt überkommt, ist ein Vielfaches größer als die Angst vor der Kündigung. Die Angst ist riesig. Sie ist überall.

Mach's gut, Icki! (Ich hatte einen sehr lieben kleinen Bruder, den ich immer Icki nannte. Er ist mit drei Jahren gestorben, ich war damals fünf. Dein Name erinnert mich an ihn. Ist es okay, wenn ich dich manchmal Icki nenne?)

Christiane

P.S.: Manchmal wünsche ich mir nur noch Ruhe …

XXIV

Dienstag, 1. April, Nachmittag

Nach dem Mittagessen, das er in der Kantine des Polizeihochhauses eingenommen hatte, schlurfte Kriminalhauptkommissar Manfred Deutschmann lustlos zu den Kollegen vom K 3 für Wirtschaftsbetrug. Zusammen mit Holger Pauls, einem notorischen Nörgler und Brummbär, sollte er sich um Nehlsens privaten Rechner und um die EDV-Anlagen der Firma Hilgado kümmern. Während Wächters Abteilung auf Spuren eines möglichen Wirtschaftsbetruges aus war, ging es ihm und dem Kommissariat 1 darum, Indizien für den Mord zu finden.

Deutschmann mochte Pauls nicht besonders, so wie er eigentlich niemanden so richtig mochte. Aber Pauls war immerhin erträglich, weil er gar nicht erst versuchte, eine kollegiale Atmosphäre zu verbreiten. Das ständige Meckern des Kriminalhauptmeisters lenkte Deutschmann einigermaßen von seiner eigenen Unzufriedenheit ab. Grußlos und ohne anzuklopfen betrat Deutschmann das Büro des Kollegen. Der schaute gar nicht erst hoch.

Noch immer hatten Sloboda und Gross nichts von Sven und Ike gehört. Das Warten machte sie unruhig, aber das Geschäft musste ja weiterlaufen. Die getrennte Vernehmung des Ehepaars Nehlsen stand an. Weil Potthof und Bender gerade eine Unmenge an Überstunden abfeierten, hatte er zur Unterstützung zwei andere Beamte vom vierten Polizeirevier angefordert, die bereits in den beiden Vernehmungszimmern neben den Vorgeladenen Platz genommen hatten. Währenddessen besprachen Hans Sloboda und Ilka Gross in dem Raum, der sich dazwischen befand, ihre Strategie.

»Frau Pascua-Nehlsen«, begann Gross im Anschluss an die obligatorischen Erklärungen das Verhör, »Sie hatten eine Affäre mit dem Mordopfer Rudolf Andresen. Was haben Sie dazu zu sagen?«

»Ja.«

»Was heißt ›ja‹?«

»Ja, es stimmt: Ich hatte eine Affäre mit Rudolf.«

Zwei Räume weiter bekam Sloboda etwa zur selben Zeit eine ganz ähnliche Antwort: »Das ist richtig. Da lief etwas zwischen Susana und Rudolf.«

»Wusste Ihr Mann davon?«, fuhr Gross fort.

»Erzählt habe ich es ihm erst später. Er hatte es aber schon seit einigen Wochen geahnt. Und deshalb gab es auch am letzten Freitagabend wieder mal Streit.«

Wieder bekam Sloboda Vergleichbares zu hören: »Ich hatte die beiden schon eine ganze Zeit in Verdacht, aber Susana hat es immer abgestritten und gemeint, ich sei so furchtbar eifersüchtig.«

»Wie haben Sie darauf reagiert?«

»Ich hab' sie weiter beschimpft. Sie hat zurückgeschrien und geflucht, das kann sie gut. Das ging eine ganze Zeitlang. Und irgendwann ist sie dann hoch in ihr Schlafzimmer, und ich bin in mein Büro unten gegangen, hab' mich abgelenkt, ein paar Gläser durcheinander getrunken. Später, ich weiß nicht mehr genau wann, hab' ich mich im Wohnzimmer auf die Couch gelegt und bin eingeschlafen.«

»Und woher wollen Sie dann wissen«, setzte Ilka Gross Frau Pascua-Nehlsens Vernehmung fort, »dass Ihr Mann nicht noch einmal weggegangen ist?«

Die Angesprochene antwortete schnell, ein wenig zu schnell, wie die Oberkommissarin fand: »Ich hörte ihn eine ganze Zeit in seinem Büro auf- und abwandern. Ich war so aufgedreht von dem Streit, dass ich nicht schlafen konnte. Deshalb bekam ich mit, dass er ziemlich oft an unsere Bar im salón ging und sich etwas zu trinken machte. Er redete mit sich selbst – das macht er nur, wenn er zu viel getrunken hat – und fluchte auch laut. Etwas später ging ich nach unten in die Küche, um mir etwas zu holen, da sah ich ihn durch die offene Tür im Wohnzimmer auf der Couch liegen. Er schnarchte laut. Das Schnarchen musste ich mir übrigens die ganze Nacht über anhören – ich habe nämlich kein Auge geschlossen, toda la noche. Die ganze Nacht.«

Im anderen Raum wollte Hans Sloboda von Heiner Nehlsen wissen: »Um wie viel Uhr fing der Streit ungefähr an?«

»Na, lassen Sie mich mal überlegen, ich würde sagen, so um kurz nach acht. Nach der Tagesschau.«

»Und um zehn«, erläuterte Susana Pascua-Nehlsen der Kommissarin, »tauchte ja dieser Polizist auf, der meinen Mann sprechen wollte.«

»Und Sie hatten angegeben, dass Ihr Mann nicht zu Hause ist«, warf Gross ein.

»Na ja, das war wirklich ein bisschen gelogen. Ich war gerade hoch gegangen, und er hatte schon was getrunken. Also, ich war sehr genervt, ich hatte einfach keine Lust, den Herrn Kommissar … erst der Streit, und dann auch der noch … und deshalb sagte ich, dass er nicht da ist.«

»Das klingt aber etwas konstruiert, finden Sie nicht?« Gross fand, es sei Zeit, die Daumenschrauben etwas anzuziehen. Schließlich wirkte die Aussage wie auswendig gelernt. »Und außerdem hatten Sie ja nun ein wunderbares Alibi, oder nicht?«

»Na, ich konnte ja nicht wissen, dass wir ein Alibi brauchen!«, konterte Frau Pascua-Nehlsen.

»Haben Sie denn gar nichts von dem Besuch des Kommissars mitbekommen?«, fragte Sloboda.

»Nein, meine Frau hatte wohl geöffnet. Und ich … will sagen, ich hatte schon einiges getrunken – vielleicht wollte meine Frau mich deshalb nicht an die Tür holen. Wissen Sie, sie achtet immer sehr auf den äußeren Eindruck.«

»Eine ihrer Arbeiterinnen hat zu Protokoll gegeben, dass sie einen Streit zwischen Ihnen und einem anderen Mann mitbekommen habe«, Sloboda blätterte in seinen Unterlagen. »Ich zitiere: Am Freitag um zehn Uhr war ich in der Verwaltung, wegen meiner Lohnabrechnung. Als ich aus dem Personalbüro kam, kriegte ich mit, wie zwei Männer in einem anderen Büro laut gestritten haben. Sie schrien sich gegenseitig an. Ich sah die beiden kurz durch die halb offen stehende Bürotür. Der eine war mein Chef, Direktor Nehlsen. Den anderen kannte ich nicht. Er war, soweit ich sehen konnte, eher groß und ziemlich schlank. Er hatte was Schwarzes an, einen Pulli oder ein Hemd, das weiß ich nicht mehr. – Was«, der Kommissar schaute den Mann, der ihm angespannt gegenüber saß, prüfend an, »was sagen Sie dazu, Herr Nehlsen?«

»Daran«, Nehlsen hüstelte, »kann ich mich nicht erinnern, ich meine, das stimmt nicht. Andresen war an dem Tag gar nicht im Betrieb. Ich meine, ich hab' ihn überhaupt nicht gesehen!«

»Hatte ich etwas davon gesagt, dass es sich um Andresen handelte?«

»Hatten Sie vor, sich von Ihrem Mann zu trennen?«, wollte Ilka Gross wissen.

»Nein, also, ja, puede ser, vielleicht, eine Zeitlang habe ich das wohl überlegt. Aber nicht ernsthaft. Eigentlich liebe ich meinen Mann. Ich fühlte mich nur so vernachlässigt, er war unaufmerksam und grob zu mir. Und da kam jemand, der mich begehrte, der mir Komplimente und Geschenke machte. Und jemand, der mich ausführte. – Aber nein, ich wollte mich nicht wirklich trennen. Und nach unserem Streit, ich meine nach dem Streit von Heiner und mir, habe ich gemerkt, dass ich ihn noch liebe und dass ich die Affäre lieber beenden wollte. Also schon, bevor ich von dem Mord erfuhr.«

»Wie war denn das Verhältnis Ihres Mannes zu Rudolf Andresen? Sie waren befreundet, oder? Haben die beiden sich öfters getroffen?«

»Heiner hat mir erzählt, dass sie früher viel zusammen gemacht haben. In letzter Zeit aber weniger. Rudolf hatte ziemliche, wie sagt man: culpa? Gedanken an Schuld.«

»Schuldgefühle? Schlechtes Gewissen?« Unbeabsichtigt geriet Ilka in die Rolle der soufflierenden Stichwortgeberin.

»Verdadero, Schuldgefühle und auch schlechtes Gewissen, ja, da haben Sie Recht, weil er seinen Freund betrog.«

»Wollte sich Ihre Frau wegen ihrer Affäre mit Andresen von Ihnen trennen?« Sloboda hantierte scheinbar gelangweilt mit seinem Kuli.

Nehlsen zögerte ein wenig, was dem Hauptkommissar wie gespielt vorkam. In Wirklichkeit, so schien ihm, hatte er sich seine Antwort bereits zurechtgelegt: »Es kann sein, dass sie irgendwann mal mit dem Gedanken gespielt hat. Aber im Nachhinein ist mir das auch klar. Ich verstehe das sogar. Schließlich habe ich mich kaum noch um sie gekümmert. Alles war mir wichtiger als meine Frau.« Der große, schwammige Mann überlegte, bevor er weiter sprach: »Aber nein, letzten Endes wollte sie sich, glaube ich, nie wirklich von mir trennen. Im Grunde meines Herzens habe ich das auch nie gedacht.«

Sloboda betrachtete den Hilgado-Geschäftsführer eingehend. Dann zog er plötzlich ein anderes Register: »Weiß Ihre Frau eigentlich von diesen«, dieses und das folgende Wort zog er bedeutungsschwer in die Länge, »Vorgängen in Ihrer Firma?«

»Nein, natürlich –« Nehlsen stockte erschrocken. Dann korrigierte er sich schnell: »Welche Vorgänge? Meinen Sie – äh – die ganzen Geschäftsvorgänge? Nein, das langweilt sie zu Tode. Darum kümmert sie sich überhaupt nicht.«

Etwa zu derselben Zeit wechselte auch Ilka Gross abrupt das Thema: »Wissen Sie eigentlich, dass Ihr Mann in finanziellen Schwierigkeiten steckt?«

Das Erschrecken der Frau wirkte nicht gespielt. Schnell fing sie sich aber wieder und erwiderte: »Nein, und ich glaube das auch nicht. Das hätte er mir gesagt. Nein, es ist alles in Ordnung.«

Währenddessen bohrte Sloboda weiter: »Wir haben unsere Hausaufgaben gemacht, Herr Nehlsen. Wir wissen, dass Sie erstens finanzielle Probleme mit Ihrer Firma haben.«

Nehlsen blieb unbewegt: »Und zweitens?«

»Erklären Sie mir doch bitte, woher die nicht unbeträchtlichen Summen stammen, die unregelmäßig auf Ihrem Konto eingehen. Hier«, der Kommissar blätterte wieder in einigen Papieren, »zum Beispiel: fünftausendzweihundert Euro, eingegangen am zwölften zweiten. Dann«, sein Finger glitt die Spalte hinunter, »am ersten Februar zweitausendvierhundert. Im Januar, und zwar am zweiundzwanzigsten, sogar fünfzehntausend Euro.« Der Polizist blickte Nehlsen mit scheinbar freundlicher Verbindlichkeit an. »Es handelt sich nicht um Gehaltszahlungen, das haben wir überprüft. Und Sonderzahlungen seitens Ihrer Firma sind das auch nicht. Also?«

»Also, das sind – äh –«

»Bareinzahlungen!«, schnitt ihm der Kommissar das Wort ab. »Wer war der Einzahler? Andresen?«

»Nein, das kann ich erklären. Beziehungsweise«, Nehlsen wurde plötzlich ganz starr und förmlich, »klären Sie das bitte mit meinem Steuerberater und Anwalt ab.«

»Wofür hat Ihnen Andresen das Geld gegeben?«, insistierte Sloboda.

Aber Nehlsen antwortete nicht mehr.

Kurz darauf berieten sich die beiden Kommissare in dem Zwischenraum.

»Sie lügt.« Ilka Gross unterstrich ihre Worte, indem sie mit dem Mittelfinger auf die Tischkante schlug. »Es wirkt wie auswendig gelernt.«

Hans Sloboda stimmte ihr zu. Und er ergänzte: »Als Jensen und ich am Tatabend bei Nehlsens zu Hause waren, hat er kein bisschen nach Alkohol gerochen. Das wäre mir aufgefallen.«

Die Polizisten beschlossen, die beiden vorerst nach Hause zu schicken, allerdings unter der Auflage, Lübeck nicht zu verlassen.

»Wir werden auf Sie zurückkommen, Herr Nehlsen«, leitete Sloboda die Verabschiedung ein. »Es gab doch erhebliche Widersprüche in den Aussagen von Ihnen und Ihrer Frau, die wir noch klären müssen.« »Es schadete sicher nichts, ihn ein bisschen aufzumischen«, dachte der Kommissar, als er die Tür hinter dem Mann schloss. Zufrieden mit sich lud er Ilka zu einem Stück Kuchen ein. Er musste dringend raus aus dem Behördenhochhaus.

Etwa fünfundzwanzig Minuten später nahmen die beiden im Wintergarten des »Café Wiener« direkt am Elbe-Lübeck-Kanal unterhalb der Hüxbrücke Platz. Vor ihrem Fenster zogen Leute mit Kinderwagen vorbei, Gruppen von Jugendlichen, Jogger mit Hunden und einige Nichtsesshafte. Den Uferweg zwischen Kanal und Wallanlagen hatten Hans und Ilka, jeder seinen eigenen Gedanken nachhängend, schweigend zurückgelegt. Auch jetzt schienen sie stillschweigend übereingekommen zu sein, nicht über den Fall zu reden. Stattdessen fragte Ilka, nachdem sie einen warmen Apfelstrudel bestellt hatten: »Sag mal, Hans, was ist mit dir? Seit einigen Tagen bist du so –«

»Uri muss ins Krankenhaus. Prostata-Karzinom«, erwiderte dieser unvermittelt. Karzinom hörte sich irgendwie weiter weg an als Krebs, fand er.

Ilka beugte sich ein wenig zu ihm vor, was er als Aufforderung verstand. Also fing er an zu reden, über seinen Freund, die Krankheit, die Sorgen, darüber, was die Ärzte gesagt hatten, die Prognose. Und Ilka hörte zu. Sie bermerkte kaum, dass der Apfelstrudel kam. Hin und wieder fragte sie nach, machte einige aufmunternde

Bemerkungen, tröstete. So konnte sie ihre eigenen Sorgen am besten vergessen.

Als der Erste Hauptkommissar Hans Sloboda um siebzehn Uhr dreißig noch einmal im Büro nach dem Rechten sah, bevor er nach Hause ging, fand er dort eine Notiz von Deutschmann vor: Haben auf PC von HN Hinweise auf Wirtschaftskriminalität gefunden. Genauere Info morgen früh von Wächter und Pauls. MD

XXV

Nacht von Dienstag, 1. April, auf Mittwoch, 2. April

Wieder die Schritte! Sie weiß, dass sie auf keinen Fall loslassen darf! Die Schritte kommen näher, machen Halt vor der Tür. Vor ihrer Kinderzimmertür. Er ist wieder da. Zu Besuch. Für einige Tage. Und für mehrere Nächte …

»Nicht loslassen.« Sie weiß, wenn sie ihre Faust öffnet, dann passiert etwas Schlimmes. Solange sie die Faust nicht lockert, kann ihr nichts passieren. Genau kann sie gar nicht sagen, was sie in ihrer Hand hält. Sie betrachtet ihre Hand. Die Knöchel sind weiß vor Anstrengung. Die Hand schmerzt. Sie tut sehr weh. Der Krampf in der Hand ist aber nicht so schlimm wie das, was passiert, wenn sie loslässt. Trotzdem drückt der Onkel jetzt die Klinke herunter. Warum ist es nur so düster? Sie kann nichts sehen. Er kann doch nicht rein, wenn ich das Ding in meiner Hand festhalte! Trotzdem geht die Tür auf. Ein leises Knarren. Tapfer hält Ike fest. Sie ist noch so klein.

Der große Mann kommt durch das Dunkel auf sie zu. Sie kann ihn weder sehen noch hören. Aber riechen. Eine Mischung aus dem aufdringlichen Zeug, das er sich immer auf die Wange klatscht, wenn er sich rasiert hat, und süßlichem Schweiß. Ihre Stirn fühlt sich nass und kalt an. Sie hält die Luft an. Wenn man nicht atmet, fühlt man auch nichts. Und wenn man das Ding nicht loslässt, wird es nicht so schlimm. Auch wenn er es tut. Es tut immer so weh da unten. Sein Keuchen will Ike nicht hören. Jetzt berührt der eklige Mann sie. Übelkeit steigt in ihr hoch. »Nicht atmen! Das Ding festhalten!«

Sie will nichts fühlen. Sie verlässt ihren Körper.

»Es tut so weh! Morgen wird Mama so tun, als sei nichts geschehen.«

Ike will aufwachen. Die Augen gehen flatternd ein wenig auf. Es ist dunkel. Die Übelkeit bleibt. Das Stöhnen auch. Sie kann ihren Traum nicht abschütteln. Sie weiß nur, auch jetzt, wo sie aus ihrem Kinderzimmer in die Hütte zurückkehrt, muss sie weiterhin festhalten.

Als Erstes stellte Ike fest, dass das Gekeuche von der Tür gegenüber kam. Von Sven. Zweitens machte sie sich klar, dass sie sich in dem Gartenhaus befand. Dann registrierte sie, dass ihre Hand um das Gehäuse mit dem Knopf gekrampft war. Und schließlich kotzte sie schwallartig auf ihre Hose.

Der Entführer kam genau in diesem Moment herein. Der Schein seiner Taschenlampe wischte durch den Raum, verweilte kurz auf Sven, dann auf Ike. Der Mann sprach nicht. Eine Sekunde lang dachte Ike daran, jetzt loszulassen, um ihn zu töten. Der Mann ging zum Tisch und betätigte einen Schalter. Dann ging er, immer noch wortlos, zu Sven. Er wand ihm das Schalterkästchen aus der verkrampften Faust und knipste mit einem Seitenschneider das Plastikband durch, mit dem der Kommissar an das Türscharnier gefesselt war. Sven sackte wimmernd zusammen. Camus zerrte ihn hoch und packte ihn im Genick. Ohne Gegenwehr ließ Sven sich abführen.

Ike blieb im Dunkel zurück. Es war tiefe Nacht. Von draußen war nun, nachdem das Geräusch des wegfahrenden Autos verklungen war, kein Laut mehr zu hören. Ike wollte sich nicht vorstellen, was diese Szene eben zu bedeuten hatte. Sie bemerkte, dass ihr Herz wild klopfte.

Sven Hustedt hatte keine Kraft mehr. Willenlos ließ er sich in das Auto stoßen.

»Was haben Sie jetzt …?«, stammelte er mühsam.

Der Fremde antwortete nicht.

Der Mund des Polizisten war ausgedörrt. Etwas legte sich um seine Kehle und würgte ihn. Halb bewusst registrierte er, wie er in die Hose machte.

Sie fuhren nicht in die Stadt. Um sie herum war nur Dunkelheit. Der Fahrer sagte immer noch kein Wort. Mit jedem Kilometer wuchs Svens Angst. Was hatte es zu bedeuten, dass sie in die Einsamkeit fuhren?

Schlagartig wurde ihm klar, was geschehen würde. Sein erster Impuls war, aus dem Auto zu springen. Vielleicht hätte er dann noch eine Chance. Hustedt dachte an seine Frau. Wie würde sie die Todesnachricht aufnehmen? Langsam und zitternd legte er seine Rechte an den Türhebel. Er wollte leben! Die Linke presste er unter sein Gesäß auf die Sitzfläche, um sich abzustoßen. Er spannte sich an.

Unvermittelt schlug Camus ihm die Faust ins Gesicht. Hustedt stöhnte auf und rutschte in sich zusammen. Er weinte hemmungslos.

»Bitte, lassen Sie mich … meine Kinder …«

Weiter kam er nicht. Das Auto bog in einen Waldweg ein. Kurz darauf kam es zum Stehen. Hustedt schluchzte tonlos. Flink sprang Camus aus dem Wagen, riss die Beifahrertür auf und zerrte sein Opfer heraus. Hustedt fiel winselnd zu Boden. Er versuchte sich aufzurappeln. Die Kraft reichte nicht.

Als er seinen Kopf hob, sah er in die Mündung einer Waffe. Im schummrigen Widerschein des Standlichts erkannte er dahinter die kalten, zu Schlitzen verengten Augen des Fremden.

Nachdem sich das Motorengeräusch in der Ferne verloren hatte, war kein Laut mehr in der Dunkelheit zu vernehmen. Zwischen den dahinjagenden Wolken brach ab und an das Mondlicht hindurch.

Ike wusste nicht, wie viel Zeit vergangen war, als sich die Tür des Gartenhauses öffnete. Sie war sich sicher gewesen, dass der Mann zurückkommen würde: Jetzt war sie dran. Zu ihrer eigenen Überraschung war sie ganz ruhig.

»Sie ist ganz anders als er«, dachte Camus zufrieden, als seine Gefangene ihn anspuckte. Sie wehrt sich. Sie kehrt ihre Angst nach außen. Interessiert schaute er sie an. Er machte sich nicht die Mühe, die Spucke aus dem Gesicht zu wischen.

Mit einem kurzen Blick in seine Augen versuchte Ike zu ergründen, was er mit Sven gemacht hatte. Im gleichen Moment nahm sie die Ausbuchtung unter dem altmodischen Pullover des Mannes wahr. Als sie an Lars dachte, standen ihr gemeinsame Erlebnisse vor Augen. Verwundert bemerkte sie, dass einige dieser Szenen in der Zukunft spielten.

Es musste schon so gegen vier Uhr sein, als Helga die Bar »Drei Jungfrauen« schließen wollte. Gerade hatte sie den Kehricht zusammen mit dem letzten Gast auf die Straße befördert, als sich eine Gestalt schwankend auf sie zu bewegte. Helga hielt in ihren Bewegungen inne und schaute auf. Erst spät erkannte Helga, wer da auf sie zukam.

»Was ist denn mit dir los?«, fragte sie entgeistert. »Komm schnell rein. Trink erst mal was!«

Ike ließ sich in den schweren roten Sessel sinken, der manchen Gast dazu verleitete, länger zu bleiben und mehr zu trinken, als ursprünglich geplant. Sie konnte und wollte nichts erzählen. Sie wollte sich nur die Füße massieren und einige Pisco sour trinken.

»Ich glaube, ich habe mich verliebt.«

Das war der einzige Satz, den Ike zu ihrer Freundin sagte. Trotz der himmelschreienden Diskrepanz zwischen dem Inhalt dieses Satzes und der bejammernswerten Erscheinung der jungen Frau hatte Helga nicht das Gefühl, dass diese Aussage einer Erklärung bedurfte.

XXVI

Mittwoch, 2. April, Vormittag

Der frische Mittwochmorgen schickte einige Sonnenstrahlen in das Büro des Leiters der Mordkommission. Die Luft und überraschenderweise auch die Fensterscheiben wirkten wie gereinigt.

Für seine Verhältnisse hatte Jörg Wächter, Chef des Kommissariats für Wirtschaftsbetrug, gerade eine flammende Rede gehalten, als er seinem Kollegen Hans Sloboda die Ergebnisse der Durchsuchungen bei Nehlsen und Hilgado stakkatoartig dargelegt hatte. Angesichts seiner stattlichen Erscheinung und um anderen auch ein wenig Platz zu lassen – zumal in engen Büroräumen – hielt er sich lieber mit ausufernden Äußerungen bedeckt.

»Denke, können ihn hochnehmen.«

»Hmh. Das ist ja«, Sloboda fiel es angesichts der Fülle von Indizien und Beweisen gegen Nehlsen schwer, ein passendes Wort zu finden, »ganz außerordentlich.« Der Erste Kriminalhauptkommissar ordnete für sich die Informationen, die er soeben erhalten hatte: hinter Codes versteckte Dateien, die die Korrespondenz mit einer australischen Firma, der Ninetop Corporation, enthielten, aus der fragwürdige, um nicht zu sagen: kriminelle Transaktionen von Perlen, Gold und Edelsteinen hervorgingen; Hinweise auf die illegale Ausfuhr von Bodenschätzen und anderen hochwertigen Gütern aus Ländern wie Peru, Tahiti, Brasilien, Südafrika, Angola; Korruption; erklärungsbedürftige Zahlungen von Hilgado an Ninetop und andere vergleichbare Firmen in diesen Ländern; obskure Geldeingänge von Unternehmen aus ganz Europa, vermutlich Briefkastenfirmen, hinter denen mächtige und marktbeherrschende Edelstein- und Gold-Großhändler standen; Steuerhinterziehung in dreistelliger Millionenhöhe; und dann, das war besonders beunruhigend, Spenden an die Partei in Kiel. Außerdem waren vereinzelt Konserven aufgespürt worden, in denen Perlen und Goldnuggets versteckt waren – bevorzugt in Heidelbeeren und Honig. Die Perlen waren ausnahmslos von auffallender Reinheit und Größe.

»Da habt ihr ja ganze Arbeit geleistet«, murmelte Sloboda anerkennend.

»Euer Knöterbüttel, der olle Deutschmann, hat was auf'm Kasten.«

Sloboda guckte fragend.

»Ja, doch«, bestätigte Wächter das Lob.

»Ja, äh – habt ihr Nehlsen schon einkassiert?«

»Deutschmann und Pauls nehm'n ihn grad' hopps.«

»Das wäre übrigens auch ein ganz gutes Mordmotiv«, dachte Sloboda laut.

»Is' euer Job«, machte der Riese klar.

»Vielleicht hat Andresen etwas gewusst. Vielleicht wollte er Geld, zu viel Geld. Vielleicht war er auch mit von der Partie und wurde – wie sagt man? – abgewickelt, weil er seine Bedeutung überschätzte.« Sloboda langte zum Hörer, als die Tür aufging.

»Hans«, Ilka Gross steckte ihren Kopf durch den Spalt, »hier sitzt – ach hallo, Kollege Wächter – draußen hockt der Typ, der uns gestern früh zu Ikes Wohnung gerufen hat. Er fragt, ob er uns irgendwie helfen kann bei der Suche nach ihr.«

»Morgen, Ilka.«

»Is' noch was?« Wächter wartete Slobodas Antwort nicht ab. Im Hinausgehen fügte er hinzu: »Bin in mei'm Büro.«

»Morgen! – Also? Willst du mit ihm sprechen?«, wiederholte Ilka ihre Frage.

»Hat er denn was Neues zu berichten?«

Ilka überlegte. Dann sagte sie: »Nein, wohl eher nicht. Ich glaube, er ist einfach nur total fertig mit den Nerven.«

»Dann lass ihn erst mal einfach sitzen. – Übrigens: Wächter hat mir gerade von den Untersuchungen bei Nehlsen und Hilgado berichtet. Komm rein!« Hans Sloboda, der immer noch wie abwesend wirkte, wies mit einer Handbewegung auf den Stuhl, der vor seinem Schreibtisch stand.

Ilka nahm Platz, holte eine Tüte mit kalorienreduzierten Gummitalern aus der Tasche, von denen sie sich einen in jede Backe steckte, und lauschte den Erläuterungen ihres Chefs.

Lars kniff die Augen zusammen. Er hatte sich einen Stuhl organisiert und auf dem wenig einladenden Flur der siebten Etage des Polizeihochhauses Platz genommen. Was er hier wollte, wusste er auch nicht genau. Er wusste nur, dass er sich heute nicht mit den

Problemen der Insassen der Justizvollzugsanstalt Lübeck beschäftigen konnte. Also hatte er gleich heute früh bei seinem Vorgesetzten angerufen und sich krank gemeldet.

Seit sieben Uhr war er um das Polizeigebäude gestrichen. Gegen Viertel nach acht hatte er sich von einem Polizisten, dem er sich als möglicher Zeuge im Entführungsfall Jensen vorgestellt hatte, vor das Büro des Kommissariatsleiters führen lassen. Eigentlich gab es nichts Neues, was er noch aussagen könnte, aber er wollte da sein, wo er aus erster Hand etwas über den Verbleib von Ike erfahren würde.

Er rieb sich die übermüdeten Augen und blickte dann in die Richtung des Fahrstuhls. Die Tür hatte sich gerade besonders ächzend aufgeschoben. Die Gestalt, die nun aus dem Lift schlurfte und sich an die Wand stützte, schwankte. Im dämmerigen Zwielicht brauchte Lars einige Sekunden, bis er sie erkannte.

»Ike!« Lars sprang auf und rannte zu ihr hin. »Da bist du ja! Was ist denn mit dir los?« Vor Erleichterung wollte er sie gleich umarmen, doch sie wehrte ab. Stattdessen suchten ihre Hände Halt an ihm.

»Ich muss was zu trinken haben«, flüsterte sie. Die Haare hingen ihr schlaff ins Gesicht. Die Jeans waren verdreckt und nass, das T-Shirt und das weite Hemd, das sie darüber trug, verschwitzt und eingerissen. Ein erbärmlicher Gestank streifte Lars' Nase. Er störte ihn nicht, vielmehr gab er ihm sogar das Gefühl inniger Vertrautheit. Lars war bereit, alles zu tun und zu geben, damit es Ike gutging. Behutsam führte er sie in den nächstgelegenen Raum. Eine mittelgroße, etwas pummelige Frau mit einem lieben Gesicht sprang auf.

»Ike!«, schrie Ilka Gross überrascht auf. »Endlich, Ike!« Sie sprang auf, machte einen Satz auf das ungleiche Paar zu und führte ihre Kollegin zu einem Stuhl. Auch Sloboda hatte sich inzwischen ungelenk von seinem Stuhl erhoben. Er wirkte hilflos.

»Ich möchte etwas zu trinken, bitte.« Ikes Stimme war schwach und stockend, ihre Augen blickten Ilka stumpf an.

»Klar, ja, natürlich.« Schnell füllte die Kollegin ihr eigenes Glas mit Mineralwasser und reichte es ihr. Während Ike trank, ruckelte Ilka einen zweiten Stuhl heran und hob Ikes Beine auf die Sitzfläche. Mittlerweile hatte sich die Oberkommissarin vom ersten Schrecken erholt. »So. Jetzt ruh' dich erst mal aus. Soll ich einen Arzt holen?«

»Nein.« Ikes Antwort fiel knapp aus, weil Trinken im Moment wichtiger war als Reden.

»Noch mehr.« Sie hielt Lars das Glas hin.

Nachdem Ike ein wenig ausgeruht hatte und Hilde Marquardt, die Sekretärin, und sogar Deutschmann in Slobodas Büro gekommen waren, berichtete die junge Frau stockend von ihren Erlebnissen. Niemand erhob Einwände dagegen, dass Lars im Raum blieb und die ganze Zeit über Ikes Hand hielt.

»Und dann kam der Kerl wieder zurück in das Gartenhaus. Es war –«

»Wie sah der Mann aus?«, intervenierte Deutschmann. »Wir müssen ihn zur Fahndung ausschreiben!« Der Kriminalhauptkommissar wirkte ungewohnt engagiert.

»Eins nach dem anderen«, reagierte Sloboda etwas zu schroff und beendete so jäh das Engagement seines Kollegen. »Erzählen Sie erst mal zu Ende, Jensen.«

»Also, er kam wieder und dann nahm er Sven mit. Er hat kein einziges Wort gesagt. Aber ich habe in diesem Moment gedacht, jetzt holt er ihn und tötet ihn.« Erschöpft machte Ike eine Pause.

»Weißt du denn inzwischen, was mit Sven ist?«, warf Ilka ein.

»Nein«, antwortete Ike zögerlich. Fast hatte sie ein schlechtes Gewissen, dass nicht Sven, sondern sie hier saß. Sie blickte zu ihrem Freund auf. Dann sprach sie weiter, was ihr immer noch schwer fiel. »Ich weiß es nicht. Aber ich denke, dass der Mann mit Sven vielleicht dasselbe gemacht hat wie mit mir.«

Die anderen guckten sie betreten an. Keiner wagte nachzufragen.

»Nach einer Zeit ist er dann zurückgekommen und hat mich geholt. Er hat mich in sein Auto gestoßen –«

»Was für ein Auto?«, fragte die Sekretärin, die sich gern »Adelheid und ihre Mörder« mit Evelyn Hamann im Fernsehen ansah.

»Mein Auto, er hat sich mein Dienstauto genommen, den grünen VW Golf.« Jetzt wusste Hilde Marquardt nicht recht weiter und beendete die Befragung.

»Und dann hat mich der Typ mit den Handschellen am Griff des Beifahrersitzes festgemacht und ist losgefahren, ich weiß nicht genau wohin, aus Lübeck raus, Richtung Westen, glaube ich. Jedenfalls waren da nur kleine Straßen, und dann waren wir in einem Wald.

Da musste ich dann aussteigen. Es war völlig dunkel, ich konnte gar nichts sehen. Dann hat er gesagt, ich soll mich hinknien. Und dann –« Die Kriminalkommissarin machte eine Pause. Sie zitterte. Dann straffte sie sich und holte tief Luft. »Und dann hat er eine Pistole gezogen und auf meinen Kopf gerichtet. Und dann hat er sie entsichert. Er ist eine Zeitlang so stehengeblieben. Ich dachte, nun ist es aus. Und ich dachte, dass er zuvor Sven ebenso getötet hat.« Die letzten Sätze waren förmlich aus Ike herausgesprudelt. »Und ich dachte«, sie schaute verlegen zu Lars hinauf, »dass ich dich nie wiedersehen würde.«

Lars schniefte, blieb aber ansonsten ruhig. Mechanisch streichelte er Ikes Hand. Es sah aus, als wollte er eher sich selbst unter Kontrolle kriegen als Ike beruhigen.

»Dann hat er auf einmal gesagt: Wir wollen nicht, dass die Polizei weiter bei Hilgado herumschnüffelt. Hier geht es um höhere politische Ziele, die die Polizei nichts angehen. Ich glaube, Sie haben unsere Warnung nun verstanden. Und dann hat er noch gesagt, dass ich beim nächsten Mal nicht mit dem Leben davonkommen werde. Ja, und dann ist er plötzlich in sein Auto gesprungen, also in mein Auto, meine ich, und dann ist er weggefahren.«

»Und was hast du dann gemacht?«, fragte Ilka mitfühlend.

»Ich bin so ungefähr zehn Kilometer durch die Dunkelheit gelaufen und hab' dann bei einer Freundin erst einmal einen Schnaps getrunken.«

Dabei fiel Lars ein, dass unter den Gerüchen, die er vorhin wahrgenommen hatte, auch ein fader Alkoholgeruch gewesen war.

»Und dann«, fuhr sie fort, »konnte ich nicht mehr ruhig sitzenbleiben. Eigentlich wollte ich nach Hause, aber das ging nicht, weil ich … also, ich konnte meine Wohnung nicht betreten. Ich bin dann die ganze Nacht durch Lübeck gelaufen. Sobald ich mich irgendwo hingesetzt habe, waren die Bilder wieder da und … die Gefühle. Und das konnte ich erst recht nicht aushalten.«

Als Ike geendet hatte, schaltete sich Sloboda ein, jetzt wieder ganz der sachliche Ermittler.

»Jensen, können Sie eine Personenbeschreibung geben? Vielleicht können wir ein Phantombild anfertigen lassen, wir müssen den Mann zur Fahndung ausschreiben.«

Ike Jensen beschrieb den Mann als etwa eins achtzig groß, von kräftiger Statur, offensichtlich sehr gut durchtrainiert, Haare dunkel, leicht gewellt und kurz bis halblang. Die Augenbrauen seien mittig ein wenig zusammengewachsen. Der Mann habe ernst ausgesehen, aber nicht finster. Seine hellbraune oder ockerfarbene Stoffhose bezeichnete die Kommissarin als dreckig und ausgebeult. Und die Jacke, die er getragen habe, müsse aus dunkelblauem oder schwarzem Cord oder Fleece gewesen sein, wahrscheinlich gefüttert. Der Unbekannte habe eine Waffe bei sich, deren Marke sie nicht habe erkennen können. Er müsse Mitte bis Ende Vierzig sein. Auf der Wange, Ike wisse nicht mehr genau, auf welcher Seite, vermutlich rechts, habe er eine noch ziemlich frische Platzwunde gehabt, die aber nicht mehr geblutet habe.

»Deutschmann, geben Sie bitte die Fahndung nach dem Mann raus. Jensen, wenn Sie noch können, gehen Sie zu unserem Zeichner.« Sloboda hatte sich noch nicht daran gewöhnt, dass diese Dinge heutzutage über den Computer erledigt wurden und dass man weniger einen Zeichen- als einen PC-Künstler benötigte.

»Chef?«

»Was gibt's noch, Jensen?«

»Ich weiß nicht – vielleicht ist das keine so gute Idee, wenn wir jetzt nach dem Mann fahnden. Ich meine, vielleicht hat er ja Sven noch in seiner Gewalt.«

»Hm, da könnten Sie –« Weiter kam Sloboda nicht, weil in diesem Moment das Telefon klingelte. Ilka nahm ab. Alle schauten gespannt zu ihr hinüber.

»Hustedt hier. Lisbeth Hustedt.«

Sofort gab Ilka den anderen ein hektisches Zeichen und flüsterte, während sie die Muschel zuhielt, den Namen von Svens Frau. Sie stellte den Apparat auf laut.

»Lissi! – Weißt du etwas von –?«

»Du kannst das Telefon gerne laut stellen, das können ruhig alle mithören«, gab die Anruferin zur Antwort. »Ja, Sven ist heute Nacht nach Hause gekommen. Er ist … er kann nicht zum Dienst kommen. Er ist in einem sehr schlechten Zustand, ich glaube, er wird länger nicht mehr zur Arbeit kommen können.«

»Was ist denn mit ihm?«, fragte Ilka besorgt.

»Er hat –« Ein Schluchzen war zu hören. »Also er hat was gesagt von Scheinhinrichtung, und er ist völlig fertig, er zittert und dreht völlig durch. Wir haben heute Nacht den Notarzt hier gehabt, der hat ihm was gegeben, und jetzt schläft Sven erst mal.«

»Ja, natürlich, Lissi.« Ilka blickte fragend in die Runde. »Alles Gute von uns allen. Und wünsch ihm gute Besserung. Er soll sich Zeit lassen und sich erst mal richtig erholen. – Ach, und noch was: Sag ihm, dass Ike Jensen auch wieder da ist.«

»Gut, mach ich. Tschüss.« Als das Gespräch beendet war, hing der letzte Satz von Lisbeth Hustedt noch in der Luft. Er hatte frostig geklungen.

»Herr Polizeikommissar«, schaltete sich Lars Müller-Hänisch etwas linkisch ein. »Ike, also Frau Jensen sagt, sie möchte jetzt lieber nach Hause und das Phantombild später machen. Ich begleite sie, ist das okay?«

»Ja, natürlich, dann gute Besserung, Jensen. Nehmen Sie sich auch ein paar Tage frei.«

Dann wandte sich Sloboda an die anderen und verteilte die Aufträge: »Deutschmann, veranlassen Sie die Fahndung nach dem Dienstwagen von Jensen und nach dem Mann. Die Beschreibung haben Sie gehört. Frau Marquardt, Sie setzen einen Bericht über die Schilderungen von Jensen auf. Ilka, wir werden uns gleich um Nehlsen kümmern. Mal sehen, ob er schon bei Wächter und Co. sitzt. Wir machen bei der Vernehmung mit. Vielleicht fällt auch für uns etwas dabei ab.«

Während alle den Raum verließen – Ilka kaute schon wieder auf etwas herum – griff der Chef zum Telefonhörer. Erstens musste er den Leitenden Kriminaldirektor Doktor Manfred Reitner über den Stand der Ermittlungen informieren – der würde mindestens zur Besonnenheit mahnen. Zweitens würde er sich bei diesem Staatssekretär im Innenministerium, diesem Mader, zu einem Gedankenaustausch, wie er es diplomatisch nennen wollte, anmelden. Wenn diese beiden Telefonate ihm schlimmstenfalls unangenehm waren – der dritte Anruf machte ihm Angst: Er würde seinen Freund Uri anrufen und nach dem Ergebnis der letzten Untersuchung fragen. Er hatte da so ein dummes Gefühl. Und wahrscheinlich würde es wieder darauf hinauslaufen, dass Uri ihn trösten würde und nicht umgekehrt.

Gegen elf Uhr fünfzehn kamen Lars und Ike in der Hansestraße an. Ilka hatte sie mit dem Wagen zu Ikes Wohnung gefahren. Irgendwie schien sie froh zu sein, Ike in festen Händen zu wissen, und verabschiedete sich fröhlich von den beiden. Ebenso fröhlich schien eine makellose, wenngleich noch kraftlose Aprilsonne auf sie herab. Ike berührte weder das eine noch das andere.

Lars war zwar nicht fröhlich, aber auf eine besondere Weise zufrieden, da er sich seiner großen Liebe sehr viel näher fühlte als je zuvor. Die Ereignisse der letzten Tage hatten eine ganz besondere Verbindung zwischen ihm und Ike geschaffen. Jetzt nahm er sie fürsorglich in den Arm und führte sie das Treppenhaus hinauf. Im Vorübergehen zog er einen Brief aus dem Kasten, der halb daraus herauslugte. Oben angekommen, schloss er die Tür auf, die er inzwischen hatte reparieren lassen. Er legte die neuen Schlüssel und den Umschlag zu dem anderen Brief auf den Küchentisch.

»Du?« Ike war an der Wohnungstür stehengeblieben.

»Ja?«

»Ich weiß nicht … kannst du mal schauen?«

»Du meinst, ob keiner hier ist?«

Ike nickte. Lars durchsuchte, selbst etwas zögerlich, alle Räume. Dann beruhigte er sie: »Alles gecheckt, niemand da.«

Ike durchschritt den kleinen Vorflur und die Diele. Im Wohnzimmer schwankte sie etwas. Lars ließ sie in Ruhe und machte sich in der Küche zu schaffen. Er füllte ein Glas mit Leitungswasser und suchte etwas zu essen. Aus Rosinen (wie alt die waren, wollte er nicht wissen), Parmesankäse (dessen Streu sich inzwischen zusammengeklumpt hatte), Zwieback (die Packung kannte er noch aus seiner Kinderzeit), Gummibärchen (die am Fenster in der Sonne gelegen und deshalb alle die gleiche matte Farbe hatten), zwei Hühnereiern (die beim Kochen fast auf dem Wasser schwammen), einem nahezu vollständig dehydrierten Wirsingkopf und etwas Bienenhonig (dessen Verfallsdatum etwa zwei Jahre zurücklag, aber Honig konnte man bedenkenlos sogar zehn Jahre lagern, wie er selbst kürzlich getestet hatte) bereitete er etwas zu, das man, sofern man vorher den Rest Bommerlunder getrunken hatte, durchaus würde zu sich nehmen können. Dann ging er hinüber zu Ike, um ihr die Ergebnisse seiner Bemühungen zu servieren. Sie hatte eine kurze

Dusche genommen, sich umgezogen und es sich mittlerweile auf dem Wohnzimmersofa gemütlich gemacht.

Nach dem ersten Bissen mochte Ike lieber nicht darüber nachdenken, welche Zutaten in das Tellergericht Eingang gefunden hatten. Was sie aber herausschmeckte, war die Fürsorge des großen jungen Mannes, der erwartungsvoll auf dem Rand des Sofas hockte und ihr nun ein Gläschen Bommerlunder hinhielt. »Warum nicht?«, dachte sie und griff zu. Wärme durchströmte ihren Körper und auch ihre Seele. Ike fragte sich kurz, ob sie Lars' Zuneigung auch dann noch ertragen könnte, wenn sie wieder bei Kräften sein würde. Es war ihr egal, was zählte, war das Jetzt.

»Danke, dass du bei mir bist.«

Lars guckte verwirrt. Hatte er richtig gehört? Solche Töne war er nicht gewöhnt.

»Ich bin noch ganz zittrig«, fuhr Ike fort, »aber das Essen tut richtig gut.«

Der Psychologe war immer noch unsicher. War das jetzt echt?

»Komm, nimm mich einmal in den Arm. Mir ist ganz kalt, ich habe eine Gänsehaut.«

Immer noch perplex gehorchte Lars, immer in der Erwartung, dass ein Wort oder eine Geste die Szene beenden würde. Aber im Gegenteil entspannte sich Ike in seinen Armen zusehends und schlief bald darauf tief und fest ein.

Einige Stunden später schlug sie plötzlich die Augen auf.

»Erstens«, ihre Stimme klang erfrischt, »nimm mich in deine Arme, zweitens, küss mich!«

»Und drittens?« Nachdem er den ersten beiden Aufforderungen brav nachgekommen war, wollte Lars die begonnene Aufzählung vervollständigt wissen.

»Und drittens, hol doch bitte die Briefe aus die Küche und lies sie mir vor, ja?« Ike überlegte: Das waren jetzt der vierte und der fünfte Brief. Den ersten hatte sie am Freitagnachmittag empfangen, an dem Tag, an dem sie dann am Abend den ominösen Anruf erhalten hatte. Das war jetzt erst – sie rechnete – gerade einmal fünf Tage her.

»Es ist ganz schön viel passiert seit letztem Freitag«, sagte sie, als Lars mit den Briefen zurückkam.

»Ja, dieser furchtbare Anruf, deine Entführung.«

»Und auch mit mir ist viel passiert«, sagte Ike mit einem warmen Blick.

»Hmh, das stimmt wohl, es ist viel geschehen«, sinnierte ihr Freund. Er wollte es gerne glauben, war sich der Sache aber alles andere als sicher. Ike verstand sofort, was er meinte. Sie spürte seine Verunsicherung. Sie hatte ihm mit ihren emotionalen Aufs und Abs wahrscheinlich zu viel zugemutet.

»So, mach jetzt zu und lies vor!« Ike wollte das Thema jetzt nicht weiter vertiefen. Außerdem wollte sie wissen, was in den beiden Briefen stand.

Einige Minuten später beendete Lars seinen Vortrag mit dem P.S. des Schreibens: »Manchmal wünsche ich mir nur noch Ruhe.« Er ließ das Blatt auf seinen Schoß sinken und schaute auf. Ike war sehr still geworden.

»Das ist meine eigene Geschichte«, sagte sie leise. Sie spürte, wie es in ihr rebellierte, wie die Übelkeit sich ihrer wieder bemächtigen wollte. Aber Lars' Anwesenheit gab ihr Halt und sie konnte das Schicksal der Unbekannten diesmal auf Distanz halten.

»Ja, ich habe das auch schon gedacht«, antwortete Lars sanft. »Wenn du magst, erzähl mir davon.«

»Nein, Lars. Ich fühle mich im Moment ganz gut. Ich mag da jetzt nicht dran denken. Vielleicht später. Ich will jetzt lieber wissen, warum die Frau mir das schreibt.«

»Sie hat dich auf dieser Veranstaltung gesehen …«

»Ja. Aber da hat sie viele Menschen gesehen. Warum schickt sie ausgerechnet mir diese Briefe? Was verbindet uns sonst noch? Ich meine, außer dieser Geschichte?«

Lars dachte nach: »Weil du Polizistin bist?«

»Das ist schon möglich.« Ike klang nicht überzeugt.

»Weil du eine Polizistin bist, dic auch einen … sexuellen Missbrauch erlebt hat?«

»Kann sein. – Aber wieso? Was will diese Frau von mir?«

»Meinst du, dass sie vielleicht etwas mit dem Mordfall zu tun hat, an dem ihr gerade arbeitet?«, schlug Lars vor.

»Kann schon sein. – Vielleicht war sie es, die angerufen hat?«

»Du meinst, diesen Anruf, als wir gerade …« Irgendwie war ihm die Erinnerung an den Beischlaf mit einem Alien, wie er diese verunglückte sexuelle Begegnung frustriert für sich nannte, peinlich.

»Ja, könnte sein. Andererseits glaube ich, dass der Mord eher was mit diesem Mader zu tun hat. Er war das sicherlich nicht selbst, sondern das hat wohl dieser Typ für ihn erledigt, der Mann, der mich entführt hat.«

»Mader, war das dieser Typ von dem Handy? Dessen Nummer wir rausgetüftelt haben?«, versicherte sich Lars.

»Du! Du hast das rausgetüftelt. Ich hab' Pharisäer gemacht – ja, genau den hab' ich gemeint, irgendein wichtiger Mensch aus dem Kieler Innenministerium.«

Das Telefon klingelte. Aufgekratzt nahm Ike ab. Die Spekulationen zu dem Mordfall hatten ihr gutgetan.

»Jensen, wie geht es Ihnen?« Slobodas Stimme klang freundlich. »Haben Sie sich ein wenig erholen können?«

»Ja, danke, Chef. Ich habe gute Pflege hier.« Ike grinste zu Lars hinüber.

»Störe ich? Ich wollte Sie nur über die neuesten Ereignisse in der Sache Andresen informieren. Passt es?«

»Ja, das ist kein Problem. Ich habe ein bisschen geschlafen.«

»Das ist gut, Jensen. Also, was Sie noch nicht wissen: Deutschmann und einer von Wächters Jungs haben sich die Computer von Nehlsen und seinem Betrieb vorgenommen. Da haben wir Einiges gefunden, was uns zwar im Mordfall nicht direkt weiterbringt, aber indirekt glaube ich schon. Also …«

In präzisen Worten legte der Chef dar, was die Kollegen über die Verwicklungen der Firma und auch Nehlsens in die illegale Einfuhr von Diamanten, Gold, Perlen und anderen hochwertigen Rohstoffen in Erfahrung gebracht hatten. Er berichtete von den obskuren Parteispenden, Steuerhinterziehung, Hehlerei und weiteren Betrügereien. Zudem waren einige Corpora Delicti in der Firma vorgefunden worden. Man hatte die Preziosen einfach in Konservendosen oder -gläsern versteckt, in denen sie auch bei optischer Prüfung praktisch nicht zu sehen waren. Da man pro Dose oder Glas – und auch längst nicht in allen – immer nur wenige Stücke eingefüllt hatte, war auch deren Gewicht nicht auffällig anders. Ferner berichtete der Kommissar über Verbindungen nach Kiel, was Ike besonders hellhörig machte. In dieser ganzen Affäre wurde laut Sloboda aber auch ein mögliches Mordmotiv greifbar: Vielleicht hatte Andresen zu viel gewusst, vielleicht hatte er Forderungen gestellt, die gewisse Kreise nicht erfüllen wollten.

»Jetzt komme ich gerade aus der Vernehmung, die Wächter mit Heiner Nehlsen geführt hat«, setzte Sloboda seinen Bericht fort. »Ilka befragt in diesem Moment seine Frau nochmal. Nehlsen hat sofort seinen Anwalt eingeschaltet, einen smarten, gewieften, von sich selbst sehr überzeugten und sehr jungen Mann. Nehlsen selbst faselte immer etwas von gewissen Verbindungen – damit meint er wohl diesen Mader aus dem Kieler Innenministerium.«

»Und?« Ike wäre am liebsten aufgesprungen und in die Polizeidirektion gefahren.

»Wegen Flucht- und Verdunkelungsgefahr haben wir Nehlsen erst mal festgesetzt, was auch sein schlauer Anwalt nicht verhindern konnte.« Slobodas Stimme klang sehr zufrieden.

»Und wie geht es jetzt weiter?«

»Haftprüfungstermin ist am Feitag, gleich um acht.« Er hob den Ton seiner Äußerung am Ende ein wenig an, als handelte es sich um eine Frage, die die Kommissarin auch sogleich beantwortete.

»Ja, ich glaube schon, dass ich dann dabei sein kann. Was sagt eigentlich Reitner zu alldem?«

»Er wedelt freundlich, aber ein bisschen ängstlich mit dem Schwanz«, hätte der Kriminalbeamte am liebsten geantwortet. Stattdessen fiel seine Antwort gewohnt sachlich aus: »Ermahnt uns zur Behutsamkeit. Und er will bei jedem Schritt dabei sein.«

»Na klar, was sonst?« Unversehens hatte die Kommunikation einen kumpelhaften Ton angenommen.

»Und noch etwas«, fügte Sloboda an, »für Montag vierzehn Uhr habe ich uns bei diesem Mader in Kiel angemeldet, zu einem Gedankenaustausch.« Ike hatte den Eindruck, eine Art Glucksen durch die Leitung zu vernehmen. »Ich hoffe, ich kann mit Ihnen rechnen, Jensen?«

»Klar, Chef.«

»Übrigens habe ich beschlossen, Reitner aus psychohygienischen Gründen darüber nicht in Kenntnis zu setzen – wir wollen doch mal sehen, ob der Schwanz nicht ein wenig mit dem Hund wackeln kann.«

XXVII

Donnerstag, 3. April

Der Donnerstag verlief weitgehend ereignislos. Der größte Erfolg dieses Tages bestand darin, dass Deutschmann den grünen Golf seiner wenig geliebten Kollegin Jensen auffand. Der Entführer hatte ihn anscheinend irgendwann in der vergangenen Nacht direkt vor dem Theater in der Beckergrube abgestellt. Wütende Taxifahrer hatten, weil er sich auf ihrer Hoheitsfläche befand, erst einmal die Luft aus allen Reifen gelassen. Als sie einige Stunden später die Polizei gerufen hatten, hatte sich einer der Beamten daran erinnert, dass ein solches Fahrzeug gesucht wurde. Die Kriminaltechnik hatte sich sogleich an die Spurensicherung gemacht. Tatsächlich wurden verschiedene Faserreste von einer hellbraunen Baumwollhose und einer dunklen Fleecejacke gefunden. Dreck von den Reifen und von der Fußmatte ließ darauf schließen, dass der Wagen auf Feld- oder Waldwegen unterwegs gewesen war. Hypothesen über den genauen Ort traute sich niemand abzugeben. Im Innenraum und tatsächlich auch am Lenkrad waren Fingerabdrücke gefunden worden, die vom Täter stammen könnten. Für eine eindeutige Zuordnung musste aber noch ein Abgleich mit den Abdrücken von Jensen und Hustedt vorgenommen werden. Eine erste Sichtung der Täterkartei war ergebnislos verlaufen. Wenn es tatsächlich die Spuren des Täters waren – und dafür sprach Einiges, zumal Jensen sich deutlich erinnern konnte, dass er keine Handschuhe getragen hatte – bedeutete das, dass dieser sich wohl sehr sicher war, nicht gefunden zu werden. Vielleicht war es ihm auch egal, weil er auf mächtige Freunde zählen konnte.

Ike Jensen war für anderthalb Stunden ins Polizeigebäude gekommen, um ein Phantombild anfertigen zu lassen. Als sie Ilka begegnete, reagierten beide Frauen sehr befangen. Ilka konnte ihrer Kollegin einerseits nicht verzeihen, dass sie mit Sven geflirtet und womöglich sogar geschlafen hatte. Andererseits hatte sie Mitleid mit Ike gehabt, weil sie, so wie sie aussah, Schlimmes durchgemacht haben musste. Ike ihrerseits hatte ihre Kollegin bei dieser Gelegenheit erstmals richtig angeschaut. Wie hatte sie nur übersehen können, dass Svens langjährige und vertraute Zimmergenossin in ihn verliebt war? War sie immer so mit sich selbst beschäftigt, dass die Gefühle Anderer in ihrem Leben keinen Platz hatten? Wie sehr musste es Ilka verletzt haben, dass Sven so hinter ihr her gewesen war! Nur gut, dass sie nichts von ihrer gemeinsamen Nacht ahnte!

Beim Abschied war Ike versucht gewesen, ihre Kollegin zu umarmen. Aber sie schämte sich zu sehr vor ihr. Auf dieses ungewohnte Gefühl reagierte sie mit Schüchternheit, auch eine neue Erfahrung für sie.

Als sie nach Hause kam, fühlte sie eine Welle eigentümlicher Erregung heranbranden, die sie nicht zuordnen konnte, verbunden mit einer leichten Übelkeit und Schwindel. Merkwürdigerweise waren es eher die Bilder aus ihrer Kindheit, die ihr durch den Sinn gingen, als die Umstände ihrer Entführung. Ikes Herz klopfte hart in ihrem Brustkorb. Kalter Schweiß trat auf ihre Stirn, Hände und Lippen kribbelten. Ike hatte Mühe, genug Luft zu bekommen. Ihr ging es erst etwas besser, nachdem sie Lars angerufen und ihm das Versprechen abgenommen hatte, dass er am späten Nachmittag zu ihr kommen würde.

Der Erste Kriminalhauptkommissar hatte den Donnerstag lustlos im Gebäude in der Possehlstraße zugebracht. Er hatte sich auf den Haftprüfungstermin von Nehlsen vorbereiten wollen, konnte sich jedoch nur schwer konzentrieren. Stattdessen hatte er gleich mehrmals seinen Kollegen Wächter aufgesucht, um wieder und wieder das Material zu sichten. Immer war ihm noch etwas eingefallen, was er vergessen hatte. Dazwischen war er durch die Flure gerannt, hatte sich mal bei Ilka eingefunden, dort etwas angeordnet oder gefragt, mal bei der Schreibkraft Hilde Marquardt, um ihr einen unwesentlichen Auftrag zu erteilen, war dann wieder im Kommissariat 6, der Kriminaltechnik, aufgetaucht, um dort zum wiederholten Male dieselben Dinge zu erfragen. Schließlich hatte er seinen Arbeitstag für beendet erklärt und war nach Hause gefahren.

Wortlos hatte er sich Uri geschnappt und sich mit ihm auf eine der Bänke im Aegidienhof gesetzt. In diesem alternativen Wohnprojekt besaßen sie gemeinsam eine lichte Vierzimmer-Wohnung in der dritten Etage, von wo aus man sogar eine kleine Ecke des Krähenteichs sehen konnte.

Nach wenigen Minuten hatte sich Hans Sloboda eingestehen müssen, dass er auch hier nicht würde stillsitzen können, hatte seinen Geliebten von der Bank gezerrt und schlenderte nun wortlos mit diesem durch den Aegidienhof, durch die heimeligen Nischen, die sich dem Blick überraschend da boten, wo man sie nicht erwartete, durch die Höfe, die sich hinter Mauern duckten, und durch die idyllischen Gänge, die einen unversehens in ein mittelalterliches Ambiente versetzten.

Die beiden Männer gaben ein irgendwie unstimmiges Bild ab: Auf der einen Seite der mittelgroße Hans Sloboda mit den blonden, etwas dünnen Strähnen, die ihm weich ins Gesicht fielen. Sein Gang glich eher einem Schlurfen und das fliehende Kinn betonte diesen Anschein des Unentschlossenen noch. Im Kontrast dazu standen die eisblauen klaren Augen, die jedoch im Augenblick von Sorgen und Schwere getrübt waren. Sloboda wurde manchmal mit Colombo verglichen, dem trotteligen, aber genialen Fernsehkommissar, und manch ein Verbrecher hätte gut daran getan, diese Ähnlichkeit ernst zu nehmen.

Neben ihm wirkte Uri, wegen seiner Schweizer Herkunft und Verlässlichkeit liebevoll Ührchen genannt, energievoll und drahtig. Der dunkelhaarige, südländisch aussehende Mann war einen halben Kopf kleiner als Sloboda, was aber wegen der meist gebeugten Haltung des Letzteren kaum jemandem auffiel. Uri war, im Unterschied zum besorgten Naturell seines Partners, von Optimismus geprägt. Er erklärte diesen Wesenszug mit seiner Herkunft: Wer aus der Geborgenheit der Schweizer Berge in die weite Landschaft Norddeutschlands zog, der könne diesen Schock angesichts des unendlichen Horizonts nur mit einer gehörigen Portion Humor und Zuversicht verkraften. Mit der gleichen Haltung begegnete er dem Krebs. Er weigerte sich, ihn als etwas Unabwendbares hinzunehmen.

XXVIII

Hi Icki!

Diese Nacht plagte mich ein Albtraum nach dem anderen, kennst du das auch? Die ganze Nacht fast kein Auge zuzubekommen? Alle Szenen der eigenen Kindheit laufen in deutlichen Bildern vor deinem inneren Auge ab. Mein Therapeut sagte, ich solle sie ihm erzählen, das würde mir helfen. Doch wie willst du jemandem davon erzählen, dass du ein Kind warst und dein sogenannter Vater mit dir Sex hatte, dir wehtat? Dass du es nicht wolltest, dass du dich gewehrt hast und Schläge dafür bekamst?

Mein Schamgefühl ist riesig! Hast du auch solch ein Schamgefühl? Könntest du darüber sprechen? Und hättest du überhaupt jemanden, dem du alles erzählen könntest?

Wenn du Albträume hast: Was tust du dann? Verlässt du dein Bett, lenkst du dich ab? Fluchst du, schreist und schimpfst du? Ich kann das bis heute nicht. Wie denn auch, wenn ich mich schuldig fühle? Denkst du dann, du bist alleine auf der Welt damit? Sind wir aber nicht, Icki. Es gibt viele Einrichtungen, in denen Menschen arbeiten, mit denen man darüber reden kann. Die können uns auch weiterhelfen. Nur, unsere Bilder und Gefühle können sie uns nicht abnehmen. Ich, du und viele Überlebende müssen lernen, damit umzugehen und damit weiterzuleben.

Wichtig ist, dass keine Überlebende schweigt und denkt, die Zeit heilt Wunden. Tut sie nicht! Meine Narben wurden durch jahrelanges Schweigen immer dicker. Wuchernder Schorf bedeckte meine Seele, so dass ich mich kaum noch bewegen mochte und konnte. Die Narben tun bei jeder Berührung weh, bei jedem Schritt, den ich auf Andere zugehe. Wenn du halb erfroren bist, Icki, dann tut Wärme furchtbar weh!

Mir hilft immer eine bestimmte Vorstellung: Ich gehe mit Narben übersät zum Therapeuten, und jedes Mal, wenn ich mit einer Therapiestunde fertig bin, hat der Therapeut eine Narbe mit elastischer neuer Haut bedeckt.

Genauso hat sich inzwischen auf einer meiner größten Narben neue Haut gebildet: Mein Stiefvater lockte mich in mein Zimmer, schloss die Tür ab und schubste mich auf mein Bett. Er legte sich auf mich, ein fürchterlicher Schmerz jagte durch meinen Unterleib. Strampelnd und mich windend versuchte ich, ihn von mir wegzustoßen. Ich weinte. Und weißt du, was dieses Schwein gemacht hat? Er nahm sein Taschenmesser aus seiner Hose und stach mir damit in den Unterschenkel. Ich war schlagartig still. Dunkles, dickflüssiges Blut lief mir die Wade runter und tropfte aufs Bett. Meinen Stiefvater störte es nicht, er machte weiter. Aus Angst, dass er mir mit dem Messer noch mehr antut, ließ ich es dann ohne Gegenwehr mit mir geschehen.

Siehst du, Icki, wenn ich jetzt diese neue Haut eincreme und pflege und für mich sorge, wird es gehen.

Was meinst du, wie oft ich daran dachte, ihn eines Tages umzubringen!

Und? Wie geht's dir, wenn du das alles liest?

Bis zum nächsten Brief!

Christiane

XXIX

Freitag, 4. April

Am Freitag gegen neun Uhr standen Jörg Wächter und Hans Sloboda unzufrieden auf dem Vorplatz des Lübecker Amtsgerichts. Erregt diskutierten sie das merkwürdige Verhalten des Haftrichters und die fehlende Courage des Leitenden Kriminaldirektors. Beide waren sich einig, dass das Ergebnis des Haftprüfungstermins von oben manipuliert worden war. Frustriert und voller Zorn beschlossen sie, umstandslos ins Wochenende zu gehen und Arbeit fürs Erste Arbeit sein zu lassen. Die für heute Nachmittag angesetzte Sitzung zur gemeinsamen Sichtung der bisherigen Erkenntnisse und weiteren Planung würde dann eben ausfallen.

Ortwin Zenner, Vorsitzender Richter am Lübecker Amtsgericht, und der Lübecker Kriminaldirektor Reitner hatten zur gleichen Zeit ein flaues Gefühl in der Magengegend. Sie waren ebenfalls nicht zufrieden mit dem, was sie soeben getan beziehungsweise nicht getan hatten. Aber, so sagten sie sich, man müsse eben auch mal in der Lage sein, eigene Ansichten und Gefühle zurückzustellen und im Interesse der größeren Sache zu handeln.

Zenner gönnte sich zur Beruhigung seines Magens einen Schluck aus der Cognac-Flasche in seinem Schreibtisch, was ihn in die Lage versetzte, sich wieder den unerledigten Aktenbergen zuzuwenden. Reitner erzielte denselben Effekt mittels eines üppigen zweiten Frühstücks, das er im »Café Oase« in der Hüxstraße zu sich nahm. Das Café lag ja praktisch auf dem Weg zur Possehlstraße.

Eine ganze Reihe weiterer Personen war hingegen in diesen Stunden und am folgenden Wochenende sehr zufrieden, allen voran Heiner Nehlsen. Schon sein Anwalt, der nach eigener Auskunft von einem Kieler Staatssekretär beauftragt worden war, hatte sehr beruhigend auf Nehlsen gewirkt. Obwohl die beiden Kommissare beim Haftprüfungstermin erdrückende Beweise für seine Transaktionen vorgelegt hatten, hatte der Richter einer Untersuchungshaft nicht zugestimmt, weil keine Verdunkelungs- oder Fluchtgefahr bestehe. Zudem hatte er durchblicken lassen, dass in dieser Sache nicht mit einem Prozess zu rechnen wäre. Zufrieden hatte Nehlsen mit angesehen, wie zerknirscht die Herren Kommissare, die blonde Kommissarin und sogar der Kriminaldirektor den Sitzungssaal verlassen hatten. Es war ein gutes Gefühl, unter dem Protektorat eines mächtigen Politikers zu stehen.

Nehlsen wartete, bis ihm die Tür zum Fond des Audi A6 geöffnet wurde, den er von seiner Firma angefordert hatte, um ihn vom Gericht abzuholen. Genüsslich ließ er sich in den Ledersitz fallen. Die beiden Nächte in der Polizeizelle waren anstrengend gewesen, und nun freute sich der geschäftsführende Kommanditist der Hilgadowerke auf ein geruhsames Wochenende und die liebevolle Aufmerksamkeit seiner Frau.

Nur eine winzige Kleinigkeit verdarb ihm die ungeteilte Freude über seinen Triumpf: Er wusste immer noch nicht, was dieser ominöse Anruf zu bedeuten hatte, durch den er vor einigen Tagen zur Moislinger Eisenbahnbrücke bestellt worden war. Von dem Anrufer hatte er nichts mehr gehört. Wollte er Geld? Würde er sich wieder melden? Sicherlich war es nur ein dummer Scherz gewesen.

Zufrieden aalte sich Benedikt Mader in seinem protzigen Schreibtischstuhl. Selten musste er sich von hier, seiner Schaltzentrale, wo er alle Hebel in der Hand hatte, fortbewegen. Das galt auch für sein gestriges Telefonat mit dem Lübecker Haftrichter. Wenn dieser sich auch zunächst gewunden hatte, Maders Anordnungen zu befolgen, so war doch auch eine gewisse Dankbarkeit durchgeschimmert, endlich einmal die Verantwortung für eine Entscheidung nicht selbst tragen zu müssen, sondern sie an höhere Stellen weiterzureichen. Die Gegenargumente waren reine Ziererei gewesen – gut, schließlich musste auch ein Richter sein Gesicht wahren. Es war Maders Stärke, und dessen war er sich bewusst, immer diejenige Melodie zu spielen, die bei seinem Gegenüber die gewünschte Resonanz erzeugte. Auf diese Weise konnte man viele Menschen vor den Karren der eigenen Ziele spannen, wofür diese auch oft noch dankbar waren – was man dann zusätzlich in klingende Münze oder sicheren Status umwandeln konnte.

Zufrieden war die Made auch mit seinem Kalfaktor Kamuschke, der sich immer Camus rufen lassen wollte. Welch lächerliche Anmaßung, sich mit dem großen französischen Schriftsteller auf eine Stufe zu stellen! Kamuschke hielt seine zynische Melancholie offenbar für existenzielle Philosophie. »Aber, sei's drum«, dachte die Made, »solange er mir zur Hand geht!« Unwillkürlich mahlten die Kiefer des feisten Mannes.

Soeben hatte Kamuschke sein Büro verlassen. Um ihn musste sich Mader keine Sorgen machen: ein neuer Pass, ein bisschen Kleingeld, ein vorübergehender Aufenthalt in der Karibik, bis Gras über die ganze Angelegenheit gewachsen wäre. Die Sache mit Andresen war ein unangenehmer Zwischenfall. Mord war nicht so leicht zu vertuschen oder mit politischen Zielen zu bemänteln. Mord rief immer Presse und öffentliche Meinung auf den Plan – und mit beidem durfte man es sich nicht verscherzen. Aber auch diese Geschichte lief ganz in seinem Sinn, wie er sich vom Lübecker Polizeichef hatte berichten lassen: Es gebe einige Indizien gegen einen gewissen Nehlsen. – Wer war schon Nehlsen!

Jetzt hieß es nur noch, die Ausführung seiner Anweisungen an die Ninetop Corporation zu überprüfen: Waren seine Anordnungen an die zuständigen Agenten in verschiedenen Ländern der Dritten Welt weitergeleitet worden? Hatte man die Geschäfte mit Edelmetallen, Perlen und anderen Wertgegenständen eingestellt und die Handlanger abgewickelt und ruhiggestellt? Mit diesem Geschäft musste Schluss sein. Es hatte ohnehin genug eingebracht.

Nachdem die Made das Gespräch mit dem australischen Partner beendet hatte, angelte er sich wieder seine Zeitung. Noch einmal las er die kleine Notiz über Unruhen im türkisch-kurdischen Grenzgebiet. Morgen würden diese Nachrichten auf die vorderen Zeitungsseiten wandern, versehen mit den gewünschten Kommentaren: Keinesfalls dürfe man die Türkei nach diesen erneuten Menschenrechtsverletzungen in die EU aufnehmen! Ernst zu nehmende Fachleute hätten dies schließlich schon immer gesagt. Zufrieden rekelte sich Mader in seinem Ledersessel.

Auch Karl Camus Kamuschke war zufrieden: Benedikt hatte seinen Einsatz positiv bewertet. Mit überschwänglichem Lob war er zwar immer sehr zurückhaltend, aber seine Äußerungen waren eindeutig positiv gefärbt gewesen.

Es war Freitag, achtzehn Uhr fünfundzwanzig. In drei Tagen um dieselbe Zeit würde die Maschine von Hamburg-Fuhlsbüttel starten und ihn nach Frankfurt und von dort aus via Madrid nach Kuba bringen. Sein Gönner hatte alles vorbereitet: Tickets, Pass (an seinen neuen Namen Bernhard Rottmann musste er sich allerdings erst noch gewöhnen), Geld, zwei Monate Aufenthalt auf Kuba bei Benedikts Freunden.

Drei Tage, so hatte Benedikt ihm klargemacht, müsste er sich noch in Lübeck versteckt halten. Das würde Camus nicht schwer fallen. Drei Tage Zeit, um sich von Lübeck zu verabschieden. Zeit genug, um noch etwas zu erledigen.

Das Einzige, was ihn störte, war, dass er seine Mutter nun für längere Zeit nicht würde besuchen können. Hoffentlich würde sie noch leben, wenn er zurückkäme.

Soweit es ihr bei den Angstzuständen, die sich in den letzten Tagen wieder verstärkt hatten, möglich war, fühlte auch Christiane Breitenbach Zufriedenheit. Ihren sechsten Brief hatte sie vorgestern abgeschickt, diesmal mit der Post. Vermutlich hatte er seine Adressatin schon erreicht, vermutlich hatte Icki ihn sogar schon gelesen. Christiane schien es so, als hätte sie mit ihren Schilderungen eine Brücke zwischen ihnen beiden errichtet, die mit jedem Brief fester wurde. Der Letzte war ihr besonders schwer gefallen. Sie hatte sich zurückhalten müssen, um sozusagen den Boden zu bereiten für die Erlebnisse, von denen sie im nächsten Brief berichten wollte. In ihrer Therapie hatte sie diese furchtbaren Dinge bereits erzählt, die ihr der Stiefvater angetan hatte.

In ihr drängte alles nach dem letzten Akt ihres Dramas. Bald würde es soweit sein. Zuvor musste sie noch eine Sache erledigen, die sie zugleich herbeisehnte und fürchtete. Die stämmige Frau warf einen Blick auf die Küchenuhr über der Anrichte: nur noch wenige Minuten bis zum Samstagmorgen. Vielleicht kommenden Dienstag. Dann würde sie der Polizistin den letzten Brief zusenden, in dem sie ihr lediglich eine Nachricht zukommen lassen würde. Eine Einladung. Nein, eher eine Aufforderung. Icki würde sich ihr nicht entziehen können. Und dann, endlich, würde sie sich mit der Polizistin treffen.

Nacht von Samstag, 5. April, auf Sonntag, 6. April

Über vierundzwanzig Stunden später lag Lars Müller-Hänisch lange wach. Obwohl er wieder einmal eine Zurückweisung erfahren hatte, war er keinesfalls unglücklich, sondern sogar recht zufrieden. Als er heute Abend versucht hatte, sich seiner Freundin sexuell zu nähern – die Initiative war tatsächlich von ihm ausgegangen – hatte Ike abgelehnt. Sie hatte widerwillig und sogar fast schroff reagiert. Dennoch hatte Lars in diesem Moment das Gefühl gehabt, dass sie zum ersten Mal auf gleicher Augenhöhe waren, wenn es um Sex ging. Für ihn hatte die Zurückweisung mehr Zweisamkeit beinhaltet als alle vorangegangenen, teilweise stürmischen sexuellen Aktionen.

Lars dachte an den Abend dieses furchtbaren Anrufes, als Ike beim Sex so mit sich selbst beschäftigt gewesen war, dass Lars sich fast überflüssig vorgekommen war. Und er erinnerte sich an ihren ersten Versuch im letzten Jahr, miteinander zu schlafen: Noch am Morgen jenes Tages hatte er sich diese Situation in wahrhaft riesiger Vorfreude ausgemalt. Als Ike ihn dann am Abend plötzlich ausgezogen und nackt unter die Dusche gezerrt hatte, waren jedoch verschiedene innere Programme bei ihm miteinander in Konflikt geraten: die Sehnsucht nach wirklichem Kontakt, Geilheit, ein Gefühl der Überrumpelung, das männliche Gesetz obligatorischen Vollzugs, Versagensangst. Das alles hatte zu einem kompletten Systemabsturz geführt.

Das erste Mal seit Ewigkeiten hatte Ike richtig gut geschlafen. Sie rekelte und streckte sich und atmete zufrieden und genüsslich ein. Als sie sich ihres Zustands bewusst wurde, erschrak sie. Ihr Herz klopfte heftiger. Es war, als lauerte in ihr die Panik, böse Erinnerungen im Gefolge, wie ein sprungbereites Tier. Aber irgendwie wusste Ike, dass diese Bestie ihr nichts anhaben konnte. Es war verrückt: Panik und Ängste waren im Moment ohne Bedeutung, ebenso wie Schmerz – beides konnte sie durch sich hindurchziehen lassen. Angst hatte sie bisher nur vor einem gehabt: vor seelischer Berührung, der sie mit körperlicher Intimität zuvorkam. Aber auch diese Angst war in den letzten Tagen dahingeschmolzen und einem Gefühl der wärmenden Zweisamkeit gewichen.

Der letzte Brief von Christiane fiel ihr ein. Die Geschichte der Fremden spulte sich im Zeitraffer vor ihrem Geist ab und vermischte sich mit der eigenen. Übelkeit breitete sich in ihr aus, die sich bis an den Rand des Erbrechens steigerte.

Als Lars sie gestern Abend hatte verführen wollen, hatte sich plötzlich das Gesicht ihres Onkels vor seins geschoben, hatte Ike plötzlich einen widerwärtig-vertrauten Geruch in der Nase gehabt, der alles in ihr, besonders in ihrem Unterleib, zusammengezogen und in einen dumpfen Schmerz getaucht hatte. Das war geschehen, das war ihr auf Anhieb klar, weil sie die Initiative aus der Hand gegeben hatte. Jemand anders hatte plötzlich die Kontrolle über sie gehabt.

Wie früher. Der ekelerregende, liebevolle Onkel Hartwig.

Dennoch war Ike nicht traurig, wenn sie daran dachte. Die Zurückweisung stimmte sie sogar zuversichtlich, weil sie ein erster Schritt zu einer wahrhaftigen sexuellen Beziehung war. Sie wusste, sie würde Zeit brauchen. Und da war jemand, der ihr Zeit geben würde: Lars. Zufrieden drehte sie sich auf die Seite.

Cuzco, Sonntag, 6. April,

20 Uhr Ortszeit

Während in Lübeck der frühe Montag angebrach, riefen die Glocken der kleinen Kolonialkirche in Cuzco, Peru, die Menschen zum abendlichen Gottesdienst. Maria und ihre vier Kinder hatten sich bekreuzigt und dann auf einer der Holzbänke Platz genommen, wo sie nun auf das Familienoberhaupt warteten. Paco Emmanuel Ferrentes befand sich in einem Gebüsch am entgegengesetzten Ende des Friedhofes hinter der Kirche.

Während Maria dem Jüngsten, dem anderthalbjährigen Tercio, die Nase abwischte und der Kleine kräftig in das Taschentuch schnaubte und das Schnauben wiederholte, weil sich einige Kirchgänger belustigt zu ihm umdrehten, lag vielleicht hundert Meter von ihnen entfernt sein Vater in einer Pfütze.

Und während Maria halb belustigt, halb verlegen versuchte, ihren Sprössling durch Ablenkung und ernste Ermahnungen zur Ruhe zu bewegen, war ihr Mann in der Wasserlache ganz allein.

Während dann aber der Pfarrer der Gemeinde würdevoll zum Altar schritt und die Erwachsenen schnell leise wurden und auch der kleine Tercio unter dem strengen Blick des Geistlichen zur Ruhe kam, begann sich Paco Emmanuel Ferrentes zu regen. Er stöhnte. Er befühlte seinen Oberkörper, der schmerzte. Seine Lippen waren aufgeplatzt und bluteten heftig. Dennoch war der kleine, drahtige Mann in dem zerrissenen Hemd und der schlotternden, matschdurchtränkten Hose zufrieden, weil die vier Angreifer ihm nur das Gesicht aufgeschlagen und anscheinend eine oder zwei Rippen gebrochen hatten. Aber das wichtigste war, dass seine Familie lebte. Dass sie Maria und den Kindern nichts getan hatten.

Er hatte nun alles hinter sich. Es war sein letzter Job in Puerto Maldonado gewesen. Paco hatte immer Angst vor dem Moment gehabt, in dem man ihm eröffnen würde, dass man seine Dienste nun nicht mehr bräuchte. Er hatte befürchtet, dass man sich seines

Schweigens mit Hilfe der Entführung oder sogar Ermordung eines seiner Kinder versichern könnte. Immerhin war er, auch wenn er immer nur diese vier Leute zu sehen bekommen hatte, Mitwisser eines groß angelegten Betruges. Nun hatte man ihn nur zusammengeschlagen. Man war der Meinung, dass das reichen würde. Und das würde es auch! Schließlich hatte man ihm deutlich zu verstehen gegeben, was passieren würde, wenn er redete.

Einen neuen Job würde er schon irgendwie finden. Zufrieden legte er sich zurück und streckte sich in der Pfütze aus. Nur noch ein wenig ausruhen wollte er, dann würde er nach Hause gehen und sich von Maria pflegen lassen.

Papeete, Sonntag, 6. April, 15 Uhr Ortszeit

Einige tausend Kilometer westlich von Cuzco tobte Toothie: »Das könnt ihr nicht machen! Wovon soll ich denn jetzt leben, hä?« Jackie entblößte seinen zahnlosen Oberkiefer, der ihm seinen Spitznamen eingebracht hatte.

»Bleib cool, Alter!«, raunzte der bullige Fahrer zurück. »Hättest ja wengier zocken und dafür was sparen können!«

»Du kommst und sagst einfach so, dass unser Geschäft nicht mehr läuft!«, erwiderte Toothie zornig. »Aber ich hab' mich auf euch verlassen und euch meine Werkstatt zur Verfügung gestellt!«

»Musst halt wieder Autos reparieren«, meinte der Jüngere lässig.

»Autos reparieren, hä? Und welche? Meinst du, die Leute warten nur darauf, dass ich die Werkstatt wieder aufmach'?« Der Alte fuchtelte mit den Armen. Er hatte seine dürre Gestalt hoch aufgerichtet und versuchte, gefährlich auszusehen.

»Is' nich' unser Problem. Ha'm wir dir nich' gutes Geld gezahlt? Paar Jahre lang? Ha'm wir das nich'?«

Während Jackie sich immer mehr erregte, wurde der Fahrer des Lkw immer ruhiger. Jackie wusste, dass er den Bogen nicht überspannen durfte, aber er konnte sich nicht beruhigen und schrie immer weiter.

»Ich hab' nur Arbeiten für euch gemacht – immer nur mit diesen blöden Obstdosen rumgemacht! Ich weiß genug über eure dunklen Geschäfte! Und du, du steckst da mitten drin!« Er hielt inne und blinzelte hinterhältig. »Und wenn ich mal kurz zur Polizei geh'?«

Der andere blieb ruhig. Sein blindes linkes Auge schien den Alten zu fixieren. Dann drehte sich der Fahrer langsam um, schritt ruhig zu einem der Regale, in denen alte Werkzeuge durcheinander lagen, und holte etwas unter einigen verölten Maschinenteilen hervor.

»Na, was ha'm wir denn da?« Mit gespieltem Erstaunen hielt er ein kleines Beutelchen hoch. »Da is' ja so'n weißes Zeugs drin!« Er hielt das Päckchen an einem Ende und wedelte damit hin und her. »Ob das wohl Koks ist?«

Jackie schnappte nach Luft.

»Das hast du doch gerade –«

»Meinst du, dass die Polizei dir das glauben wird?«

Der Alte wusste nicht, was er sagen sollte. Er hatte immer gedacht, der Mann mit dem vernarbten Gesicht sei so etwas wie ein Freund.

»Also«, fuhr der Fahrer ganz in Ruhe fort, »ich glaub', wir können uns darauf einigen, dass wir beide nichts sagen, oder?«

Jackie sagte nichts mehr. Aber er war überhaupt nicht zufrieden.

XXX

Montag, 7. April, früher Morgen

Am Montagmorgen erwachte Ike um sechs. Als Erstes ging sie zum Briefkasten. Sie war nicht überrascht, als sie einen weiteren Brief im Kasten stecken sah.

Wieder in der Wohnung ging sie aufs Klo, dann duschte sie, anschließend bereitete sie sich ein kleines Frühstück – sie hatte sogar Appetit auf all die leckeren Sachen, die Lars ihr besorgt hatte! – und legte den Brief fast andächtig neben ihrem Platz zurecht.

Nachdem sie die ersten Zeilen gelesen hatte, hörte sie auf zu kauen. Sie legte ihr Marmeladenbrot beiseite. Einmal noch griff sie zur Kaffeetasse, die aber in halber Höhe zwischen Tisch und Mund in der Luft stehenblieb. Ohne getrunken zu haben, stellte sie sie wieder zurück. Was sie las, erschütterte sie mehr als alles zuvor:

Hallo Icki!

Heute fing mein Tag nicht gut an. Mir ist sehr schwindelig, ich taumele von rechts nach links und habe Panikattacken, ich friere, schwitze, mein Herz klopft mir bis zum Hals. Dieser Zustand erinnert mich an eine ganz schlimme Zeit: ein halbes Jahr Qual mit Gewichtsverlust und Übelkeit. Dann ging ich für acht Monate in eine psychiatrische Klinik.

Ich weiß nicht, Icki, ob ich es heute schaffe, diesen Brief zu beenden. Lege mich in mein Bett und kuschele mich ein wie ein kleines Kind. Versuche, etwas Ruhe zu bekommen und zu schlafen. Aber Schlaf ist immer gefährlich, denn dann kommen Erinnerungen und Bilder:

»Los steh auf, oder willst Du bis mittags grunzen?«

»Nein, Papa ich komme schon. Papa, wo sind Petra und Mandy?«

»Was geht dich das an, steh auf!«

Also bin ich heute wieder mit ihm alleine, aber ich muss ja zur Schule, Gott sei Dank. Das ist zwar auch nicht so toll, weil die Kinder aus dem Obdachlosenasyl gehänselt werden. Egal, es ist tausendmal besser dort als hier. Lieber Gott, lass ihn heute noch Tabletten haben und lass nicht zu, dass ich irgendwo Geld oder Lebensmittel borgen muss, dann darf ich zur Schule gehen. Und vor allen Dingen: Lass ihn mich nicht brauchen.

»Papa, gibst du mir zehn Pfennig für Schulkakao, und darf ich mir ein Schulbrot schmieren?«

»Noch ein Wort und du kriegst von mir eine geschmiert.«

Ich habe ihn gereizt, jetzt bloß nichts mehr sagen und weg. Draußen treffe ich auf Klassenkameraden, sie ziehen sofort über mich her: »Floheule, asoziales Pack!« Oder: »Die stinken und klauen!« Das sind noch die harmlosesten Bemerkungen. Ich gehe allein hinter ihnen her, ich halte Abstand.

In Mathe bekomme ich von meinem Lehrer Herrn Krüger eine Ohrfeige, weil ich mein Heftetikett mit Bleistift beschriftet habe und nicht mit dem Füller. Ich besitze aber keinen, weil meine Eltern kein Geld haben. Zum Glück habe ich schon zu Hause meine Brille abgenommen und im Ranzen versteckt. So wird die Klasse nicht sehen, dass mein Stiefvater sie am Bügel mit Isolierband zusammengeklebt hat. Alle hätten mich ausgelacht. Hätte er mir nicht ins Gesicht geschlagen, wäre sie noch heil. Eine neue Brille werde ich vorläufig nicht bekommen. Ich kann dem Unterricht kaum folgen.

Heute muss ich immer wieder an gestern Abend denken: Hoffentlich kommt die Angst nicht wieder! Die Angst, dass ich keine Luft bekomme, ist schlimm. Zwei Abende hintereinander sind genug. Ich muss daran denken, wie es das erste Mal passierte: Meine Mutter hatte sich wohl doch Sorgen um mich gemacht, sie holte einen Notarzt. Der Doktor hielt mir eine Papiertüte vor Mund und Nase und riet mir, ruhig und tief ein- und auszuatmen. Es half.

Mein Stiefvater wurde wütend: »Das ist alles?«, schrie er. »Dafür wird kein Arzt mehr geholt!« Als die Angst das zweite Mal kam, nahm mein Stiefvater eine große Plastiktüte und stülpte sie mir über den Kopf. Ich bekam erst recht keine Luft, die Tüte saugte sich mit jedem Atemzug weiter in meinen Mund. »Die läuft ja blau an!«, hörte ich meine Mutter noch sagen. Dann sank ich zu Boden. Mit zwei Schläuchen in den Nasenlöchern wachte ich wieder auf. Der Arzt wollte mich ins Krankenhaus mitnehmen, doch Mama versprach ihm, auf mich aufzupassen.

Sie blieb die ganze Nacht neben mir auf einem Stuhl sitzen. »Mama, frag mich, was Papa mit mir macht, bitte, bitte tue es!«, dachte ich, »wir sind alleine, er hört uns nicht!« Aber Mama schwieg die ganze Nacht. Ihr Schatten an der Wand bewegte sich kaum. Wir berührten uns nicht einmal. Schade, ich hätte es mir von Herzen gewünscht! Ich weiß bis heute nicht, wie Mama sich anfühlt.

»Warum heulst Du, Christiane, was ist los?«

»Mir ist nicht gut, Herr Krüger, ich habe Kopfschmerzen.«

»Dann geh nach Hause.«

»Nein, nein, Herr Krüger, es geht schon.«

Ich blieb bis Schulschluss.

»Bloß nicht nach Hause«, dachte ich, »mein Stiefvater kriegt heute Besuch. Ich werde es zwar nicht verhindern können, die drei Männer zu treffen – aber noch nicht jetzt!« Ich schiebe es noch eine Zeit auf. Aber dann werden sie mich in ihrem Auto – ein alter VW Bus, auf dessen Ladefläche eine alte zerschlissene Matratze lag – mitnehmen. Dort werden sie sich an mir vergnügen, und mein Stiefvater wird Geld von ihnen bekommen. Dann wird er, wie immer, gute Laune haben, und ich werde zehn Pfennig für den Schulkakao bekommen, ausnahmsweise! Ich werde diesen Kakao nicht kaufen. Die zehn Pfennig werde ich in einen Gully werfen. Kein Kind soll sie finden und sich von diesem dreckigen Geld etwas kaufen können.

Um mich endlich aus dieser Lage zu befreien, heiratete ich mit 18 Jahren meinen jetzigen Mann. Ich kannte ihn ein Dreivierteljahr. Unser erstes Kind wurde im siebten Monat zu früh geboren, es lebte nur einen Tag. Mein kleines Mädchen war tot, einfach nicht mehr da.

Die Hochzeit, die Schwangerschaft und die Geburt gingen wie ein Film an mir vorbei. Dieses Baby hatte ich in meinem Bauch schon sehr geliebt. Und mein Mann? Es war einfach so, dass man, wenn man ein Kind bekommt, auch heiratet. Ob ich ihn geliebt habe? – Ich weiß es nicht. Mein Mann war einfach da. Und mein Martyrium mit dem Stiefvater war ja damit Gott sei Dank beendet. Nach dem Tod meiner Tochter bekam ich ein Jahr später eine gesunde Tochter, die ich über alles liebe. Um sie nicht alleine aufwachsen zu lassen, wünschte ich mir für sie und für mich noch ein Baby. Wie im Rausch versuchte ich, ein Baby zu bekommen. Leider sollte es nicht sein. Ich erlitt insgesamt zehn Fehl- und Totgeburten. Immer wenn ich wieder alleine nach Hause kam, fehlte etwas. Da war doch ein Baby im Bauch gewesen, wo war es? Das, worauf ich mich gefreut und vorbereitet hatte, fehlte – war einfach nicht da. Meine Angstgefühle, die ich als Kind schon hatte, steigerten sich zu schlimmen Panikzuständen, mit Herzrasen, Schwitzen, Durchfall, Schwindel und Luftnot. Sie waren unerträglich. Ich verließ immer seltener meine Wohnung, machte keine Besuche bei Freunden und bei der Familie, ging nicht einkaufen oder ins Kino. Mein Zustand war schlecht, ich nahm rapide ab.

Mit nur noch 45 kg Körpergewicht versuchte ich den Haushalt mit Kind aufrechtzuerhalten. Ich bemühte mich, einen Therapeuten zu finden. Dieses Unterfangen war nicht einfach. Viele Therapeuten machen aus Prinzip bei Angstpatienten keine Hausbesuche. Begründung: Sie wollen die Ängste nicht noch unterstützen. Doch wie sollte ich zu einem Therapeuten in die Praxis gelangen, wenn ich noch nicht einmal in meinen Vorgarten gehen konnte? Letztlich hatte ich Glück: Einer erklärte sich bereit, mich zu Hause zu besuchen. Schnell fasste ich Vertrauen zu ihm und fühlte mich sicher. Nach dem fünften Besuch gelang es mir, mit dem Therapeuten in meiner Umgebung Spaziergänge zu machen. Diese kleinen Erfolge drängten meine Selbstmordgedanken, die ziemlich stark geworden waren, etwas zurück. Zu diesem Zeitpunkt wusste ich noch nicht, dass ich zehn lange Jahre bei ihm in Therapie bleiben würde.

Viele Schwierigkeiten und Klagen bei Gericht für die Übernahme der Therapiestunden wurden zum Alltag und trugen nicht gerade zu meiner Besserung bei. Im Gegenteil, so sehr sich der Therapeut auch bemühte, mich zu stabilisieren, ich konnte es nicht richtig annehmen und umsetzen, weil ich immer Angst vor dem Ende der Stunden mit ihm hatte. Mir wurde so schwindelig, dass ich nur umhereierte, Übelkeit kam hinzu. Es hörte einfach nicht auf, ich hatte große Angst. Ein Vierteljahr quälte ich mich. Tag für Tag ging ich zum Arzt, ich wollte einfach eine Krankheit, damit mir klar war, warum es mir so ging. Doch immer hieß es: Es ist psychisch. Bis ich in die Psychiatrie ging. Es war mir egal, wo ich war. Hauptsache, man würde mir helfen. Ganze acht Monate habe ich dort verbracht. Auf meine Ängste ging man dort nicht ein, denn ich war die einzige Angstpatientin, und für mich allein würden sich die Übungen nicht lohnen, sagte die Ärztin.

Als ich die Ärztin nach einem Vierteljahr erneut auf eine Therapie ansprach und fragte, was denn gegen die Ängste helfen könnte, erhielt ich zur Antwort: »Schauen Sie doch einmal bei sich selbst nach!« »Bei mir selber nachschauen?«, dachte ich, »heißt wohl, dass ich selbst schuld bin an allem, was mit mir gemacht wurde! Ich muss also meinen Stief provoziert und verführt haben. Dafür muss ich mich bestrafen!«, folgerte ich. Ab sofort drückte ich meine Zigaretten auf meinem Arm aus, je mehr und tiefer, desto besser. Nun würden alle sehen, dass ich reumütig bin.

Nach acht Monaten wurde ich im gleichen Zustand entlassen, in dem ich in die Psychiatrie eingeliefert worden bin. Mein Therapeut, zu dem ich dann wieder ging, bekam einen riesigen Schrecken, als er mich das erste Mal sah.

Dann wurde mir ein Betreuer von einer Einrichtung für psychisch Kranke, die zu Hause betreut werden, zur Seite gestellt. Er ging fünfmal mit mir raus, erst in meiner Umgebung, dann immer weiter von meiner Wohnung fort. Allmählich ging es mir besser, der Schwindel und die Panik ließen langsam nach.

Heute ist der Schwindel fort. Den Kontakt zu meinem Therapeuten und zu meinem Betreuer halte ich bis heute. Ohne sie geht es noch nicht. Ich bin denjenigen, die mir geholfen haben, dankbar. Ohne sie hätte ich das alles nicht überlebt.

Als Ike den Brief sinken ließ, starrte sie ins Leere. Die Knöchel ihrer Hand, deren Finger sich um das Papier gekrampft hatten, traten weiß hervor. Übelkeit und lähemende Wut kämpften miteinander. Dann stand sie auf, ging ins Bad und übergab sich ins Klo.

XXXII

Montag, 7. April

»Wunderschönen guten Morgen, Leutchen!« Trude Koch, Chefin der Kriminaltechnik, platzte in das Büro des leitenden Ermittlers, wo sich Jensen, Deutschmann und Gross bereits eingefunden hatten. Koch hatte, wie Sloboda fand, mal wieder unerträglich gute Laune.

»Während ihr hier euer drittes Frühstück einnehmt«, Ilka Gross stellte verlegen das Kauen ein, »haben meine Crew und ich den Fall gelöst. Eigentlich könnt ihr jetzt nach Hause gehen.«

Sloboda hatte das bedrückende Wochenende mit seinem Freund Uri noch nicht verdaut. Die Krebsoperation stand nun unmittelbar bevor. Gute Laune konnte er in seinem gereizten Zustand deshalb überhaupt nicht ertragen. Er verdrehte die Augen und seufzte, sagte aber nichts.

Ilka Gross schob der Hauptkommissarin von der Kriminaltechnik einen Stuhl hin. Die Anfang Sechzigjährige blieb aber stehen und stellte einen Fuß auf die Sitzfläche. Sie wischte sich eine halblange, grau melierte Strähne aus dem Gesicht.

»Am Tatort haben wir winzige Spuren von Hautpartikeln und Haaren gefunden. Und zwar auf dem Boden vor dem Kessel, in dem das arme Opfer eingekocht wurde, und an einem der tragenden Pfeiler, der etwa eins zwanzig vor der gegenüberliegenden Wand der Produktionshalle steht. Genaues im Bericht.« Triumphierend schaute sie in die Runde und fuhr dann fort: »Glücklicherweise stammen diese Abscheidungen mal nicht von euch, weil ihr es doch diesmal tatsächlich geschafft habt, eure Kostümchen zu tragen, wie ich euch seit Ewigkeiten predige.«

»Komm zur Sache, Trude!« Für einen Moment war die Frau verwirrt, weil sie Sloboda meist diplomatischer kannte. »Irgendwie sieht er nicht besonders gut aus«, dachte sie.

»Gut. Wir haben Nehlsens Haarbürste und einen Massagehandschuh untersucht. Menschen neigen bekanntlich dazu, Teile ihrer Körper in derartigen Utensilien zurückzulassen, wo dann unsere

Künste gefragt sind. Kurz: Haare und Hautpartikel am Tatort stammen von Heiner Nehlsen.«

»Ist das eindeutig?«, wollte Deutschmann wissen.

»Eindeutig. Und weiter –« Die Kriminaltechnikerin setzte erneut an, wobei ihr Blick auf Sloboda fiel, was sie dazu veranlasste, sich zu unterbrechen: »Sag mal, Slobbi, du siehst echt Scheiße aus. Was ist mit dir?« Auch wenn sich Koch oft der Fäkalsprache bediente, meinte sie es selten böse.

Sloboda machte eine abwehrende Handbewegung und Koch verstand. Sie kehrte zum Gegenstand ihres Vortrags zurück: »Die angekokelten Reste des Umhangs, der venezianischen Maske und der Handschuhe, die unsere lieben Kollegen vom vierten Revier aus Nehlsens Mülltonne geklaubt haben, stammen ebenfalls vom Ort des Geschehens. Und: Wir haben Fasern von einer Jeans von Nehlsen am Tatort gefunden. – Ich meine«, sinnierte sie, »wie kann man nur so blöd sein und Beweismittel so sichtbar entsorgen?«

»Jeder Täter hat so seine Blackouts«, gab Jensen zu bedenken, die sich bisher zurückgehalten hatte. Sie schien ihrer eigenen Äußerung allerdings nicht recht zu trauen. Deutschmann und Sloboda schwiegen, so dass Ilka Gross das Resümee übernahm: »Na, dann ist ja wohl alles klar, oder?« Genüsslich und lautstark kaute sie weiter, was die Kriminaltechnikerin zu der Bemerkung veranlasste: »Ich höre, dir schmeckt's, was, Kindchen?«

»Wurde das Handy gefunden, mit dem ich angerufen wurde?«, wollte Jensen wissen.

»Nein, keine Spur«, antwortete Koch, »wahrscheinlich ruht es selig in der Wakenitz.«

»Was ist mit dem Zettel?«

»Welcher Zettel?«

»Der Zettel, auf dem steht: ›Ich bin ein Schwein‹. Wissen Sie, ob der auf Nehlsens PC geschrieben wurde?«

»Das untersuchen Wächters Leute. Holger Pauls. Und ich«, erläuterte Deutschmann. Irgendwie klang er beleidigt.

Nun mischte sich auch Sloboda wieder in das Gespräch ein: »Noch was, Trude?« Seine Stimme klang kühl und sachlich. Aber er hatte seine Kollegin von der Kriminaltechnik aus Versehen geduzt.

»Nein, Hans. Das ist alles. Erst mal.« Trude Koch sah ihren Kollegen ernst und fragend an. Aber sie respektierte, dass er nicht reden wollte. Da hatte sie mal wieder voll ins Sahnehäubchen gehauen mit ihrer schnoddrigen Art! Sie ärgerte sich über sich selbst. Sie müsste sich unbedingt ändern! »Ich lass euch unseren Bericht baldmöglichst zukommen.«

Keine halbe Stunde später kam Heiner Nehlsen im Vernehmungsraum der Mordkommission an. Man hatte den verdutzten Geschäftsführer direkt aus seinem Büro abgeführt. Jetzt saß er den Kommissaren Sloboda und Gross gegenüber. Er gab sich heiter gelassen – was sollte ihm als Schützling hoher Stellen schon passieren? – aber sein Herz klopfte heftig.

»Was ist denn noch? Der Betrugsvorwurf ist doch aufgeklärt, oder nicht?«

»Herr Nehlsen, gerade wird erneut ein Haftbefehl gegen Sie ausgestellt.« Hans Sloboda unterstrich seine Worte mit einer scharfen Handbewegung.

»Aber Herr Mader hat doch –«

»Es hat nichts mit dem Betrug zu tun. Ihnen wird vorgeworfen, ihren Freund und Komplizen Rudolf Andresen ermordet zu haben.«

Einige Augenblicke angespannter Stille lasteten auf dem Raum.

»Rudi? – Ich?«

»Ja«, schaltete sich Gross ein, »wir haben eindeutige Indizien und Beweise, dass Sie am Tatort waren.«

»Am Tatort?« Nehlsen war völlig konsterniert. »Ja, klar, ich bin der Betriebsleiter, ich bin natürlich überall mal, auch in der alten Produktion, aber – klar bin ich da gewesen!«

»Mit einem Umhang? Und einer venezianischen Maske? Und mit Handschuhen?«, stichelte die Polizeibeamtin.

»Was für –?« Der Raum, die Stühle und der Tisch begannen sich um Nehlsen zu drehen.

»Und dann haben Sie versucht, die Sachen in Ihrer Mülltonne zu verbrennen!«

»In der Mülltonne? Was soll ich da verbrannt haben?«

»Und was ist mit den Jeans?«, bohrte Gross weiter. »Tragen Sie bei Ihrer Arbeit Jeans?«

»Wieso –?« Nehlsen rieb sich die Augen. Er kam sich vor wie in einem schlechten Film. Der große dicke Mann sackte in sich zusammen.

»Mein Anwalt!«, stammelte er nur noch. »Ich will meinen Anwalt.«

»Den haben Sie auch bitter nötig, Herr Nehlsen«, sagte Sloboda.

Nach vierzig Minuten traf der smarte Anwalt ein. Mit konzentrierter Sachlichkeit ließ er sich ins Bild setzen. Dann forderte er eine Unterredung mit seinem Mandanten unter vier Augen. Keine zehn Minuten später bat der Jurist Sloboda und Gross wieder herein. Er resümierte: »Mein Mandant gibt an, dass er an dem fraglichen Freitagabend, der Tatzeit also, tatsächlich außer Haus gewesen sei. Er habe ein äußerst dringliches Gespräch führen müssen. Verschwiegen habe er es zunächst, weil er seinen Gesprächspartner, Herrn Staatssekretär Benedikt Mader, nicht in diese Affäre habe hineinziehen wollen, denn es habe sich um, wie mein Mandant formuliert, gewisse sensible Angelegenheiten gehandelt. Mein Mandant gibt ferner zu, dass er seine Frau instruiert habe, seine Angaben zu bestätigen und somit anzugeben, dass er den ganzen Abend zu Hause verbracht habe.« Der junge Mann räusperte sich und fügte hinzu: »Mein Mandant fordert Sie auf, sich bei Herrn Staatssekretär Mader bezüglich der Richtigkeit seiner Angaben zu vergewissern.«

»Wir haben uns bei besagtem Herrn bereits einen Gesprächstermin beschafft«, erwiderte Sloboda tonlos. Er schaute seine Kollegin an, die kaum merklich nickte. Offensichtlich hatte Ilka, genau wie er, das Gefühl, der Anwalt würde selbst nicht glauben, was er soeben vertreten hatte.

Während Nehlsen und sein Anwalt bereits alleingelassen ihre Verteidigungsstrategie besprachen, knallte einige Stockwerke über ihnen eine Tür. Das Geräusch war im gesamten Treppenhaus des Polizeitrakts sowie in allen Räumen der oberen Etagen zu hören. Sekundenbruchteile danach donnerte eine tiefe, wütende Stimme hinterher. Diejenigen, die sich gerade in einem der Büros auf demselben Flur aufhielten, wurden Zeugen davon, wie eine Naturgewalt namens Jörg Wächter Lübecks obersten Polizisten verbal vernichtete. Wortfetzen wie »fehlendes Rückgrat!«, »Farce von Haftprüfung!«, »Nehlsen« und »Rechtsbeugung» waren zu hören. Auch das Wort Arschkriecher soll, wie man sich später erzählte, gefallen sein. Alle hielten unwillkürlich die Luft an und erstarrten an ihren Schreibtischen. Einige, die Wächter auf dem Weg aus dem Gebäude begegnet waren, sagten anschließend, die Luft um ihn herum habe geknistert.

Nach dem zweiten Türknallen, das sozusagen den Schlussakkord setzte, erlaubte sich der Kriminaldirektor, seiner Position angemessen, keinen Moment der inneren Lähmung. Er sprang auf und lief erregt auf und ab. Wenn dieser Vorfall nur eine Frage effizienter Personalführung gewesen wäre, hätte Reitner ihn pragmatisch lösen können. Die Vorwürfe hatten ihn aber tief in seinem Innersten getroffen, was er aber weder zugeben mochte noch durfte. Er musste also, wenn man so wollte, seine Seele auf dem Altar der Dienstbeflissenheit opfern.

Als er diese Entscheidung getroffen hatte, griff er zum Telefonhörer und rief die Polizeipsychologin an. Reitners Strategie war, diesen Ausfall Wächters (immerhin eines sehr fähigen Beamten!) weder als berechtigt zu etikettieren noch als grobes Dienstvergehen (was disziplinarische Maßnahmen nach sich ziehen müsste).

»Liebe Frau Halbersdorf, ich habe da wieder einmal so einen bemitleidenswerten Kollegen, den die Ausübung seines Dienstes offensichtlich traumatisiert hat und der gerade eben in meinem Beisein dekompensierte.« Reitner gab sich der Psychologin gegenüber als besorgter Vorgesetzter. Er gab seiner Gesprächspartnerin die Anweisung, sich schnellstmöglich an den betreffenden Kollegen zu wenden und die notwendigen Maßnahmen einzuleiten.

Nachdem er den Hörer aufgelegt hatte, berief der Kriminaldirektor eine spontane Konferenz ein, in der er die Belegschaft über den bedauernswerten Zustand des Kollegen und die eingeleiteten Maßnahmen in Kenntnis setzte. Auf diese Weise gelang es Reitner nicht nur, sein Gesicht zu wahren; darüber hinaus war es ihm möglich, sich als effizienter, fürsorglicher und verantwortungsbewusster Behördenleiter zu präsentieren, der zudem die Größe hat, auch über persönliche Beleidigungen hinwegzusehen und deren Hintergründe angemessen zu würdigen.

Gerade hatte er sein Marmeladenbrötchen fertig geschmiert, die Zeitung zurechtgerückt, auf die Uhr geguckt und befriedigt festgestellt, dass er noch eine Stunde bis zu seinem Termin hatte, da ertönte die Türklingel. Pastor Bendixen seufzte und stand auf. Auf dem Weg zur Tür knurrte sein Magen vernehmlich. Vor der Tür stand die Person vom letzten Dienstag.

»Wir hatten doch erst um elf –?«

»Ja, ich weiß«, unterbrach ihn die vermummte Gestalt, »aber ich ... Es tut mir Leid, ich bin so ...« Ihr Körper straffte sich. »Ich komme dann besser in einer Stunde noch mal wieder.«

»Nein, ist schon gut.« Der Dompastor lächelte. Seine volle Stimme, die einen bemerkenswerten Kontrast zu seiner zarten Statur bildete, gab dem Gast ein Gefühl von Wärme. Kurt Bendixen bat ihn in sein Büro. Auf dem Weg dorthin zog ihm der Duft des Frühstückskaffees schmerzlich in die Nase.

Nachdem beide Platz genommen hatten, rang sein Gegenüber sichtlich nach Worten: »Ich habe etwas Schlimmes getan. Aber ich möchte Ihnen meine Geschichte erzählen. Vielleicht können Sie mich dann verstehen. Es ist mir wichtig, dass Sie mich verstehen.« Die fremde Gestalt in dem dunkelgrauen Pullover und der dunkelblauen, verschlissenen Cordhose saß zusammengesunken im Besuchersessel. Jetzt hob sie kurz fragend den Kopf, als wollte sie ergründen, was der Pastor dachte.

Bendixen hatte sich ermutigend ein wenig nach vorn gebeugt, um zu signalisieren, dass er bereit wäre zuzuhören. Er spürte sein Herz klopfen.

»So, also: Meine Mutter hatte nach dem Tod meines Vaters noch mal geheiratet. Meine Geschwister und ich mussten deshalb ...« In stockenden Worten begann der Bericht. Es war dem Besucher anzumerken, dass es ihm schwer fiel, darüber zu sprechen. Manchmal musste er innehalten, weil Tränen und eine heftige Erregung ihn zu überwältigen drohten.

Kurt Bendixen hörte aufmerksam zu. Einige Male stockte ihm der Atem, weil er nicht glauben konnte, was er da hörte; einige Male spürte er seine Augen feucht werden. Er registrierte – und hatte innerlich sehr damit zu kämpfen – einen wachsenden Zorn: Wie konnte der Herr so etwas nur zulassen?

»… und dann«, vernahm der Pastor schließlich, »hab' ich einen Job gefunden. Das war schwierig, weil ich öfters krank war. Aber irgendwie ging es. Später hab' ich ihn wiedergetroffen. Und mir war sofort klar: Ich muss es tun. Sie wissen schon, oder?« Die Person richtete einen fragenden Blick auf Pastor Bendixen. »Ich habe ihn dann Freitag vor einer Woche … natürlich hatte ich das gründlich vorbereitet, ihn ausspioniert und auch den anderen natürlich, der hat damals ja mitgemacht, der Nehlsen, Heiner Nehlsen, dieser ach so feine Mann. Also den Rudolf Andresen, den hab' ich getötet.« Die kleine Pause, die folgte, erzeugte eine Spannung. Dann guckte die Person trotzig hoch: »Ich habe ihn gekocht.«

Kurt Bendixen hatte von Anfang an geahnt, dass es um einen Mord gehen würde, den dieser fremde Mensch, der da vor ihm saß, beichten würde. Er hatte von dieser Tat in der Zeitung gelesen. Nun aber stellte sich dieses Verbrechens nicht als Unfall heraus, wie er sich eingebildet hatte, sondern als kaltblütiger Mord. Wie konnte man einen Menschen bei lebendigem Leibe kochen!

Pastor Kurt Bendixen lief ein Schauder über den Rücken. Eine Welle von Abscheu durchbrandete ihn. Dann aber machte er sich klar, dass er nicht das Recht hatte, über andere zu richten. Das war Gottes Part. Also seufzte er schwer und sagte leise, mehr zu sich selbst: »Alle Dinge sind durch dasselbe gemacht, und ohne dasselbe ist nichts gemacht, was gemacht ist.« Sein Gegenüber sah ihn verwirrt an. Verlegen räusperte er sich und fragte dann, wieder mit voller Stimme: »Bereust du deine Tat?«

»Ich weiß nicht, Herr Pastor. Ich habe Schuldgefühle. Ich sehe die Bilder vor mir und werde sie nicht los. Sie verfolgen mich. Ich möchte frei davon sein. Aber«, die Person zögerte, »ich glaube, nein. Nein, ich bereue das nicht.«

»Wie kann Gott dir die Sünden vergeben, wenn du –«, Pastor Bendixen unterbrach sich, als er des selbstgerechten Vorwurfs in seiner Äußerung gewahr wurde. »Wünschst du dir, dass Gott deine Sünden vergibt?«

»Ja.«

»Sündenvergebung heißt, dass man das Böse, das man getan hat, aus der Welt schaffen möchte.« Bendixen betrachtete sein Gegenüber.

Die Person sagte eine Zeitlang nichts. Dann war eine leise Stimme zu hören: »Ich habe doch das Böse aus der Welt geschafft …«

»Ganz alttestamentarisch, Auge um Auge und Zahn um Zahn bis ins siebte Glied?«, forschte der Geistliche. Erneut klang die Stimme des Selbstgerechten durch. Bendixen wies sich innerlich zurecht. »Jesus Christus hat dem Verräter Judas vergeben«, nahm er das Wort wieder auf. »Er hat nicht gewollt, dass seine Apostel über ihn richten.«

Kurt Bendixen betrachtete sein Gegenüber, das nun beharrlich schwieg, eingehend: Das Leid, die Schwere der Tat, der innere Kampf waren ihm anzusehen, diesem Menschen, der dort, psychisch und körperlich in sich zusammengefallen, in den schweren Sessel eingesunken war. Obgleich die Person finster dreinschaute, erkannte er eine Offenheit in ihrem Gesicht, eine Naivität, über die sich bitterer Schmerz geschoben hatte. Der Geistliche bemerkte eine Welle von Mitgefühl in sich aufsteigen. Wie konnte er von seinem Gegenüber verlangen, nicht über seinen langjährigen Peiniger zu richten, wenn es ihm selbst schon schwer fiel, ihm seine mangelnde Reue zu vergeben? War er nicht selbstherrlicher und anmaßender als diese Person, die aus Verzweiflung getötet hatte? Die mit Schuldgefühlen rang? Die sich Vergebung wünschte, obwohl sie einfach keine Reue fühlen konnte? Waren seine Regungen nicht kleingeistig und rechthaberisch? Maßte er sich nicht ebenso an, Richter über den anderen zu sein?

Als die Person sich wieder traute aufzuschauen, traf sie ein wärmender Strahl aus den Augen des Pastors. Sie hörte, wie er erneut seine Stimme erhob: »Jesus sprach zu seinen Jüngern: Wem ihr die Schuld erlasst, dem ist sie erlassen. Wem ihr sie erhaltet, dem ist sie erhalten.«

»Kann Gott mir vergeben?« Die Person schaute den Geistlichen unsicher an.

»Ja, Gott vergibt dir. Wie du glaubst, so geschehe dir. Kraft des Auftrags, den Christus seiner Kirche gegeben hat, spreche ich dich los, ledig und frei. Dir sind deine Sünden vergeben im Namen des Vaters, des Sohnes und des Heiligen Geistes.«

Der Person liefen einige Tränen über die Wangen, während der Pastor weitersprach: »Der Gott des Friedens heilige dich durch und durch. Gehe hin im Frieden.«

Als die Person sich erhob, konnte sie zum ersten Mal seit vielen Jahren frei durchatmen. Dankbarkeit stellte sich ein.

Dompastor Kurt Bendixen blieb allein zurück. Er zweifelte an sich. Er zweifelte an der Welt. Und er zweifelte an Gott. Laut rief er aus: »Ich verstehe dich nicht!«

»Hmh«, raunte der junge Anwalt seinem Mandanten zu, nachdem die Kommissare das Vernehmungszimmer nochmals auf seinen Wunsch hin verlassen hatten. Langsam wiegte er seinen Kopf hin und her. Nehlsen spürte sein Herz hämmern.

»Die haben wirklich einiges in der Hand.« Der Anwalt setzte einen bedauernden Blick auf. »Natürlich könnte alles ein Bluff sein – die müssen alles widerspruchsfrei belegen. Aber«, jetzt schaute der smarte Mann Nehlsen direkt in die Augen, und hinter dem Bedauern schimmerte so etwas wie kaltes Wissen auf, »es sieht wirklich nicht gut aus für Sie.« Er fixierte Nehlsen weiter. »Sie wissen, dass der Chef – dass Herr Mader sich an dem fraglichen Abend nicht mit Ihnen getroffen haben kann, Herr Nehlsen?«

»Was soll das heißen?«, stammelte dieser konsterniert.

»Ich weiß natürlich nicht, was Herr Mader zu Protokoll geben wird …« Der smarte Anwalt machte eine bedeutungsschwere Pause. »Aber wenn ich Ihnen helfen soll, sollten Sie die Tat zugeben.«

»Aber ich –«

»Ich glaube Ihnen ja«, unterbrach ihn sein Verteidiger mit einer übertriebenen Geste, »aber die Fakten sprechen eine andere Sprache.«

Erregt sprang Nehlsen auf und setzte an, seinen Gefühlen Luft zu machen, als die Tür aufsprang.

»Herr Nehlsen!« Sloboda und Deutschmann betraten den Vernehmungsraum. »Herr Nehlsen«, wiederholte sich der Leiter der Mordkommission, »mein Kollege hat einige Fragen an Sie.« Er schob Manfred Deutschmann nach vorn. Der baute sich vor dem Verdächtigen und dem Juristen auf und wiederholte das, was er soeben Sloboda schon gesagt hatte: »Wir haben auf Ihrem PC eine versteckte

Datei gefunden, die zugegebenermaßen schwer zu entschlüsseln war.« Deutschmann wartete auf eine Reaktion des Angesprochenen, der ihn allerdings nur verständnislos anschaute.

»Der Code dieser Datei lautete: Venezianische Nacht.«

Wieder machte der Hauptkommissar eine taktische Pause.

Nehlsen schien nicht mehr zu atmen.

»Und was beweist das?«, schaltete sich der Verteidiger mit gespielter Langeweile ein.

»Das beweist noch nicht viel, aber«, Deutschmann saugte genüsslich seine Unterlippe ein, »der Inhalt der Datei schon. Sie enthält die Zugangsdaten zu einem Chatroom für anonyme Sextreffs.«

Nehlsen sah aus, als verstünde er gar nichts.

Deutschmann fuhr gnadenlos fort: »Mit einiger Mühe ist es uns gelungen, Ihre letzten Dialoge mit einem gewissen Rabbi wiederherzustellen, und zwar am Donnerstag vor der Tat und am frühen Abend des Mordtages, also Freitag vor einer Woche. – Sagt Ihnen der Username Rabbi vielleicht etwas, Herr Nehlsen?«

»N-nein.« Nehlsen war wie versteinert.

»Dann vielleicht die Bezeichnung Rudi der Rammler, wie der Chatpartner sich selbst einmal nennt?«

»Rudi.« Nehlsen sprach diesen Namen ohne jegliche Betonung und innere Regung aus.

»Mein Kollege ist gerade damit beschäftigt, sowohl diesen Dialog mit dem Dialog auf dem Rechner des Mordopfers zu vergleichen als auch die Internetadressen abzugleichen. Sie wissen ja, dass man jede Menge Spuren im Netz hinterlässt.«

Nehlsen schien gar nicht zu begreifen, was das, was ihm soeben eröffnet worden war, bedeutete. Apathisch hockte er auf seinem Stuhl und stammelte: »Ich bin unschuldig …«

Etwa eine Stunde später – es war Montag, zwölf Uhr, eine herrliche Frühlingssonne prangte am makellos blauen Himmel – waren Hans Sloboda und Ike Jensen unterwegs zu ihrem Gesprächstermin mit dem Kieler Staatssekretär. Schweigend steuerte Sloboda von der Possehlstraße in die Holstenstraße. Rechter Hand glänzte das mächtige Holstentor, dessen braune Ziegelhaut vor einiger Zeit eine Generalüberholung spendiert bekommen hatte, ungeachtet dessen, dass es innerhalb weniger Jahrzehnte vollends in den moorigen Untergrund der Lübecker Altstadtinsel versunken sein würde. Touristen waren im Allgemeinen ergriffen von seiner Ausstrahlung und Würde, die Lübecker hingegen verspürten beim Anblick des Tores den morbiden Schatten seines beginnenden Verfalls.

Der Ermittler sah das Wahrzeichen Lübecks im Rückspiegel schwinden. Er musste an seinen Freund denken. Er hatte das Gefühl, dass überall um ihn herum Verfall und Tod lauerten.

Auch Ike Jensen hing ihren Gedanken nach. Die Ereignisse der Vergangenheit warfen einen langen Schatten auf ihr heutiges Leben. Konnte sie es wirklich wagen, sich auf eine Beziehung einzulassen? Würde sie Freude und Nähe und Wärme ertragen können? Sollte sie wirklich ihre Höhle verlassen?

Der Motor des alten Borgward Isabella schnurrte, als Sloboda vom Lindenteller in die Fackenburger Allee einbog. Linker Hand zog der nostalgisch restaurierte Bahnhof vorbei.

»Ich weiß nicht so genau, Chef«, brach Jensen das Schweigen, »mir erscheint das ein bisschen merkwürdig. Ich meine, finden Sie nicht auch, dass alles etwas zu gut passt?«

Sloboda wusste nicht gleich, was sie meinte, sagte aber nichts.

»Warum verbrennt Nehlsen seine Sachen bei sich zu Hause in der Mülltonne? Ist er wirklich so dumm?«

»Es ist einsam dort draußen«, überlegte Sloboda, »vielleicht hat er nicht damit gerechnet, dass jemand das mitbekommt?«

»Aber er weiß doch, dass da ein Nachtwächter auf dem Firmengelände unterwegs ist.«

»Von dem er aber auch weiß, dass er ständig betrunken ist.«

»Und was soll der Zettel mit diesem Satz ›Ich bin ein Schwein‹?«, konterte die Kommissarin.

»Hmh, na ja, sehen Sie, Jensen: Andresen hat ein Verhältnis mit Nehlsens Frau gehabt. Finden Sie nicht, dass das ein Motiv ist? Sowohl für die Tat als auch für diesen Satz?«

Sloboda spürte, dass seine Mitarbeiterin nicht zufrieden war. Nach einer Weile hob sie erneut an: »Und warum wurde das Opfer gekocht? Meinen Sie nicht, Chef, dass das eine Bedeutung hat?«

»Vielleicht hat das eine symbolische Bedeutung«, mutmaßte der Vorgesetzte, »vielleicht soll das so etwas aussagen wie: Wegen deiner Affäre mit meiner Frau habe ich Blut und Wasser geschwitzt oder auf heißen Kohlen gesessen, und jetzt mache ich dir mal die Hölle heiß.« Sloboda wirkte selbst wenig überzeugt von seiner Spekulation.

»Chef, ich weiß nicht.« Ike war überhaupt nicht mit dieser Theorie einverstanden. »Ich denke, das bedeutet etwas anderes, etwas ganz Bestimmtes.«

Damit erstarb das Gespräch wieder. Erst nachdem Slobodas Handy geklingelt und er angespannt zugehört und einige Fragen gestellt hatte, richtete er das Wort wieder an seine Begleiterin. Zunächst zögerlich, dann immer vertrauensseliger erzählte er von der Krankheit seines Freundes, die ihm so große Angst machte und deren Ernsthaftigkeit sein Partner Uri völlig verdrängte. Ike Jensen hörte zu, nickte ein paarmal, stellte hin und wieder eine Frage. Einmal war sie kurz davor, auch ihre Geschichte und die Sache mit den Briefen zu offenbaren, die sie so sehr bewegten, entschied sich aber im letzten Moment dagegen. Langsam stellte sich bei Sloboda Erleichterung ein, wie er seiner Zuhörerin verwundert zu verstehen gab. Und auch Ike spürte, wie sich die Schatten ein wenig verzogen.

Die Kommissarin war es, die auf das bevorstehende Treffen zu sprechen kam. Sie äußerte den Verdacht, dass der Staatssekretär ihr den Mann auf den Hals gehetzt habe, wegen ihres Auftritts im Ministerium. Auch Sloboda hielt das nicht für ausgeschlossen. Gemeinsam einigten sie sich dann auf eine Strategie und die Reihenfolge der Fragen. Auch mit dem Überfall auf die Polizistin und mit Ikes und Svens Entführung wollte man ihn konfrontieren. Mal sehen, wie er reagieren würde. Und Reitner? Das würde man dann sehen. Mit dem würden sie auch noch fertig werden. Irgendwie. Sie guckten sich an und lachten. Ohne dass einer es erwähnte, wussten beide, dass der andere auch gerade an Wächters Donnerwetter dachte und an Reitners verzweifelten Versuch, sein Gesicht zu wahren. Gleichzeitig sagten sie: »Reitner und Personalführung!« und lachten laut auf.

Benedikt Mader hatte den beiden Kommissaren aus Lübeck eine halbe Stunde Schmorzeit verordnet. Als Jensen und Sloboda sein

Büro betraten, war beiden unmittelbar klar, dass der Staatssekretär zuvor nichts Dringendes zu tun gehabt hatte. Vielmehr kaute er demonstrativ an seinem letzten Bissen. Psychologische Kriegsführung.

Mader sagte nichts zur Begrüßung, sondern wies ihnen nur mit einer großspurigen Geste einen Platz an. Ike hatte den Eindruck, dass Mader seit dem letzten Gespräch noch dicker geworden war.

»Herr Staatssekretär«, begann der Hauptkommissar, »ich danke Ihnen für dieses Beratungsgespräch –«

»Orientierungsgespräch«, korrigierte Mader, »ein Gespräch zu Ihrer Orientierung.«

Sloboda ließ sich nicht beirren. »Ich möchte gleich zur Sache kommen: Der Geschäftsführer der Hilgado GmbH & Co.KG, Heiner Nehlsen, gibt an, sich am Freitagabend«, der Ermittler schaute auf seine Notizen und nannte das Datum, »mit Ihnen zwecks einer vertraulichen Besprechung, wie er sagt, getroffen zu haben. Können Sie das bestätigen?«

»Nein.«

Maders Antwort war nicht nur überraschend, weil sie so schnell kam; Sloboda und Jensen hatten fest mit einem Ja gerechnet. Wie konnte Nehlsen so dumm sein und ein derart brüchiges Alibi angeben?

»Sie waren nicht –?«

»Nein.« Die Made leckte sich über die Lippen und schien nicht im mindestens unsicher.

Sloboda kratzte sich hinter dem Ohr und fragte weiter: »Was haben Sie an jenem Abend gemacht, wenn ich das fragen darf?«

»Sie dürfen«, erwiderte die Made, »an diesem Abend habe ich mit der Parteispitze und unserem Justiziar zusammengesessen. Es tut mir leid, wenn ich Ihnen über Inhalte nichts sagen kann.«

Wenn Mader ironisch wurde, fand Ike ihn noch abstoßender. Sloboda tauschte einen Blick mit seiner Kollegin, dann fuhr er fort: »Trauen Sie Herrn Nehlsen einen Mord zu, Herr Staatssekretär Mader?«

Der Angesprochene grinste, als er antwortete: »Ich kann nichts Schlechtes über ihn sagen, aber er kann manchmal sehr aufbrausend sein.«

»Wenn sie ihn nicht persönlich getroffen haben, dann haben Sie an jenem Abend aber zumindest mit Herrn Nehlsen telefoniert«, schaltete sich die Kommissarin ein.

«Ja, das ist richtig.«

»Worum ging es?«, hakte sie nach.

»Das ist nicht von Interesse.«

»Hören Sie, was von Interesse ist, das entscheiden –«

»Das ist nicht von Interesse, Herr Kommissar.«

Sloboda wusste, dass er hier nicht weiterkommen würde. Aber er hatte die Information, auf die er gehofft hatte: Nehlsens Alibi war geplatzt. Er wechselte das Thema: »Sie wissen, dass Heiner Nehlsen und seine Firma in dunkle Geschäfte verwickelt sind. Bei einer Hausdurchsuchung haben wir auch Hinweise auf die Partei und auf Sie persönlich gefunden.«

Unvermittelt sprang Mader auf und schlug mit der Faust auf den Tisch. »Das hat Sie gefälligst nicht zu interessieren!«, schrie er den Polizeibeamten an. »Ich habe Herrn Reitner eindeutig vermittelt, dass hier höhere politische Dinge, Staatsinteressen, involviert sind.« Schnell fasste er sich wieder und fuhr ruhiger fort: »Das LKA ist an der Sache dran, das BKA hat sich ebenfalls eingeschaltet. Und der Bundesnachrichtendienst. Ich will nicht, dass ein übereifriger kleiner Polizist die ganze Angelegenheit vermasselt, haben Sie mich verstanden?«

Der Staatssekretär verengte die Augen in seinem aufgedunsenen Gesicht zu Schlitzen und fügte mit leiser, gepresster Stimme hinzu: »Ich möchte nicht, dass Ihnen etwas passiert.« Dabei drehte er sein Gesicht demonstrativ in Ike Jensens Richtung.

Ike musste sich beherrschen, um dem fetten Schwein nicht ins Gesicht zu springen. Es gelang ihr, freundlich zu klingen, als sie sagte: »Dann haben Sie mir, darf ich annehmen, diesen netten Herrn geschickt?«

»Manchmal haben eben gewisse politische Urgenzen und Nezessitäten zur Folge «, gab Mader, ebenso freundlich, retour, »dass man Bauern opfern muss.« Und dann ließ er noch eine Anspielung auf ihren ersten Besuch folgen, die Sloboda nicht so recht verstand: »Und kleine Huren.«

»Die muss es auch geben«, nahm Jensen die Herausforderung an, »weil nur diese kleinen Huren es den vollgefressenen Herren so richtig besorgen können.« Jetzt, fand Ike, hatte sie besonders freundlich geklungen.

Abgesehen von einem winzigen Zucken am linken Auge reagierte die Made gefasst. »Was soll's?«, dachte sich der Staatssekretär, »die Katze ist im Sack, die Geschäfte sind abgewickelt. Und die Personen, die zu viel wissen, auch.«

An diesem Montagabend um achtzehn Uhr fünfundzwanzig saß Karl Camus Kamuschke bereits in seiner Maschine. In wenigen Minuten würde sie zur Startbahn rollen, ihre Motoren würden aufbrüllen und das Flugzeug in den Himmel katapultieren. In Frankfurt würde er in den Jumbo umsteigen, der ihn über Madrid nach Kuba bringen würde. Auf der Karibikinsel würde er als ein gewisser Bernhard Rottmann einen ausgedehnten Urlaub genießen, auf Maders Kosten. Er hatte erledigt, was noch zu tun war, hatte ein letztes Gespräch geführt, das ihm Zufriedenheit geschenkt und ihn erleichtert hatte.

Ebenfalls achtzehn Uhr fünfundzwanzig saß Christiane Breitenbach an ihrem Küchentisch und formulierte einen Brief, den letzten. Dem Treffen mit Icki stand nun nichts mehr im Wege. Die Polizistin würde kommen, ganz bestimmt. Christiane fühlte sich erleichtert und frei, dank eines Gespräches, das sie vor kurzem geführt hatte.

Um achtzehn Uhr fünfundzwanzig hockte Hans Sloboda in seinem Büro. Die Kollegen waren weg. Es gab nichts mehr zu ermitteln. Der Hauptkommissar ging nochmals alle Unterlagen durch, um die Formalitäten für den Abschluss des Mordfalles vorzubereiten. Telefonisch gab er die Anweisung, ihm gleich morgen früh den vorläufig inhaftierten Heiner Nehlsen zu einem abschließenden Verhör herzubringen. Dessen Frau Susana Pascua-Nehlsen wollte er gleich danach ein letztes Mal vernehmen. Sloboda war, ohne es sich einzugestehen, erleichtert, dass er jetzt nicht zu Hause mit seinem Freund auf dem Sofa sitzen musste, der immer noch so tat, als sei alles in Ordnung.

Um achtzehn Uhr fünfundzwanzig saß Uri Senninger zu Hause am Esstisch und las die »Lübecker Nachrichten«. Er wunderte sich ein wenig, dass Hans noch nicht da war, aber er war nicht unglücklich darüber. Hans war in den letzten Wochen unerträglich panisch. Meine Güte, man musste eben abwarten, es würde schon irgendwie gutgehen! Sein Freund tat immer gleich so, als würde die Welt untergehen.

Reitner guckte auf seine Armbanduhr, nachdem er den Hörer aufgelegt hatte. Es war achtzehn Uhr fünfundzwanzig. Er ärgerte sich über den arroganten Anrufer, der ihn ein weiteres Mal mit der Frage gedemütigt hatte, warum er seine Mitarbeiter nicht im Griff habe. Aber dieser Mader, das musste er zugeben, hatte Recht: »Zum Teufel mit dieser Personalführungskacke!«, dachte der Kriminaldirektor. »Zum Teufel mit diesem F-L-D-Mist! Führen – Leiten – Dienen, von wegen!« Er würde zu seiner alten pip-Strategie zurückkehren: primus inter pares – Erster unter Gleichen. Er würde führen und leiten, die anderen würden ihm dienen.

Der Wagen war gerade losgefahren und Lissi Hustedt schloss die Haustür. Es war fünf vor halb sieben, die Kinder mussten jetzt für die Nacht fertig gemacht werden. Die letzten Tage waren die Hölle gewesen. Sven war von einer Krise in die andere geraten, von einer Panik in die nächste, und sie, Lissi, musste ihn rund um die Uhr betreuen. Zudem wurde er, sobald es ihm mal ein bisschen besser ging, aggressiv gegen sie, wobei sich seine Wut blitzschnell umkehren und gegen sich selbst richten konnte. Gerade hatte er ihr noch die heftigsten Vorwürfe gemacht, dann jammerte er im nächsten Moment, dass er nicht mehr leben wollte. Es war nicht auszuhalten. Soeben hatte ihr gemeinsamer Freund Ulrich Sven ins Auto gezerrt, um ihn ins Klinikum Neustadt zu fahren. Nach dem zu urteilen, was Lissi über die Psychiatrie in Neustadt gehört hatte, glaubte sie nicht, dass man ihrem Mann dort würde helfen können – aber ihr, ihr würde sein Aufenthalt dort gewiss gut tun. Müde, aber seit Tagen das erste Mal in Ruhe, machte sich Lissi daran, die Kinder ins Bett zu bringen.

Um achtzehn Uhr fünfundzwanzig traf Lars, wie immer etwas zu früh, zu der Verabredung mit Ike ein. Sie wollten sich um Viertel vor sieben treffen und so wunderte er sich nicht schlecht, sie schon dort zu sehen.

»Hi, Süßer!« Ike umarmte Lars weniger stürmisch als sonst, dafür aber deutlich inniger.

»Hallo, Ike!«

»Was hast du?« Ike merkte, dass Lars etwas beschäftigte.

»Hast du schon Zeitung gelesen heute?«

»Nein, wieso denn?«

»Heute stand in den Lübecker Nachrichten, dass die Kurden einige Raketen abgefeuert haben. Die haben zwar nichts ausgerichtet, aber die Türkei ist gleich mit einem Riesenkontingent in das Grenzgebiet einmarschiert. Ich hab' ein Scheiß Gefühl dabei.«

»Du machst dir Sorgen?«, fragte Ike teilnahmsvoll, obwohl sie mit ihren Gedanken schon bei dem Theaterstück war, das sie heute angucken wollten.

»Ja, schon. Die ganze Gegend ist ein Pulverfass. Wenn die Türkei einfach auf irakisches und iranisches Gebiet marschiert, dann kann das richtig hochgehen.« Seit Jahren verfolgte Lars den türkisch-kurdischen Konflikt, seit er einmal einen Kurden kennengelernt hatte, der in Deutschland Asyl beantragt und ihm seine Geschichte erzählt hatte.

»Komm her, mein Kleiner!« Ike reckte sich hoch, um ihm einen Kuss auf die Stirn zu drücken.

Lars musste sich tief bücken. Der Kuss fühlte sich zwar etwas zu mütterlich an, aber er tat gut, trotzdem. Oder vielleicht gerade deswegen, argwöhnte sein Psychologenhirn. Gewaltsam riss er sich von seinen düsteren Stimmungen los: »Sollen wir ein bisschen spazieren gehen? Wir haben noch genug Zeit.«

Ike hakte sich bei ihm ein und schnurrte: »Klar, machen wir das!«

Bei Kemal in der Breiten Straße holten sie sich zwei Dürüm-Döner und schlenderten dann schweigend und schmatzend über den Jakobikirchhof. In der einsetzenden Dunkelheit sah der Turm, der sich wie alle Lübecker Kirchtürme zur Seite neigte, bedrohlich aus. Unwillkürlich rückte das Paar näher aneinander. Am Heiligen-Geist-Hospital vorbei kamen sie zu einem Platz, dem Koberg.

Ein Mädchen hüpfte einsam auf der in den Boden eingelassenen Lichtinstallation, die vor allem für Hubschrauberpiloten, eventuelle Besucher aus dem Weltall und kleine Kinder von Interesse war.

Plötzlich blieb Ike stehen, wischte sich Soße aus dem Mundwinkel und schaute etwas verlegen an ihrem Freund hoch.

»Du«, begann sie zaghaft, »es tut mir leid, das mit Sven.« Zwischen ihren zusammengezogenen Augenbrauen war eine Furche entstanden.

»Es ist schon gut«, wollte Lars großmütig sagen, brachte die Worte aber nicht über die Lippen. Was tatsächlich herauskam, war ein Krächzen. »Du bist lächerlich!«, schoss ihm der verächtliche Ausspruch seines Vaters in den Kopf, wenn er wieder einmal etwas nicht gewusst hatte und keinen Laut über die Lippen brachte. Sein Vater, der kluge, makellose Mathematikprofessor! Sofort fühlte sich der große Lars wie ein kleiner, dummer Junge. Wie konnte er auch nur erwarten, dass eine tolle Frau wie Ike ihn wollte und nur ihn? Unsicher versuchte er, den verunglückten Ton durch ein Hüsteln zu kaschieren, was aber nur einen Hustenanfall auslöste. Dönerkrümel flogen durch die Luft. Ganz in Gedanken an den selbstherrlichen Vater, verschaffte sich Lars' Zorn auf seinen Erzeuger Luft: »Ich hasse dich!« Erschrocken stellte Lars fest, dass er gar nicht so recht wusste, wem dieser Satz eigentlich galt.

Ike fuhr zurück. Mit einer derart heftigen Reaktion hatte sie fürwahr nicht gerechnet. Die Augen ihres Freundes traten für den Bruchteil einer Sekunde aus den Höhlen und stierten auf den Rest seiner türkischen Rolle, als wäre sie der Grund allen Übels auf der Welt.

Angewidert schleuderte Lars das Teil auf den Boden und stampfte darauf herum: »Warum müssen mich immer alle Leute wie einen Fußabtreter behandeln?« Böse funkelte er seine Freundin an.

In Ike kämpften zwei widerstreitende Impulse um die Vorherrschaft. Einerseits konnte sie Lars' Reaktion verstehen: Natürlich war er gekränkt. Obwohl die Sache mit Sven nun wirklich überhaupt nichts bedeutet hatte. Eher im Gegenteil! Andererseits spürte sie ein Lachen die Luftröhre heraufkribbeln, weil dieser plötzliche Ausbruch des sanftmütigen Riesen einfach etwas sehr Komisches an sich hatte.

Leider gewann das Lachen die Oberhand. Zuerst gluckste sie nur etwas, aber als Ike sah, wie entsetzt Lars darauf reagierte, brach es vollends aus ihr heraus: Sie prustete los, lachte, bog und schüttelte sich.

Lars erstarrte. Seine Mutter hatte auch immer gelacht, wenn er, das viel zu früh viel zu groß geratene Riesenbaby, wie sie ihn immer nannte, dastand, keinen Ton herausbringen konnte und vor Scham im Erdboden versinken wollte. Und in der Schule, fiel ihm ein, war er zu allem Überfluss auch noch Pusteblümchen genannt worden.

Lars drehte sich um und ging. An der Steifheit seines Rückens konnte Ike sehen, dass der Versuch, ihn zur Rückkehr zu bewegen, wohl aussichtslos gewesen sein würde. Also blieb sie stehen. Das Lachen war erstorben.

XXXIII

Dienstag, 8. April

Heiner Nehlsen hatte eine schlaflose Nacht in einer der Zellen des Polizeigewahrsams hinter sich. Nun hatte sich eine unkontrollierbare Erregung seiner bemächtigt, sein Puls pochte hart durch den ganzen Körper. Er hatte Angst. Irgendjemand versuchte tatsächlich, ihm, Heiner Nehlsen, einen Mord anzuhängen! Betrug ja, aber Mord? Er wäre niemals zu so etwas fähig!

Er musste sich beruhigen: Gleich würden sie kommen und das Verhör fortsetzen. Er durfte sich nicht in Widersprüche verwickeln. Es war wirklich dumm: Wieso war er ausgerechnet an diesem Abend noch mal weggegangen? Die Erinnerung an den ominösen Anruf ließ ihn nicht mehr los. Konnte es sein, dass ihn gar niemand treffen wollte? Dass es nicht um Erpressung ging? Sondern dass jemand einfach nur wollte, dass er nicht zu Hause war, als der Mord verübt wurde? Dass er kein Alibi hatte? Nehlsen schwitzte. Das musste die Antwort sein! Warum sonst hatte der Betreffende sich nicht mehr gemeldet?

»Mader!«, beruhigte er sich selbst, »Mader ist ja auch noch da! Er wird mir sicher ein Alibi gegeben haben.« Er hatte beim gestrigen Verhör mitbekommen, dass der Kommissar den Staatssekretär aufsuchen wollte. Sicherlich war seine Unschuld bereits bewiesen. Irritiert bemerkte Nehlsen, dass der Gedanke an die Made ihn nicht zuversichtlicher stimmte. Eher stieg die Aufregung noch.

»Und was, wenn die Made hinter allem steckt? Wenn dieses schmatzende Ungeheuer mich abservieren will?« Mit zittrigen Händen knöpfte Nehlsen den obersten Kragenknopf auf. Er bekam schlecht Luft.

Die Tür des Verhörraums wurde geöffnet. Die Kommissare Hans Sloboda und Ilka Gross kamen herein. Der Beamte, der Nehlsen bewachte, trat einen Schritt zur Seite.

»Sie können jetzt draußen warten«, wurde er vom Ersten Hauptkommissar instruiert. »Bitten Sie doch Frau Marquardt, uns einen Kaffee zu bringen.« Dann richtete Sloboda den Blick auf den vorläufig Festgenommenen: »Möchten Sie auch?«

»N-nein … ja, doch.«

In diesem Moment betrat Nehlsens Anwalt den Raum.

»Möchten Sie einen Kaffee, Herr …?« Gestern hatte Sloboda diesen feinen Anzugmenschen innerlich Armani genannt – heute müsste er ihn allerdings umbenennen, und beinahe wäre ihm ein ironisches Herr Boss herausgerutscht.

»Nein, keinen Kaffee. Das wird nicht lange dauern.« Dann raunte er seinem Mandanten zu: »Haben Sie es sich überlegt? Legen Sie ein Geständnis ab! Dann kann ich etwas für Sie tun.« Der Anwalt machte sich nicht einmal die Mühe, um eine kurze Unterredung unter vier Augen zu ersuchen.

»Nein, ich habe das nicht getan!«, schrie Nehlsen und sprang von seinem Stuhl auf.

»Setzen Sie sich bitte, Herr Nehlsen!« Sloboda blieb ruhig und sachlich. »Ich setze Sie davon in Kenntnis, dass diese Vernehmung aufgezeichnet wird. Alles was Sie sagen …«

Nach dem Vortragen der Rechte des Beschuldigten und der protokollarischen Feststellung von Ort, Zeit und Zweck der Aufzeichnung sowie der Personalien der Anwesenden kam Sloboda gleich zur Sache: »Herr Nehlsen, Sie werden beschuldigt, Herrn Rudolf Andresen am Freitagabend, dem achtundzwanzigsten März dieses Jahres, mittels übermäßigen Erhitzens in der alten Produktionshalle Ihres Betriebes getötet zu haben.«

»Ich war das nicht!« Wieder sprang der Angeklagte auf und schrie.

Gross ergriff das Wort: »Ich verstehe Sie ganz gut, Herr Nehlsen.« Die Kommissarin beugte sich mitfühlend zu ihm hinüber und sprach mit weicher Stimme. Offenbar hatten Sloboda und Gross ihre Rollen abgesprochen. »Andresens Affäre mit Ihrer bezaubernden Frau«, fuhr die Kommissarin fort, »und diese unangenehme Sache, in die Sie mit Ihrer Firma verwickelt wurden, diese ganze Belastung. Und dann hat dieser Andresen Sie vielleicht auch noch erpresst? Ich kann schon verstehen, dass Sie die Selbstbeherrschung verloren haben, Herr Nehlsen.« Der Ton ihrer Stimme senkte sich am Ende des Satzes nicht ab, so dass dieser im Raum hängen blieb.

»Ich habe ihn nicht umgebracht.« Nehlsen sackte in sich zusammen und ließ seinen Kopf hängen. Seine Stimme klang gebrochen.

Sloboda klinkte sich wieder ein. Er warf seinem Gegenüber einen eiskalten Blick zu. Die folgenden Sätze ließ er wie Hammerschläge auf Nehlsen eindreschen: »Sie haben die Tat exakt vorbereitet. Sie haben alles geplant. Sie haben ein Motiv. Sie hatten die Gelegenheit. Sie haben kein Alibi.« Er machte eine Pause. »Nehlsen, Sie waren es! Sie haben ihn getötet!«

Während Nehlsen wieder aufsprang, überprüfte Hugo Boss gelangweilt seine Fingernägel auf Unregelmäßigkeiten.

»Setzen Sie sich!«, schrie der Hauptkommissar den Mordverdächtigen an. Eingeschüchtert nahm Nehlsen wieder Platz.

»Herr Nehlsen«, mischte sich nun auch der Jurist in das Gespräch ein, »Sie müssen gestehen! Die Beweise und Indizien sind einfach allzu deutlich. Wenn Sie ein Geständnis ablegen, kann ich etwas für Sie tun. Ansonsten sehe ich schwarz.«

»Hat die Made Sie auch gekauft, Sie Arschloch?«, erregte sich Nehlsen. »Er will mich wohl opfern? Und Sie, Sie sollen ihm dabei helfen, hä?«

»Ich verstehe, dass Sie aufgeregt sind, Herr Nehlsen.« Kurzzeitig befürchtete Ilka Gross, dass die Situation eskalieren könnte, und versuchte, ihn zu besänftigen. »Aber ich glaube, Ihr Anwalt hat Recht. Sehen Sie doch mal: das fehlende Alibi, die Sachen, Ihre DNA-Spuren am Tatort, die Datei auf Ihrem PC. Das lässt keinen anderen Schluss zu.«

Diese samtweiche Tour der Kommissarin fand Nehlsen fast noch schlimmer als den rüden Ton ihres Kollegen. Der forderte heraus, mobilisierte Kraft und Widerstand; bei der Frau redete er wie gegen eine Gummiwand.

»Und wir wissen«, Nehlsens Körper straffte sich, sobald der Kommissar anfing zu reden, »wie aufbrausend Sie sein können, Nehlsen!« Sloboda übersah Ilkas abwiegelnde Handbewegung und setzte weiter auf Provokation. »Der Zettel! Die Verabredung im Chatroom!«, donnerte er. »Der Umhang, die Maske!« Nehlsens Fingerknöchel verfärbten sich weiß. »Die nachweislich Ihnen gehörten!«, setzte Sloboda nach.

Nehlsens Kiefer zeichneten sich mahlend in seinem Gesicht ab.

»Und das sträflich dumme Feuer in Ihrer eigenen Mülltonne!«

»Ihr wollt mich fertig machen!« Nehlsens Stimme überschlug sich. »Ihr wollt mir was anhängen!« Seine Faust donnerte auf die Tischplatte.

»Gestehen Sie, Nehlsen!«, schrie Sloboda ebenso laut.

»Ihr verdammten –!« Die Fäuste geballt, stierte Nehlsen den Kommissar feindselig an. »Ich lass das nicht –! Ich werde euch alle –!« Ein lautes Zähneknirschen war zu hören.

In Ilka tauchte das Bild eines in die Enge getriebenen Raubtiers auf, das die Zähne fletscht, bevor es zu seinem letzten aussichtslosen Angriff ansetzt. Zu einem unberechenbaren Angriff. In Sloboda entluden sich die Sorgen um seinen Freund. Die Anspannung und Angst der letzten Tage verwandelten sich in pure Kampfeslust.

»Sie haben ihn getötet, Nehlsen! Getötet! Getötet!«

»Hans, hör auf!«, flehte Ilka ihren Chef an, der gar nichts mehr um ihn herum wahrzunehmen schien.

»Nehlsen!«, donnerte er weiter. »Sie haben aus reiner Eifersucht Ihren Nebenbuhler –«

Bevor der Kommissar seinen Satz beenden konnte, warf Heiner Nehlsen mit einem gewaltigen Schrei den Tisch um, donnerte Sloboda die Faust ins Gesicht und schlug wie wild um sich. Animalische Laute und Wortfetzen schwirrten umher, überschlugen sich und gingen in ein wütendes Brüllen über. Ehe einer der Anwesenden begriffen hatte, was gerade geschah, zerrte der in die Enge Getriebene den erbleichten Anwalt zu Boden. Der Ärmel seines teuren Jacketts riss ab. Wie ein Verrückter stürmte Nehlsen zur Tür. Mit hysterischem Geschrei riss er sie auf und rannte auf den Flur. Im Treppenhaus zögerte er nur kurz. Gehetzt schaute er sich um. Er keuchte laut, als er die Treppe hinaufrannte. Ungestüm nahm er zwei, drei Stufen auf einmal. Am Ende des Treppenhauses entriss er einem Beamten, der soeben vom Dach des Hochhauses kam und jetzt abschließen wollte, den Schlüssel. Brutal stieß der Flüchtende den Kopf des Beamten gegen die Stahltür.

Ilka war die Erste, die sich regte. Sie stürmte hinter Nehlsen her. Auf dem Flur stieß sie mit Ike zusammen, die auf dem Weg zum Vernehmungsbüro war: »Was ist denn –?« Doch die Kollegin war schon weg.

In diesem Moment trat Sloboda aus der Tür. Atemlos, blass und mit blutender Oberlippe setzte er die Kollegin ins Bild. Sofort rannte Ike hinter Ilka her, Sloboda ihr dicht auf den Fersen. Er hoffte inständig, dass sich seine Befürchtung nicht bewahrheiten würde. Unterwegs trafen sie auf einen Beamten, der sich die Hände vors blutige Gesicht hielt.

Das Gesicht des dicken, großen Mannes war stark gerötet. Die Augen waren vor Anstrengung aus den Höhlen getreten und gaben ihm das Aussehen eines Irren. Gehetzt suchte Nehlsen nach einem Ausweg. Er blickte sich um. Hier oben auf dem Dach des Behördenhochhauses wehte ein starker und kalter Wind. Die Sonne hatte noch nicht viel Kraft, dennoch lief dem Mann der Schweiß zwischen den Schulterblättern den Rücken hinunter. Was sollte er tun? Zurück? In diesem Moment sah er die Kommissarin durch die Dachtür ins Freie treten.

»Herr Nehlsen!«, hörte er sie rufen. Der Rest ging in dem Brausen des Windes unter. Langsam kam die Polizistin auf ihn zu. Nochmals rief sie ihn an.

»Bleiben Sie weg! Wehe!« Panisch irrten seine Augen umher. »Wenn Sie näher kommen, dann werde ich –«

Ilka sprach mit lauter, aber sanfter Stimme weiter. Nehlsen fand ihre Stimme schön. Zu schön. Einlullend. Am liebsten würde er sich ihr hingeben. Er machte einen Satz auf die Brüstungsmauer zu, die ihm bis unters Brustbein reichte.

»Ich habe nichts getan!«, rief er immer wieder.

Ilka konnte seine Verzweiflung hören und sehen. Eine Windböe wehte zu ihr herüber. Sie konnte die Verzweiflung sogar riechen. »Süßlich«, dachte sie, »es ist der süßliche Geruch des Endes.« Das Wort Tod wollte sie nicht denken. Sie verscheuchte diesen Gedanken.

»Herr Nehlsen? Ich glaube Ihnen ja. Aber –«

»Ihr wollt mir was anhängen!«

Während sich Ilka behutsam seitlich vom Dachaufgang wegbewegte, betrat Ike die Dachfläche. Vorsichtig tastete sie sich an dem Aufbau mit der Lüftungstechnik vorbei. Sie verschaffte sich einen Überblick über die Lage. Es sah ganz gut aus: Ihre Kollegin hatte

Nehlsen in einen Dialog verwickelt und damit abgelenkt. Dennoch könnte er Ike aus den Augenwinkeln wahrnehmen. Also durfte sie keine raschen Bewegungen machen. Ike atmete ruhig durch und entfernte sich aus Nehlsens Blickfeld.

Äußerlich war Heiner Nehlsen wie erstarrt, aber sein Hirn arbeitete fieberhaft. Seine Augen huschten über die Brüstung. Er würde bestimmt nicht ins Gefängnis gehen. Die Polizeibeamtin näherte sich ihm langsam. Anscheinend war sie bemüht, so zu tun, als bewege sie sich gar nicht. Aber Nehlsen registrierte es genau. Sein Atem ging gepresst. Er horchte in sich hinein. Sein Pulsschlag wurde langsamer. Auch der Atem wurde ruhiger. Er hatte einen Entschluss gefasst. Unwillkürlich spannte er alle Muskeln an.

»Es funktioniert«, dachte Ilka. In ihren Augenwinkeln konnte sie Ike sehen, gerade bemerkte sie auch Sloboda, der im Halbschatten des Lüftungsraumes stehen blieb. Sorgsam und ohne Nehlsen aus den Augen zu lassen, schob sie sich näher an ihn heran. Der große Mann ließ sie gewähren. Nur wenig, kaum merklich, wich er zurück. Ilka sprach ruhig weiter, sie wusste nicht einmal, was sie sagte. Das war auch nicht so wichtig. Wichtig war nur, dass sie Kontakt hielt. »Es funktioniert. Nehlsen beruhigt sich.« Dieser Gedanke machte auch sie selbst ruhiger. Ihre Spannung ließ nach und sie gönnte sich einen tiefen Atemzug. Jetzt war sie auf Armeslänge heran. Langsam fuhr sie ihre Hand in Richtung seiner Schulter aus. Sobald sie ihn berührte, würde er sich entspannen. Er würde sicherlich weinen. Jetzt konnte sie den Stoff seines Hemdes fühlen.

»Gut, Herr Nehlsen.« Ihre Stimme klang weich und einladend. »Kommen Sie …«

Ikes Anspannung ließ nach. Gerade wollte sie hervortreten, um das ungleiche Paar zur Tür und die Treppe hinunter zu geleiten. Aus den Augenwinkeln nahm sie wahr, dass Sloboda sich umdrehte, um den Schauplatz zu verlassen. Auf das, was dann geschah, war Ike nicht vorbereitet. Vor Schreck gelähmt sah sie, wie Nehlsen die Kollegin plötzlich packte und an sich riss. Mit einem Schrei schleppte er Ilka die wenigen Schritte zur Betonbrüstung und warf sie mit einem Schwung auf die Mauer. Ike konnte das Weiße in seinen Augen aufblitzen sehen. Nehlsen stöhnte laut auf, als er sich ebenfalls in die Höhe zog.

Ruckartig schoss Hans Sloboda herum. Er erstarrte. Der Beamte fühlte unbändige Wut in sich aufsteigen und musste sich zusammenreißen, um nicht einfach loszustürmen.

»Ihr kriegt mich nicht!«, schrie Nehlsen. Seine Stimme klang wie die eines Wahnsinnigen. »Und du kommst mit mir!« Er packte Ilka im Genick und drückte ihr Gesicht nach unten zur Straße. »Siehst du das?« Der mächtige Mann stemmte sich auf die Knie. »Ganz schön klein, die Autos, hä?« Keuchend stellte er sich auf seine Füße. Jetzt packte er Ilka an den Haaren und zog sie brutal zu sich hoch. »Hast du jetzt Angst?« Die Häme seiner Frage hing in der Luft. »Na? Hast du Angst?« Mit hervorquellenden Augen und voller Ironie stierte er in ihr Gesicht. »Was sagst du da? Du hast mir nichts getan?« Ein fürchterliches Lachen erscholl. »Nichts getan?«, skandierte er nochmals.

Ilka wollte die Augen schließen. Sie wollte das nicht sehen. Aber nacktes Entsetzen hinderte sie daran, sich abzuwenden. Das Bild der Tiefe brannte sich in ihre Netzhäute, lähmte alles in ihr. Nur das Herz hämmerte. Fast spürte sie das Aufschlagen ihres Körpers auf dem Pflaster neben dem Haupteingang.

Ike bemerkte das bekannte Kribbeln zwischen den Schulterblättern. Langsam schob sie sich näher. Viel Zeit hatte sie nicht. Sloboda duckte sich und huschte in einem weiten Bogen von der anderen Seite heran.

»Unschuldig, das zählt hier nicht!«, rief Nehlsen weiter. »Ob man was getan hat, das zählt hier nicht!« Fest umklammerte er seine Geisel und zog sie dicht zu sich heran. »Jetzt ist es soweit!«

Entsetzt musste Ike mit ansehen, wie Nehlsen ihre Kollegin immer stärker an sich zog. Die beiden neigten sich langsam zur Seite. Der große schwere Mann ließ sich offenbar einfach fallen. Wie ein Liebender drückte er die Polizistin an sich.

Instinktiv ließ sich Ilka plötzlich in sich zusammensinken. Sie registrierte, wie Nehlsen nachfassen und dabei ebenfalls in die Hocke gehen musste. Für einen kurzen Moment stabilisierten sich die beiden Körper. Eisern umklammerte Nehlsen ihre Hüfte. Ilka spürte, wie er den Abwärtsschwung nutzte und sich langsam über die Brüstung abrutschen ließ. Sein rechtes Bein lag noch auf der Mauerkrone auf. Ilka verlor das Gleichgewicht. Ein stumpfer

Schmerz schoss in die linke Taille, die sich unnatürlich abwinkelte. Ihre Finger krampften sich um die innere Kante der Brüstung. Wie ein Bleigewicht zerrte Nehlsen an ihrem Körper. Ungläubig starrte die Kommissarin auf die Gelenke ihrer Finger, die sich weiß und knochig durch die Haut drückten. Dunkelviolett zeichnete sich das Geflecht ihrer Adern auf den Handrücken ab. In den Unterarmen spannten sich die Sehnen wie dicke Seile. Ilka wartete darauf, dass sie rissen. Sie kannte das dumpf knallende Geräusch, wenn es passierte.

Die in diesem ungleichen Kampf urplötzlich eingetretene Stille war gespenstisch. Nur leise verhaltenes Keuchen war zu hören. Auch der Wind hielt, so schien es, für einen kurzen Augenblick den Atem an, als eine der beiden Personen plötzlich losließ.

Der Anwalt bekam von alldem nichts mit. Es interessierte ihn auch nicht besonders. Er hatte noch ein wenig in seinen Akten geblättert, hatte sich in Ruhe seine Notizen für den nächsten Termin angeschaut und packte nun gut gelaunt seine Sachen zusammen. Die Polizisten würden ihn schon benachrichtigen, wenn sie seinen Mandanten wieder eingefangen hätten. Pfeifend öffnete er die Tür des Vernehmungsraumes, durchschritt den Korridor der siebten Etage des Polizeihochhauses und betrat genau in dem Moment den Fahrstuhl, als jemand von außen die Fenster des Raumes, in dem er gerade noch gesessen hatte, mit hoher Geschwindigkeit passierte. Davon bekam er nichts mit. Und wenn – es hätte ihn nicht besonders interessiert.

Susana Pascua-Nehlsen zog die Vorladung aus der Tasche, auf der Zeit, Zimmernummer und Name des Bullen angegeben waren, der sie erneut verhören wollte. Sie zupfte ihren Rock zurecht, wischte sich einen Fussel von ihrer schrägen Vivienne-Westwood-Jacke, die sie halb geöffnet trug. Irgendwie kam es ihr vor, als sei heute ein entscheidender Tag.

Jetzt ging sie, ein letztes Mal auf ihre Uhr schauend, den leichten Anstieg des Zuweges zum Behördenhochhaus hinauf. Vor ihr tauchte das unscheinbare Portal des Gebäudes auf. Die junge, dunkelhaarige Frau befand sich noch etwa fünfzehn Meter davon entfernt.

Die Finger waren das Einzige, was Ike Jensen sah. Sie hatten sich wie Eisenkrallen um die Kante der Mauer gekrümmt und waren das Einzige, was jetzt zählte. Mit wenigen Sätzen sprang sie auf Ilka und den Koloss zu, der schon über die Brüstung gerutscht war. Die Kuppen, auf die sie starrte, waren blutig. Um die Nägel herum, die sich unter dem Druck in die Nagelbetten geschoben hatten, hatten sich rostrote Ränder gebildet. Wie dünne Maueranker sahen die Finger aus, dünne, rostige Haken, die sich unter der Last aufzubiegen begannen.

»Halt fest!«, schrie Ike.

Ilka stöhnte.

Mit einem letzten großen Satz hechtete die Kommissarin auf ihre Kollegin zu und griff nach ihrem Handgelenk. Sie packte den Unterarm genau in dem Moment, als Ilka losließ. Sofort riss es Ike von den Füßen, und sie musste sich mit aller Kraft gegen die Mauer stemmen. Sie wusste, dass sie keine Chance hatte, beide Körper zu halten.

»Chef!«, rief sie. »Sloboda! Wo bleibst du denn?« In Dänemark war es üblich, sich zu duzen, erst recht in einer solchen Situation. »Hans, hilf mir!«, schrie sie. Sie merkte, dass Ilka langsam abrutschte. »Treten! Ilka, du musst ihn treten!«

Hans Sloboda hatte ursprünglich beabsichtigt, sich von der anderen Seite unbemerkt anzupirschen, deshalb stand er fast fünfzehn Meter entfernt vom Geschehen. Er spurtete los. Soeben hatte seine Kollegin Ilka gepackt, aber sie würde sie nicht lange halten können.

Gerade als Ike das Gefühl hatte, dass Ilka ihr entgleiten würde, spurte sie einen Ruck. Ilka wurde leichter. Nehlsen hatte losgelassen. Die Polizistin griff nach. Jetzt war der Chef bei ihr und griff Ilka unter die Achseln.

»Okay, Ike«, Hans übernahm das Du, »ich hab' sie.«

Merkwürdig war, dass Nehlsen gar nicht schrie. Irgendwie fehlte etwas.

Das Loslassen empfand Heiner Nehlsen als Erleichterung. Er hatte immer gedacht, dass so ein Fall ihm den Magen hochdrücken und ihm die Luft nehmen würde, ein Gefühl, das er hasste. Jetzt nahm er aber die Beschleunigung seines Körpers gar nicht wahr. Er schloss die Augen, die sich mit Tränen gefüllt hatten, die in den Augenwinkeln brannten. Dann dachte er kurz an Susana. Die schöne, feurige Susana. Er hatte sie zurückgewonnen! Er war glücklich.

Den Aufprall nahm er nur als plötzliche Dunkelheit wahr. Die Schmerzsignale, die sich von den zerschmetterten Knochen, Platzwunden und zerrissenen inneren Organen auf den Weg zum Gehirn machten, kamen dort schon nicht mehr an.

Der massige Mann schlug etwa fünfzehn Schritte neben Susana Pascua-Nehlsen auf. Das Ereignis war für sie so unwirklich, dass sie kaum erschrak. Vielmehr schaute sie, als ob sie sich vergewissern wollte, dass nicht noch jemand folgte, nach oben. Dann erst erkannte sie, dass es ihr Ehegatte war, der dort mit unnatürlich abgeknicktem Kopf und verbogenen Gliedmaßen vor ihr lag. Sie registrierte, dass er tot war. Sie konnte sich nicht dagegen wehren, dass ihr als erstes der Gedanke in den Sinn kam, wie reich sie jetzt sein würde. Erst dann brach sie in ein hysterisches und gestenreiches Klagegeschrei aus, so wie es ihre weiblichen Vorfahren in der Heimat seit Generationen in solchen Situationen zu tun pflegten.

Als Ike am Ende dieses ereignisreichen Tages nach Hause zurückkehrte, fühlte sie sich einsam. Schmerzlich kam die Erinnerung an Lars' merkwürdigen Abgang zurück. Sie wusste überhaupt nicht, was mit ihm los gewesen war. Sollte sie sich bei ihm melden? Traurig dachte sie, dass jetzt, da sie fähig zu einer Beziehung wäre, plötzlich bei Lars irgendwelche alten Wunden aufzuplatzen schienen. »Irgendwie passt es nie zusammen«, überlegte sie resigniert. »Wahrscheinlich braucht er jetzt etwas Zeit.«

Nach dem Absturz von Nehlsen und Ilkas glücklicher Rettung hatte es ziemlich viel Trubel gegeben. Fast alle Mitarbeiter des Hauses waren auf dem Vorplatz zusammengelaufen. Als Erstes war Ilka vom Dach heruntergetragen und mit dem Krankenwagen in die Klinik Süd gebracht worden, dann war Nehlsens Leichnam, nach Aufnahme und Rekonstruktion des Herganges, in die Rechtsmedizin überstellt worden.

Gerade eben, kurz vor Feierabend, hatte man erfahren, dass es der Kollegin den Umständen entsprechend gut ging: Sie hatte vielfältige Abschürfungen und Hämatome davongetragen, besonders an der linken Hüfte. Die rechte Achillessehne war gerissen und die Kreuzbänder in den Knien waren gezerrt, vielleicht auch angerissen. Die Muskeln der Bauch- und Leistengegend waren ebenso gezerrt. Nicht zuletzt wegen eines Schockzustandes musste Ilka zur Beobachtung im Krankenhaus bleiben.

Ike Jensen und Hans Sloboda – er hatte ihr etwas umständlich das Du angeboten – hatten sich nach Erledigung der notwendigsten Formalitäten mit Manfred Deutschmann, Ulf Bender, Paula Potthof und der Schreibkraft Hilde Marquardt zusammengesetzt und von den Ereignissen berichtet. Später war Trude Koch noch dazugekommen und hatte Ike und Hans anerkennend auf die Schultern geklopft. Ilkas Einsatz hatte sie, gewohnt schnoddrig, als »hoch spannend, aber etwas überdehnt« bezeichnet.

Danach war der Fall offiziell abgeschlossen und an die Staatsanwaltschaft übergeben worden. Auch wenn Ike noch einige Zweifel an Nehlsens Schuld geäußert hatte, musste dieser nach Einschätzung aller als der Täter gelten, zumal sein Selbstmord einem Geständnis gleichkomme, wie Deutschmann angemerkt hatte.

Ike war zu erledigt gewesen, um ihre Zweifel weiter zu verfolgen, und Hans Sloboda, der nur noch nach Hause zu Uri wollte, hatte aufkommende Ungereimtheiten im Keim erstickt. Die Atmosphäre unter den Kollegen war eine Mischung aus Erschöpfung, Überdrehtheit und Gleichgültigkeit gewesen. Nicht einmal die telefonische Nachricht von Lissi Hustedt, dass Sven wegen anhaltender Panikzustände in die Psychiatrie – »allerdings freiwillig!«, wie sie betont hatte – eingeliefert worden sei und sicherlich auf Wochen, wenn nicht Monate ausfallen werde, hatte etwas an der Stimmung geändert. Einmal nur hatte Hans Sloboda kurz aufgemerkt, als nämlich seine neue Duz-Kollegin Ike von einer Serie von Briefen einer unbekannten Frau gesprochen hatte, die sie ungefähr seit dem Mord erhalte. Kurz schoss ihm ein beunruhigender Gedanke durch den Kopf, den er aber nicht zu fassen bekam.

Als Ike am Ende dieses ereignisreichen Tages also die Haustür geöffnet hatte und nun einen Blick zum Briefkasten warf, sah sie sofort den Umschlag, der halb in der Öffnung steckte. Ein weiterer Brief, gerade zu diesem Zeitpunkt, erschien ihr wie eine Verhöhnung. Hatte sie für heute nicht genug durchgemacht? Ihre Hände zitterten, als sie den Umschlag aus dem Kasten zog und sofort aufriss. Das Schreiben war nur kurz:

Liebe Ike!

Jetzt ist es soweit, dass wir uns persönlich kennenlernen sollten. Ich warte auf dich am Mittwoch um zwanzig Uhr im Dom. Du wirst mich schon erkennen, so wie ich dich ja auch damals erkannt habe.
Bis dann!

Christiane

Ike verspürte ein heftiges Herzklopfen, das auch nicht nachließ, als sie ihre Wohnung nach ungebetenen Gästen durchsucht und sich hingelegt hatte. Ike Jensen wusste, was dieser Brief zu bedeuten hatte.

XXXIV

Mittwoch, 9. April

Am nächsten Morgen fuhr Ike als Erstes mit Hans und Kriminaldirektor Reitner ins Krankenhaus Süd. Ilka ging es besser: Ihre körperlichen Verletzungen waren versorgt, der Kreislauf stabilisiert. Eigentlich sollte sie nach der Morgenvisite entlassen werden, aber auf ihren ausdrücklichen Wunsch hin veranlasste Reitner beim ärztlichen Direktor, dass seine Mitarbeiterin einen weiteren Tag in der Klinik verbringen durfte – zwecks Traumaprävention, wie er sich ausdrückte.

Ilka Gross war dankbar für den Besuch und die Würdigung ihres Einsatzes und sie war dankbar für einen geschenkten Tag, an dem sie sich um nichts würde kümmern müssen. Besonders dankbar aber war sie, als sich ihre Besucher wieder verabschiedeten.

Vor dem Polizeigebäude erinnerte nichts mehr an die gestrigen Vorfälle. Sloboda ordnete eine kurze Besprechung im großen Konferenzraum in der elften Etage an, zu der auch der Kriminaldirektor erschien und eine nicht enden wollende Lobrede (Personalführungsseminar, Teil 1: Grundregel 1) hielt. Mit verblümten (Personalführungsseminar, Teil 3: Gesprächsführung, schwierige Personalsituationen) Worten informierte er darüber, dass der tüchtige Kollege Jörg Wächter, Leiter des K 3 für Wirtschaftsbetrug, aufgrund eines bedauerlichen Fehlverhaltens vorübergehend vom Dienst suspendiert worden war. Besonders gründlich ließ er sich über das Ergebnis der Ermittlungen hinsichtlich des vorgeblichen Betrugsfalles in der Firma Hilgado aus (Personalführungsseminar, Teil 5: Die Technik der Hyper-Information bei schwer vermittelbaren Maßnahmen): Hier hätten Landes- und Bundeskriminalamt in Abstimmung mit gewissen politischen Instanzen synergiert. Über die genauen Hintergründe dürfe er keine weiteren Informationen verbreiten, nur so viel sei gesagt: Unter dem Deckmantel vorgeblich betrügerischer Transaktionen hätten ein nicht näher genanntes Gremium der Führung der Partei, des Innenministeriums sowie der Hilgado-Geschäftsleitung erfolgreich verdeckte Ermittler in gewisse terroristische Zirkel einschleusen können. Über Näheres sei auch er nicht informiert worden. Was er aber noch hinzufügen könne, sei, dass es letztlich um das Aufnahmeverfahren der Türkei in die Europäische Union gehe, das durch geplante Terrorakte hatte unterminiert werden sollen. Und schließlich würden wir alle es doch begrüßen, wenn wir unsere türkischen Mitbürger bald in unser europäisches Haus aufnehmen könnten.

Dass die Geschäftsleitung der Firma Hilgado in einen Mordfall verwickelt sei, das habe, wie intensive Ermittlungen von LKA und BKA ergeben hätten, mit dieser Sache überhaupt nichts zu tun. Das hätten höchste politische Funktionsträger ihm versichert. Insofern müsse dies als Zufall beziehungsweise persönliche Aberration des Täters Heiner Nehlsen bewertet werden.

»Wenn wir also nun zur Evaluation Ihres Einsatzes, liebe Kollegen und Kolleginnen, kommen«, fuhr Reitner fort und hellte seine bis dahin ernsthafte Miene auf (Personalführungsseminar, Teil 1: non-verbale Kommunikation), »möchte ich mich einfach nur bedanken. Vor allem für Ihr effizientes, hypothesengeleitetes, professionelles und zielführendes Vorgehen. Sicherlich wurden auch Fehler gemacht, aber«, der oberste Polizist ließ seinen Blick bedeutungsschwer über die Gesichter jedes einzelnen Anwesenden (Personalführungsseminar, Teil 2: persönliche Kontaktnahme) gleiten, »diese Fehler – ich sollte vielleicht eher von falsifizierten Hypothesen sprechen – wurden gewissenhaft analysiert und durch neue, wissenschaftlich abgeleitete Hypothesen ersetzt.«

Im Folgenden hob Reitner die besonderen Einsätze der lieben Kollegen Hustedt und Gross hervor. Leider hätten diese in der Dienstausübung Schaden genommen und verdienten unser aller Respekt und Genesungswünsche. An dieser Stelle initiierte der Kriminaldirektor einen Applaus, in den die Zuhörer einstimmten. Als er irgendwann geendet und den Raum unter nochmaligem Applaudieren verlassen hatte, ergriff Hans Sloboda kurz das Wort, dankte ebenfalls seinem Team, verteilte die noch anstehende Arbeit auf seine Mitarbeiter und gab einige letzte Informationen. Vor allem war der Geiselnehmer von Ike – bei der Nennung ihres Vornamens schaute er seine junge Kollegin ein wenig verschwörerisch an – und Sven noch nicht gefasst. Die Untersuchung des Gartenhauses und des Fahrzeuges habe keinerlei Hinweise auf die Identität des Mannes erbracht – vermutlich sei er bisher nicht aktenkundig geworden.

»Heiner Nehlsen«, setzte der Erste Kriminalhauptkommissar seine Ansprache fort, »ist als Täter überführt. Die Beweislage ist eindeutig, die Indizien stimmen überein. Als Tatmotiv kommt Eifersucht infrage, was seine Frau in der gestrigen Vernehmung bestätigt hat. Ob weitere, geschäftliche, vielleicht erpresserische Verwicklungen zwischen Opfer und Täter bestanden haben, können wir nun nicht mehr ermitteln. Wenngleich Nehlsen seine Tat nicht gestanden hat, muss sein Freitod doch als indirektes Schuldeingeständnis gewertet werden.« Sloboda machte eine Pause und schaute in die Runde. »Hat noch jemand Fragen oder Anmerkungen dazu?« Da niemand reagierte, schloss er seine Ansprache mit den Worten: »Dann ist der Fall hiermit erledigt. Ich bitte jeden, nun die abschließenden Arbeiten vorzunehmen. Und dann, würde ich sagen, gehen wir heute alle etwas früher in den wohlverdienten Feierabend.«

Die Erleichterung darüber, nicht mehr stillsitzen zu müssen, führte zu einer etwas albernen Unruhe. Gelöst schwatzend ging man in die Büros und freute sich auf einen stärkenden Kaffee. Obwohl erst Mittwoch war, fühlte es sich an wie Wochenende.

Einzig Ike war bedrückt. Sie blieb eine Weile allein im Besprechungsraum zurück. Ihr Blick wanderte durch das Fenster ins Freie und blieb minutenlang an einer einzelnen Cumuluswolke hängen. Irgendwie hatte sie ein mieses Gefühl.

EPILOG

Mittwochabend, 9. April

Der wolkenfreie Himmel hatte die Sonnenwärme des scheidenden Frühlingstages rasch in die Atmosphäre abstrahlen lassen. Ike schlug ihren Mantelkragen hoch und schlang die Arme um den Körper. Sie spürte, dass sie nicht nur der Kälte wegen fröstelte.

Durch das nördliche Portal betrat sie den Dom. Die goldene gotische Löwin gebot ihr Einhalt. Die junge Polizeibeamtin blieb stehen, orientierte sich. Rechter Hand, oberhalb der aufsteigenden Stuhlreihen im Westwerk des Kirchenraumes, schimmerten die kühlen Farben des Quinte-Fensters im letzten Licht des Tages.

Ike wandte sich davon ab und ließ ihre Augen durch das Hauptschiff schweifen, in dessen Mitte sich der Altar befand. Einen Moment lang verweilte sie bei dem hölzernen Lettner, hinter dem sich das Taufrund verbarg. Suchend durchschritt sie das nördliche Seitenschiff. Der kleine, lichttragende Engel sah aus, als schaute er in mitleidiger Milde auf sie herunter. Auch die anderen Figuren, die Schöne Madonna, Johannes der Täufer, Maria, der Wappenengel sowie Jesus von seinem Triumphkreuz herab, blickten mit einem wissenden Ausdruck auf sie hernieder, wie es Ike schien. Sie fühlte die Anwesenheit der Frau, mit der sie verabredet war.

Am Gestühl des Taufbeckens vorbei lenkte Ike ihren Schritt zum Ostchor, der hinter einer Glaswand verschlossen lag. Flüchtig lugte sie durch die Scheiben in das Innere des Chores. Sie überquerte das erhöht liegende Taufrund und wandte sich dann dem südlichen Seitenschiff zu. Schon nach dem ersten Schritt verspürte sie Herzklopfen. Die Begegnung stand nun unmittelbar bevor. Sie näherte sich der Nische des Kerzenaltars, die zum Kreuzgang führte. Die weißen Seitenwände reflektierten das sanfte Flackern der Leuchten. Als die Kommissarin um die Mauerecke trat, erblickte sie die Unbekannte.

»Hier habe ich meine zehn tot geborenen Kinder beerdigt. Sie haben sie mir einfach weggenommen.«

Die Fremde blickte geradeaus in die Flammen. Ihre tiefe Stimme klang monoton, so als habe die Trauer einer düsteren Schwere Platz gemacht. Die kräftige Gestalt der Frau, in einen dunkelbraunen Mantel gehüllt, war in sich zusammengesunken. Sie mochte Ende Dreißig/Anfang Vierzig sein. Das dunkle, lockige Haar und die ausgeprägten, bis in die Nasenwurzel hineingewachsenen Augenbrauen verliehen ihr einen finsteren Ausdruck. Erst als sie sich zu Ike umdrehte, hellten sich ihre Züge ein wenig auf.

»Zehn? Tot?«, fragte Ike ungläubig.

»Ja, zehn«, antwortete die Frau ruhig, »alle gestorben zwischen dem sechsten Monat und zwei Tagen nach der Geburt.«

Ike hatte sich inzwischen auf dem dunklen Gestühl neben der Fremden niedergelassen. Die Figuren auf den Tafelbildern über den schweren Eichenstühlen blickten mit leeren Augen auf die beiden Frauen herab.

»Zehn.« Ike schluckte trocken.

Eine Zeitlang saßen die Frauen still nebeneinander.

»Ich war es«, brach Christiane Breitenbach irgendwann das Schweigen.

»Was? Das mit den Briefen?«

»Ja. Auch.« Jetzt wandte sich die Dunkelhaarige um und schaute Ike flüchtig in die Augen. »Ich war es, die«, ihr Blick senkte sich wieder, »dich angerufen hat.«

»Du warst es, die mich angerufen hat?« Ike erstarrte, als ihr das schrille Klingeln ihres Handys wieder in den Sinn kam. »An dem Freitagabend? Dann hast du Rudolf Andresen, ich meine, du hast ihn –?«

»… umgebracht. Ja.«

Jetzt war ausgesprochen worden, was die Polizistin geahnt und was seit Tagen wie eine düstere Wolke über ihr geschwebt hatte. Dennoch wollte sie es nicht glauben und fragte nochmals: »Andresen?«

»Ja.«

Wieder trat eine Pause ein, in der Ike versuchte, ihrer Erregung Herr zu werden.

»Warum?«

»Rudolf Andresen – er war mein Stief –«, Christiane Breitenbachs Stimme brach. Sie benötigte einige Sekunden, bis sie fortfahren konnte. »Er hat mich tot gemacht.«

»Er war das? All das, was du geschrieben hast?«

»Er hat mich tot gemacht«, wiederholte Christiane tonlos. Ihr Blick verfing sich irgendwo in der Ferne.

»Du hast Rudolf Andresen umgebracht«, stellte Ike sachlich fest. Sie musste sich selbst bestätigen, was sie gerade gehört hatte.

»Wann hat das angefangen?«, fragte Ike ängstlich. Im Grunde wollte sie die Antwort nicht hören. Ihre eigene Geschichte drängte an die Oberfläche. Es war besser, sich auf die Geschichte der Fremden zu konzentrieren, »Ich meine, wie alt warst du, als er damit anfing?«

»Acht Jahre. Und es ging bis siebzehn.«

»Warum hast du das, ich meine den Mord, warum hast du das erst jetzt getan, nach so langer Zeit?«

»Auch meine Kinder hat er getötet.« Die Frau schien Ike gar nicht zuzuhören. »Meine Babies.«

»Warum erst jetzt?«, beharrte die Kommissarin.

Christiane antwortete mechanisch: »Zuerst war das mit meinen Kindern. Es war furchtbar. Und dann«, sie stockte, »hatte ich diese Panikzustände. Ich konnte nicht aus dem Haus gehen.« Wieder entstand eine Pause, bevor sie weitersprach. »Dann habe ich zehn Jahre Therapie gemacht.« Ein Lächeln huschte über ihr Gesicht. »Zehn Jahre Therapie. Es war wirklich hart. Durchgehalten habe ich, weil ich«, sie unterbrach sich und ein kleines Glucksen war zu hören, »mich in meinen Therapeuten verliebt habe.«

Christianes verschwörerischer Blick schien es als das Selbstverständlichste der Welt hinzustellen, dass man sich in seinen Psychologen verliebte. Ike fühlte sich ertappt und spürte eine leichte Röte in ihr Gesicht steigen. Sie fragte sich, was Lars für sie war.

»Heute kann ich wieder überall hin, obwohl es manchmal wirklich hart ist. Und dann hab' ich eine Arbeit bei der Hilgado angefangen.«

Das war Ikes Stichwort: »Und warum hast du ihn gekocht? In einem Bottich?«

»Ich habe ihn genauso getötet, wie er mich und meine Kinder getötet hat.«

Die Polizistin schaute die düstere Frau fragend an. Die folgenden Worte hörten sich an, als habe sich die Geschichte in einem anderen Leben, auf einem anderen Stern abgespielt.

»Einmal hat mich Rudi in unsere Waschküche gelockt. In der Mitte stand ein aus Stein gemauerter großer Waschbottich, der beheizt werden musste. Mein Stiefvater«, bei dem Wort Vater schien sich der Kehlkopf der Frau zusammenzuziehen, »befahl mir, mich auszuziehen und in den Bottich zu steigen. Zuerst weigerte ich mich. ›Los!‹, sagte er, ›sonst helfe ich nach!‹ Weil ich an die Sache mit dem Messer denken musste, stieg ich dann doch rein. Das Wasser im Bottich war warm, der Boden allerdings war heiß. Ich versuchte, mich mit den Händen am Rand hochzuziehen, damit meine Füße den Boden nicht mehr berührten. Mein Stiefvater«, wieder klang die Stimme gepresst, »schlug mit einer Holzlatte auf meine Hände, bis ich losließ. Das Wasser wurde immer heißer. Wimmernd vor Schmerz verlagerte ich mein Gewicht von einem Bein aufs andere. Ich konnte sehen, wie meine Adern dick aus der Haut herausquollen. Und dann, Ike«, als der Blick der Frau die Zuhörerin zart streifte, kam eine kurze Regung in ihr auf, »weiß ich nur noch, dass sich das Wasser rot färbte und dass ein kleines Stück Fleisch im Wasser aufstieg und wieder unterging. Wie ein Schwamm sah das aus.« Christiane hielt inne, und Ike konnte den Schmerz auf ihrem Gesicht sehen. Die Frau selbst fühlte offenbar nichts. Sie gab sich einen Ruck und setzte ihren Bericht fort: »Mein Stiefvater nahm es mit der Holzlatte heraus und klatschte es auf den Betonboden. Dann weiß ich nichts mehr.«

Ike schnürte es die Kehle zu. Gepresst und stockend würgte sie die Frage heraus: »Dein Stiefvater hat dich gekocht, um ein Kind abzutreiben?« Fassungslos fügte sie hinzu: »Ein Kind, das er dir gemacht hat?«

Die stämmige Frau nickte. Sie sah jetzt zerbrechlich aus. Ihre Worte, die folgten, standen in einem unfassbaren Kontrast zur Fassade, die sie schützend vor sich aufbaute: »Das war das erste Mal, dass ich ihn töten wollte.«

»Und deshalb hast du Andresen, deinen Stiefvater, in dem Bottich –?«

»Ich habe ihn ganz langsam erhitzt, bis fünfzig oder sechzig Grad. Er sollte fühlen, was er mir angetan hat, er sollte sich erinnern …«

Christiane Breitenbach sprach nicht weiter. Die beiden ungleichen Frauen saßen stumm und bewegungslos in den mächtigen

Holzstühlen. Der junge Mann oben an seinem Kreuz schien sich von der Frau in dem dunkelbraunen Mantel abzuwenden. So als könnte er das Leid der düsteren Frau nicht auch noch ertragen.

Ike konnte die Spannung kaum aushalten: Hier, inmitten dieser friedfertigen, stillen Umgebung blickte sie in einen grausamen Abgrund. Nach einigen Minuten unterbrach sie das Schweigen: »Und deine Mutter? Hat deine Mutter dich nicht beschützt?«

»Ach«, die Dunkelhaarige schien die Existenz ihrer Mutter mit einer angedeuteten Handbewegung wegzuwischen, »die hat damals nichts gesehen, nichts gehört und nichts gesagt. Und heute hat sie sich in den Alzheimer geflüchtet. Sie vegetiert irgendwo in Lübeck ihrem Ende entgegen. Ich hab' sie seit Jahren nicht gesehen.«

»Und Nehlsen? Du weißt, dass Nehlsen des Mordes an Andresen beschuldigt wird – beschuldigt wurde?«, korrigierte sich die Kommissarin. »Er hat sich das Leben genommen – ist dir das egal?«

»Ja, ich weiß das.« Trotzig fügte Christiane hinzu: »Nehlsen war sein bester Kumpel. Mein Stiefvater hat mich an Nehlsen –«, ihre Stimme brach, ein Schluchzen schüttelte die Frau. Schnell fing sie sich wieder. Es gelang ihr, erneut in den unbeteiligten Berichtsstil zurückzufinden: »Mein Stiefvater hat mich an Nehlsen vermietet.«

Ike Jensen fiel ein, dass sie davon bereits gelesen hatte. Sie brauchte eine Zeitlang, bis sie wieder sprechen konnte: »Und deshalb hast du ihn –?«

»Ja. Ich habe alles geplant.«

»Und die Beweise?«

»Das war ich.«

»Die ganzen Sachen? Seine Jeans, der Zettel, die Fasern am Tatort, der PC von Nehlsen?«

»Ja, das hab' ich alles gemacht.«

»Und die Sachen in seiner Mülltonne verbrannt? Das warst du auch?«

»Mhm.« Christiane nickte.

»Und wie hast du es geschafft, dass Nehlsen kein Alibi hatte?«

»Ich habe ihn kurz vor der Tat angerufen und zu einem Treffpunkt bestellt. Ich habe einen Stimmenverzerrer benutzt. Er dachte, dass ich ihn erpressen wollte. Also musste er kommen.«

»Und wie hast du das alles hingekriegt: Stimmverzerrer, Manipulation von Nehlsens PC und, ach ja, du musst ja jauch die Pin von dem Handy geknackt haben?« In Ikes Stimme lag so etwas wie Anerkennung.

»Mein Mann ist ein echter Freak. Und er stellt keine Fragen.«

»Und womit wolltest du Nehlsen erpressen?«

»Ich habe herausgefunden, dass bei Hilgado krumme Sachen laufen. Ich wusste nicht genau, was das war. Einmal habe ich kurz nach der Arbeit eine Panikattacke gekriegt. Ich suchte nach einem Platz, wo ich allein war. Ich bin also in die alte Produktion und habe mich da versteckt. Da habe ich mitgekriegt, dass Konserven umgefüllt wurden. Ich habe Perlen gesehen, große, schwarze Perlen. Die mussten ein Vermögen wert sein. Also habe ich Nehlsen am Telefon nur gesagt, dass ich weiß, was da mit den schwarzen Perlen läuft. Er sollte unbedingt am selben Abend zur Geniner Brücke kommen.«

»Und genau das hat er dann auch getan«, folgerte Ike.

»Ja, ich habe beobachtet, wie er weggegangen ist. Das war kurz bevor Rudi aufs Gelände kam. Er war etwas zu früh, so dass sich die beiden fast über den Weg gelaufen wären.«

Wieder trat Stille ein. Nach einer Weile schaute Ike die Fremde an und fragte: »Und warum ich? Warum hast du gerade mir diese Briefe geschrieben?«

»Du hast bei dem Vortrag in der Frauenberatungsstelle – du erinnerst dich bestimmt, das war so ungefähr vor fünf Wochen – schräg vor mir gesessen. Das Thema war sexuelle Gewalt gegen Frauen und Kinder. Einmal hast du dich umgedreht. Und ich fand dich gleich sympathisch. Dann hast du etwas gesagt und dabei so betont, dass du von der Polizei bist. Es klang so, als wolltest du deutlich machen, dass du selbst gar nichts mit diesem Thema zu tun hast. Aber ich habe sofort gesehen, dass du eine von uns bist – eine Überlebende, wie wir uns nennen.«

Ike wollte protestieren. Aber sie merkte, dass sie ihrer Gesprächspartnerin nichts vormachen konnte. Also sagte sie nur kurz: »Ja. Deine Briefe haben mich sehr aufgewühlt.«

»Und dass du bei der Polizei bist –«

»… war irgendwie wichtig?«

»Klar, weil ich nämlich sofort gedacht habe: Du bist eine von uns, du bist Polizistin. Daraus hat sich der Plan fast von allein ergeben.«

»Was hast du geplant?«, fragte Ike verständnislos.

»Dass ich es endlich tue, das Schwein umbringen. Dass ich dich anrufe, und dass du so die Tat mitkriegst.«

»Warum?« Die Stimme der Kommissarin klang dünn, ihr Gesicht war bleich.

»Ich dachte, vielleicht ist es auch irgendwie deine Rache – wer war das denn bei dir überhaupt?«

Ike antwortete nicht.

»Also«, sprach Christiane Breitenbach weiter, »ich dachte, dass du mich verstehst –«

»... und dass wir jetzt«, unterbrach die Kommissarin, »hier zusammensitzen, das –«

»Genau, das hab' ich auch von vornherein geplant.«

Ike zuckte ungläubig mit den Schultern: »Aber warum?«

Jetzt schaute Christiane ihr ruhig und abgründig in die Augen. Sie sagte sehr eindringlich: »Du bist Polizistin, du bist eine Überlebende. Ich möchte, dass du jetzt entscheidest, was mit mir geschieht. Du bist jetzt meine Richterin.«

Ikes Herz klopfte schneller, sie fühlte sich, als würde eine Eisenmanschette ihren Oberkörper zusammenschnüren.

»Dann muss ich dich jetzt festnehmen.«

»Du musst tun, was du für richtig hältst«, entgegnete Christiane. Ein wenig streckte sie dabei die Handgelenke vor.

Ike sagte nichts. Bewegungslos saß sie neben der fremden Frau, die ihr soeben ein unfassbares Geständnis gemacht hatte. Natürlich wusste sie, was zu tun war! Sie war Kriminalkommissarin! Eine Täterin hatte soeben gestanden! Warum zögerte sie noch? »Ich bin jetzt deine Richterin«, dachte Ike und warf einen Seitenblick auf ihre Nachbarin. »Und wenn ich dich deiner angemessenen Strafe zuführe, entscheide ich zugleich, dass Andresen Opfer und nicht Täter war! Und dass Nehlsen für einen Mord rehabilitiert wird, den er tatsächlich nicht begangen hat. Aber an unzähligen anderen Morden ist er schuldig! Kindermorde!« In Ikes Kopf brauste es. Gleichzeitig verspürte sie eine unbändige Wut auf Andresen, Nehlsen und besonders auf ihren Onkel in sich aufsteigen. Und den drängenden Impuls, ebenfalls zu töten.

»Es war mein Onkel«, flüsterte sie, »der Bruder meiner Mutter.« Unwillkürlich ballten sich ihre Fäuste. Sie zwang sich zur Ruhe. Sie musste einen klaren Kopf behalten.

War gerade eben ein höhnisches Grinsen über das Gesicht der Fremden gehuscht? War sie sich ihrer Sache so sicher? Ike schaute nochmals zu ihr hinüber. Nein, die unheimliche Frau saß ruhig, mit unbewegter Miene, in dem Holzstuhl, die Schultern resigniert nach vorn gekrümmt. Diese Frau hatte mit ihrem Leben abgeschlossen. Sie spielte kein durchtriebenes Spiel. »Wie ich mich auch immer entscheide«, dämmerte es der Polizistin, »so oder so bin ich Richterin.«

Ike wusste nicht, wie lange sie dort schon zusammensaßen. Sie wusste, dass sie noch Zeit brauchte, Zeit, die Entscheidung, die sie schon getroffen hatte, an die Oberfläche treten zu lassen, Zeit, Abschied zu nehmen.

Düster und kalt lag das südliche Seitenschiff des Domes vor ihr, als Ike sich endlich erhob. Als sie wegging, drehte sie sich nicht zu der Fremden um. Auf den harten Steinplatten klangen die Absätze ihrer Schuhe wie Hammerschläge, die rhythmisch und mahnend durch das Kirchenschiff dröhnten und von den blanken Wänden zurückgeworfen wurden. Mit jedem Schritt schienen sie lauter zu werden, als wollten sie Ike zurückrufen. Das große Portal krächzte, als die Kommissarin es öffnete. Die Schritte hallten in ihrem Kopf nach. Sie nahm den breiten Pflasterweg, der an der majestätischen Lutherbuche vorbei zur Straße führte.

Ike schlug den Kragen ihrer Jacke hoch. Sie ließ es geschehen, dass jemand schweigend neben sie trat, seinen Arm um sie legte und sie behutsam über die Parade und den Pferdemarkt nach Hause führte.

Gut, dass du da bist!

Bitte beachten Sie auch die folgenden Buchhinweise.

Westend Blues
Ein Katharina-Klein-Krimi aus Frankfurt am Main

Helmut Barz

978-3-86680-484-5
14,90 €

Abgehakt
Ein Wiesbaden-Krimi

Kerstin Hamann

978-3-86680-636-8
12,00 €

Buchhinweise

Dunkle Tage
Ein Kriminalroman aus dem Berlin der Weimarer Zeit

Gunnar Kunz

978-3-86680-072-4
9,90 €

Wilde Grenze
Krals zweiter Fall

Rainer König und Birgit König

978-3-86680-564-4
13,90 €